夜　鳥

モーリス・ルヴェル

仏蘭西のポオと呼ばれ，ヴィリエ・ド・リラダン，モーパッサンの系譜に列なる作風で仏英の読書人を魅了した，短篇の名手モーリス・ルヴェル。恐怖と残酷，謎や意外性に満ち，ペーソスと人情味を湛えるルヴェルの作品は，日本においても〈新青年〉という表舞台を得て時の探偵文壇を熱狂させ，揺籃期にあった国内の創作活動に多大な影響を与えたといわれる。本書は，渾身の名訳をもって鳴る春陽堂版『夜鳥』全篇に雑誌掲載の一篇を加え，ルヴェルに関する田中早苗の訳業を集大成する。忘れ難い仏蘭西の鬼才が簡明扼要の筆致で醸し出す妙趣と，彼に捧げられた斯界の頌歌をご堪能あれ。

夜　　　鳥

モーリス・ルヴェル
田 中 早 苗 訳

創元推理文庫

LES OISEAUX DE NUIT

by

Maurice Level

目次

編集協力　藤原編集室

夜鳥

序

モーリス・ルヴェル（Maurice Level）は、仏蘭西（フランス）現代作家のうちで特殊な、そして相当に高い地位を占むべき一人である。

彼の作品については、『現代短篇作家集』の編者アンドレ・ファージ（André Fage）がもっとも理解のある、行きとどいた批評をしている。それによれば、

「ルヴェルは何よりもまず短篇作家（コントール）である。多くの長篇作家が短篇小説（コント）というものを第二義的に考えて、漫然と書きなぐるのとはちがって、コントは彼の本質にしっくりと当嵌った必然の形式なのである。

「彼は簡潔に纏まった説話の形で人生を観る。そうして彼の眼に映るそれらの事象は、悲劇味や喜劇味や小説味や現実味などをそれぞれに含有していて、しかも総じて意表外の結末をつげるのである。

「彼は現代のコントに最も輝かしい光彩を添えた作家の一人であるが、それは畢竟、コントは

仏蘭西文芸の偉大なる伝統から生れた最上の形式であるという信念の下に彫心鏤骨する彼の真摯な態度から来ているので、その傑出した作を読んだなら、自から高く矜恃したモオパッサンでさえ喜んで署名したい気持になっただろうと思われる」

なお、英吉利（イギリス）の名優で文芸家で取りわけ怪奇文学の愛好者だったアーヴィング（H. B. Irving）も、彼の作について次のような感想を書いているが、これは主として怪奇譚の方面から見たのである。

「ルヴェルの作は、他の誰よりもポオに似通っている。彼は怪奇譚というものに文芸的に最高の表現を与えた作家であって、この種の題材の取扱において、彼はたしかにオリジナリチをもっている。そして彼の作はポオのそれよりも現実的で、一層人生に接近していて、より簡潔で、より物凄い。且（か）つその中の幾つかの作品には、ポオなどに見られない一種の至純な哀惋（ペーソス）がある。

「ルヴェルは従来の怪談とまったく行きかたの異った、一の新しい戦慄を提供するので、多くの怪談に食傷している読者でも一度びルヴェルを読めば、従前に曾（かつ）て知らなかった竦動（しょうどう）を感ずるにちがいない。

「諸君はグラン・ギニョール座へ見物に出かけたって、いつも満足が得られるとは限らぬ。怪奇劇は演出が生硬だとしばしば無効果に終るものなのである。それよりも書斎の肱掛椅子に坐りこんで鬼才ルヴェルのコント集を一冊手にすれば、それこそ間違もなく諸君の恐怖慾が充たされるであろう」

人としてのルヴェルについて書かれたものはたんとないので、詳しいことはまだ知られていないが、何でも父はアルザス出身の将校で長いこと阿弗利加(アフリカ)守備隊に勤務していた関係から、彼も少年時代の大部分を父親とともにアルゼリアの方で送った。それから巴里(パリ)へ遊学して、医学を勉強して、業を終えるとやがて巴里の或る病院に住込医員として就職したが、その間に彼は、医師という職業を通じて種々なる人間苦を具(つぶ)さに見聞したのであった。

彼の作はどんなに凄い話を書いているときでも、底の方に溢るるばかりのヒューマン・タッチがあるのは、勿論作者自身の性格の現われに相違ないが、そうした経験に伴ってそれが培われて来たものとも見られよう。

深刻な話は大てい初期の作で、この住込医員時代の宿直の夜々に執筆したものであった。彼はその原稿をアカデミシアンでその時分「ル・ジュルナール」の文芸部長だったジョゼ・マリア・ド・エレジア（José Maria de Heredia）に見て貰うと、エレジアはいたく激賞して、早速紙上に載せてくれた。ルヴェルが文壇に乗りだしたのは、これが最初の機縁だったのである。

この『夜鳥』などの諸作を通して考えると、彼はおそろしく憂鬱な、救いがたい厭世家としか思えないが、実際に会ってみると、極めて快活で、瀟洒として、いかにも巴里っ子らしい感じがしたということである。それに、彼はあらゆる種類のスポーツに興味をもっていて、一九一〇年に瑞西(スイス)で氷滑(スケーテング)をやってひどい怪我をする以前までは、随分敢為なスポーツマンであった。

半面にそうした明るい快活さがあったことは、'Mado' の二巻によく現われている。スケッチ集ともいうべきこの二巻は、極めて軽妙な気持のいい筆致で、若い巴里女の晴れやかな生活を描いたものである。

あの大戦がはじまると同時に、彼は瑞西の療養所を飛びだしてそのまま従軍し、モロッコ民兵第二聯隊に属して各地に転戦したが、一度こわした体をあまり無理に使ったためにすっかり健康を損ねてからは、已むなく後方勤務に廻って、軍医として戦争の終局まで働いていた。

戦争後は専ら続きものの長篇を執筆していたらしいが、思いもかけず、彼が死んだという通信電報が都下の新聞に載せられたのは、一昨年の初夏の恰度今時分だった。齢はたしか五十であったと思う――私はその以前から可成り熱心に彼の作を飜訳したり彼のことを方々に書いたりしていたので、その訃報を読んだときは何となく軽い寂しさを感じないわけに行かなかった。

ルヴェルの著作は次の通りである。

コント集又は連続コント集

Les Oiseaux de Nuit.
Les Portes de l'Enfer.
Mado ou la guerre à Paris.
Mado ou les mille joies du Ménage.

中篇集

Les Morts étranges.
Colette Paradis.

長篇

Le Manteau d'Arlequin.
La Cité des voleurs.
L'île sans nom.
L'Ombre.
Vivre pour la Patrie.
L'Alouette.
L'Epouvante.
Les Printemps morts.
Les Beaux Jours.
Lady Harrington.
L'Ame de Minuit.
Le Marchand de Secrets.

彼のような多作家になると、すべての作を通じて同じ値打に評価しがたいのは已むを得ないことである。けれども、この青白い宝石の断面のように、怪しくも美しく光っている彼のコントの特異性は、誰だって認めずにはいられまい。

とにかく短篇作家(コントール)としてのルヴェルは、今よりももっともっと尊重されていいと思う。

この本には、『L'Oiseaux de Nuit(ロアゾオドニュイ)』から十六篇と、他の集や雑誌に掲載されたものの中から十四篇と、都合三十篇を選抜したが、これで、彼のコント中の佳作と云われているものは略(ほぼ)遺憾なく取入れたつもりである。

一九二八年五月二十五日

訳　者

或る精神異常者

彼は意地悪でもなく、といって、残忍酷薄な男でもなかった。ただ非常に変った道楽をもっていたというだけのことだ。しかしその道楽も大抵やりつくしてしまって、今では、それにも何等溌剌(はつらつ)たる興味を感じないようになったのである。

彼は度々劇場へ出かけた。けれど、それは演伎を観賞したり、オペラ・グラスで観客席(けんぶつ)を見廻したりするのが目的ではなくて、そうして度々行っているうちに、突然に劇場の失火というような珍らしい事件に出っくわすかもしれぬという、一種の期待からであった。

また、ヌイエの市へ出かけては、種々(いろいろ)な見世物小舎(ごや)を片っぱしから漁(あさ)りあるいたが、それも或る突発的の災難、例えば、猛獣使いが猛獣に噛みつかれるというような珍事を予期してのことであった。

一頃、闘牛見物に熱中したこともあったが、直(じ)きに厭(あ)いてしまった。牛を屠殺するあの方法があまりに規則正しく、あまりに自然に見えるのが飽足らなかった。それに負傷(ておい)の牛の苦悶を見るのも嫌であった。

　彼が真から憬れたのは、思いもかけぬときに突然湧きおこる惨事、或は何か新奇な事変から生ずる潑剌たる、そして尖鋭な悩みそのものであった。実際、オペラ・コミック座が焼けた大火の晩に、彼は偶然其座へ観劇に行っていて、あの名状すべからざる大混雑の中から不思議にも怪我一つせずに遁げだしたのであった。それから、有名な猛獣使いのフレッドがライオンに喰い殺されたときは、檻のすぐ傍でまざまざとその惨劇を見ていたのだ。

　ところが、それ以来彼は芝居や動物の見世物に全然興味を失ってしまった。

元そんなものにばかり熱中していた彼が急に冷淡になったのを、友達が不思議におもってその理由をたずねると、彼はこんな風に答えた。

「あんなところには、もう僕の見るものがなくなったよ。てんで興味がないね。我れ人ともにアッというようなものを僕は見たいんだ」

　芝居と見世物という二つの道楽――しかも十年も通いつめて漸と渇望を充したのに、その楽みが無くなってからというものは、彼は精神的にも肉体的にもひどく沈衰してしまって、その後数ケ月間、滅多に外出もしないようになった。

　ところが或る日、巴里の街々に、何度刷りかの綺麗なポスターが貼りだされた。そのポスターの図案は、くっきりと濃い海碧色を背景にして、一人の自転車乗りを点出したものであったが、まず一本の軌道が下へ向ってうねうねと幾重にも曲りくねって、終いの方はリボンを垂れたように垂直に地面へ落ちていた。そしてその軌道の頂上には、自転車乗りが今まさに駆けだそうとして合図を待っているのだが、軌道があんまり高いものだから、その自転車乗りは、ぽっちりと打った一つの点ほどにしか見えなかった。

　このポスターは自転車曲芸団の広告だったのである。

　その日の各新聞は、この際どい離れ業の提灯記事をかかげて奇抜なポスターの説明をしてくれていたが、それによると、かの曲芸師は、その錯綜した環状の軌道をば非常な快速力で風のごとく乗り廻して最後に地面へ飛ぶのだが、彼は大胆にも、その危険きわまる曲乗りの最中に、自転車の上で逆立ちをやるということであった。

　曲芸師は新聞記者を招待した際に、軌道と自転車とを実地に検(しら)べさせて、種も仕掛もないことを証明した。そして自分の離れ業は、極度に精確な算数によるものであって、精神集中作用が完全に行っているかぎり、万が一にも仕損じる気づかいはないと断言したそうだ。

　しかし苟(かり)にも人間の生命が精神集中一つで保たれている場合、それは随分不安定な懸釘(かけくぎ)にかかっているものだということも出来るのだ。

　さてこの貼りだされたポスターを見ると、わが精神異常者は少し元気が回復して来た。彼はそこに何等か新らしい刺戟が自分を待っているにちがいないという確信をもって、「今に見ろ」と友達に公言もした。で、彼は初日の晩から観客席(けんぶつ)に陣取って、熱心にこの曲乗りを見物することになった。

　彼はちょうど軌道の降り口の真正面に座席を一つ取って、そこをたった一人で占領した。他人がまじると注意力が散漫になるのを恐れて、わざと独り占めにしたのである。

最も際どい曲乗りは、たった五分間で終った。初め、白い軌道の上に黒い点が一つひょっこり現われたと思うと、それがおそろしい勢で驀進し、旋回し、それから大跳躍をやった。それですべてが終っていた。まるで電光石火ともいうべき神速な、そして潑剌たる感激を彼に与えた。

だが彼は帰りぎわに、大勢の観客(けんぶつ)と一しょに小舎を出ながら考えた。「こんな感激は、二、三度はいいが、結局芝居や見世物と同じように厭(あき)が来るだろう」と。

彼はまだ、自分のほんとうに求めているものが見つからなかったが、ふとこんなことを思いついた——精神集中といっても、人間の気力には限りがある。自転車の力だって謂わば比較的のものだし、軌道にしても、いかに完全に見えていたって何時(いつ)かは駄目になる筈だ——と。そこで、一度はきっと事故が起るにちがいないという結論に彼は到達した。

この結論から押して、その起るべき事故を見守るという決心をするのは、極めて手近い一歩なのだ。

「毎晩出かけよう」と彼は心にきめた。「あの曲乗りの男が頭蓋(あたま)を破(わ)るまで見に行こう。そうだ、巴里(パリ)で興行中の三ケ月間に事故が起らなければ、おれはそれが起るまで何処までも追かけて行くんだ」

それから二ケ月間というものは、一晩も欠かさずに、同じ時刻に出かけて行って、同じ側の同じ座席にすわった。彼は決して、この座席を変えなかったので、座方(ざかた)の方でも直(じ)きに彼を見知るようになった。が、座方の連中は、高い料金を出して毎晩根気よく同じ曲乗りを見物にやって来る彼の道楽がどうしても解りかねた。

ところが或る晩、曲芸師は常よりも早くその曲乗りを終ったが、ふと廊下で彼に出っくわした。言葉を交わすのに紹介の必要などはなかった。

「お顔は迅うから見覚えています」曲芸師が挨拶した。「貴方は入りびたりですね。毎晩いらっしゃいますね」

すると彼はびっくりして、

「僕は君の曲乗りに非常な興味をもってるんだが、毎晩来るっていうことを誰に聞いたんだね？」

曲芸師はにっこり笑って、

「誰に聞いたのでもありません。自分の眼で見ているのです」

「それは不思議だ。あんなに高いところから……あの危険な芸をやっていながら……君は観客の顔を見わける余裕があるかね」

「そんな余裕があるもんですか。私は下の方の観客席なんかてんで見やしません。しょっちゅう動いたり饒舌ったりしている観客に少しでも気を散らしたら、非常な危険ですからね。だが私どもの職業では、技芸や、理窟や、熟練のほかに、もっともっと大切なことがあります……謂わばトリックのようなもんですがね……」

「えっ、トリックがあるかね」

彼はまた吃驚した。

「誤解しないで下さい。トリックといっても、私のは詭計（ごまかし）じゃありません。私のトリックは、観客（けんぶつ）のまったく気づかないことで、しかもそれが一等呼吸のむずかしいところです。云ってみると、こうなんです……実際、私どもは頭を空っぽにして只一つの考えしか持たないということは中々難かしいことで、つまり一つのことに精神を集中するというそのことが困難なのです。しかし離れ業をやるときは何（ど）のみち完全な精神集中が必要ですから、私は何かしら観客（けんぶつ）席に目標をきめて、そればかりをじっと見つめて、決して他へ気を散らさぬようにします。そしてその目標の上に視線をすえた瞬間から、他のあらゆるものを忘れてしまうのです。

鞍（くら）に上って両手をハンドルにかけると、もう何も考えていません。バランスも、方向も考えません。私は自分の筋肉を頼みます。それは鋼鉄のように確かです。たった一つ危いのは眼ですが、今もいったように、一旦何かを見すえるともう大丈夫です。

ところで、私は初日の晩に曲乗りをはじめるとき、偶然にも貴方の座席へ視線がおちたので、じっと貴方のお姿を見つめていました。貴方は御自分で気づかずに、私の眼を捉えたのです。

こうして貴方は私の目標になりました。二日目の晩にもやはり同じ座席にいる貴方に眼をつけました。それからというものは、軌道の頂上（てっぺん）に立つと、眼が本能的に貴方の方へ向います。つまり貴方は私を助けていらっしゃるので、今じゃ、貴方は私の曲乗りに欠くことの出来ない大切（だいじ）な目標になっています。これで、毎晩お見えになることを私が知っている理由（わけ）がお解りになったでしょう」

その次の晩も、わが精神異常者は例の座席にすわっていた。観客（けんぶつ）は鋭い期待をもって、例のごとくざわざわと動いたり饒舌ったりしていた。と、突然、水を打ったようにしいんと静まりかえった。観客が呼吸を殺している深い沈黙なのである。

曲芸師は、自転車に乗って、二人の助手に扶けられながら、出発の合図を待っているのだ。彼はやがて完全にバランスをとって両手にハンドルを握り、頸をしゃんとあげて正面に視線をつけた。

「ホオッ！」

曲芸師が一声叫ぶと、支えていた二人の助手がさっと左右に分れた。

その瞬間にかの精神異常者は、もっとも自然な仕方で起ちあがると、つと後退りをして、座席の他の一端へ歩いて行った。と、遥か上の軌道で恐ろしい事件が起った。曲芸師の体が突然宙に跳ねとばされて真倒さまに墜落し、同時に空っ走りした自転車がもんどり打って、観客席の真只中へ落ちこんで来た。

観客はアッと叫んで総立ちになった。

そのとき精神異常者は、規則正しい身振りを一つやって、外套を着て、袖口でシルクハットの塵をはらいながら左も満足げに帰って行った。

麻酔剤

「わたしなんか、麻酔剤をかけなければならぬような手術をうけるとしたら、知らないドクトルの手にはかかりたくありませんね」

と美くしいマダム・シャリニがいいだした。

「そんなときは、やっぱり恋人の手で麻酔らせて貰わなければね」

老ドクトルは、自分の職業のことが話題にのぼったので、遠慮して黙りこんでいたが、そのとき初めて首をふって、

「それは大変な考え違いですよ、マダム。そんなときは、滅多に恋人なんかの手にかかるもんじゃありません」

「何故ですの？　恋しい人が傍についていてくれたら、どんなに心強いかしれませんわ。そうした生命にもかかろうというときは、思念をすっかりその人の上に集めますと、精神の脱漏を防ぐことが出来ますからね。恋人の眼でじっと見つめられながら麻酔に陥ちてゆくなんて、ど

んなにいい気持でしょう。それから、意識にかえるときの嬉しい心持を思っても御覧なさい。『覚醒』の嬉しさをね……」

「ところが麻酔の醒め際なんか、そんな詩的なものじゃありません」ドクトルは笑いながら、「麻酔からの醒め際は厭な気持のするもので、そのときの患者の顔といったら、見られたもんじゃありません。どんな美人だって恋人から愛想をつかされるにきまっています」

といったが、暫く押黙ったあとでつけ加えた。

「そればかりでなく、迂闊に恋人なんかの手にかかると、頗(すこぶ)る危険なのは、覚醒しないでそれっきりになることがあります」

これには皆が反対説を唱えだしたので、ドクトルも後へ退(ひ)けなくなってしまった。

「そんなら、私の説を証拠立てるために、皆さんにごく旧いお話を一つお聴きに入れよう。実は、私がその悲劇の主人公なんですがね、今はお話したって誰に迷惑のかかる気づかいもありません。というのは、関係者がみな死んでしもうて、生き残っているのは私独りなのです。但し関係者の姓名(なまえ)は秘しておきますから、皆さんが墓場をお探しになっても無駄ですよ。私は今は七十の声がかかって、御覧のとおりの老ぼれなんだが、その時分は二十四になったばかりで、若い盛りでした。

私は病院の助手をやっていたが、恰度その頃、或る婦人と恋に陥(お)ちました。私としてはこれが後にも前(さき)にもたった一度の、そして熱烈な恋でした。

彼女と逢引をするためなら、どんな愚劣な真似でもやりかねなかったのです。そして彼女の平和のためや、世間の誹謗を防ぐためなら、どんな大きな犠牲をも払っただろうし、また、万一われわれの恋が暴露（ばれ）かけて、彼女に疑いがかかるような場合には、私は直ちに自殺をしようという意気込でした。われわれは何方（どっち）も若かったのです。女は、その時分、二十も年上の男と無理強いに結婚をさせられていました。それに、老人の口からこう申しちゃお恥かしい次第だが、われわれはお互いに真から惚れ合った同士でした。

数ケ月間はこの上もなく幸福でした。慎ましくしていたので、誰一人感づいた者もなかったけれど、或る日、良人（おっと）なる人から私の許（ところ）へ急状があって、細君が大病だから来て診てくれということです。私はすぐにその家へ飛んでゆきました。

彼女は床づいていて、真蒼な不安な顔をして、眼のふちが黯（くろ）ずんで鼻が尖（とん）がり、唇は乾ききって、髪はぐったりと崩れていました。すべての様子が、病院でしばしば見る重病患者にそっくりでした。

前の晩、突然、腹部に激烈な疼痛が起ったので、家人が寝台に寝かしたそうですが、それ以来間断（ひっきり）なしに呻いていて、ときどき吃逆（しゃっくり）がまじって、人が手でものべると、触られるのを嫌がって、一生懸命に押しのける身振りをする。そして決して触ってくれるなということを、眼付で歎願しているのです。

診ると、一時間も、いや一分間も猶予の出来ない状態なので、早速院長を招んだところ、院長の診断もやはり、すぐその場で手術をしなければ可（い）けないというのです。

サアこうなると、知らない患者のために落ちついて手術の準備をするのと、最愛の女（ひと）のために怖々その準備をするのとは、心持に於て非常な相違があります。

隣りの室で人々がせっせと手術の仕度をやっている間に、哀れな恋女は、私を傍へ呼んで、そっと囁きました。

『わたし平気よ。どうぞ心配しないで……貴方の御手で麻酔をかけてね』

私は手真似で反対したが、彼女はどうしても肯きません。

『きっとね。貴方に眠らせて頂くわ』

私は『可けない』と云おうとしたけれど、それを云っている隙も、勇気もありませんでした。そのうちに、もう人々がやって来て、彼女を隣室へ運んでゆきました。

私の苦難はこれから始まるのです。院長や、医員や、看護婦たちが容易ならぬ気勢であちこちと立ち廻っている間に、私はクロロフォムの壜と、マスクの用意をしました。女が麻酔剤を数滴吸入しかけたとき、何だか厭がる風だったが、ふと私の顔を見るとにっこり笑っておとなしく、私のするがままに任せました。しかし、そのときは、まだ麻酔が不完全だったのです。というのは、私が感動のあまり度を失って、マスクをぴったりと口へ当てなかったために、その隙間から空気が入りすぎて、クロロフォムの吸入量が少なかったからです。なお、私は突発し得るさまざまな危険を考えていました。たびたび見聞した麻酔死の場合などを予想しました。その際、私の眼が常のごとく鋭敏でなく、手先が不確であったのも、実に已むを得ないことなのです。

院長はシャツの袖を高々とまくりあげ、にゅっと伸ばした腕に波をうたせながらやって来て、

『麻酔はいいかね？』

その声を聞くと、私は神経がぐっと引きしまりました。急に病院気分になって緊張して答えました。

『まだです』

『早くしたまえ』

私は病人の上にかがみこんで、

『聞えますか』

と訊ねると、女は二度瞬きをしました。『聞える』ということを眼付で答えているのです。

『耳の中で何かブンブンいっているでしょう。どんな音がしますか』

『鐘……』

微かにつぶやきながら、一、二度痙縮（けいしゅく）しました。そして片一方の腕をだらりと卓子（テーブル）に垂れ、呼吸はだんだん平らになって、顔色はしだいに蒼ざめ、鼻の側（わき）に青筋が現われて来ました。私はまた、じっと身をかがめました。女のすうすういう呼吸がクロロフォム臭くなって来て、もうすっかり麻酔におちたのです。

『よろしゅうございます』

と私は院長に報告しました。

が、やがて院長のメスが白い皮膚の上を颯（さつ）と走って、そこに赤い一線が滲んだとき、私はま

た不安に襲われました。彼女の肉が切られたり、摘（つま）まれたりするのを見ると、まるで自分の身体を切りさいなまれているような気がするのです。私は機械的に手をのべて女の顔に触ってみました。と、彼女は突然、本能的に防禦でもするように脚を折りまげて、うーんと一つ呻きました。

院長は立ちすくんで、

『おい、麻酔が十分でないよ』

といいます。私は大急ぎでマスクへまた数滴のクロロフォムを垂らしました。

院長はもう一度患者の上に屈みました。が、彼女は又もや呻いて、今度は何かわけのわからぬことを口走りました。

私は早くこの手術を終らせてしまいたいと思って、どんなにやきもきしたことでしょう。一刻も早く覚醒する彼女を見たい、恐ろしい夢魔を追い払ってしまいたいと、そればっかり念じていました。彼女はもう身動きはしないがやはり呻いて、何かぶつぶついっていた、と思うと突然に男の名――しかも『ジャン』という私の名前を判然（はっきり）呼びかけたのです。

私はぎょっとしました。しかし彼女は夢でも見ているらしく、つづいてこんなことをいいました。

『心配しないで、ね……わたし平気よ……』

サア今度は、此方（こっち）が平気でいられない。

彼女が覚醒しないで、そのまま私の腕に死んでゆくかも知れないという心配よりも、譫語（うわごと）の中で両人の秘密をいい出しはせぬかということが、むしょうに恐ろしくなって来ました。

やがて、彼女はほんとうに危っかしい譫語をはじめました。私ははらはらして、

『院長、麻酔が十分でないようです』

『何かしゃべったって……構わんじゃないか……もう暴れアしないから大丈夫だよ』

そのとき、女ははっきりと声を張りあげて、

『わたし平気よ……貴方がついていて……眠らせて下さるんですもの……』

と一語一語を明瞭にいってのけたのです。私は更にクロロフォムを四滴、五滴とつづけざまにマスクへ垂らして、それを女の顔へひしと押し当てました。彼女のしどろもどろな声が、私の手でしっかと抑えつけている布へ打つかって来ます。

『わたし眠るのよ……あら、鐘が聞えるわ……今に癒ったら、また両人で、散歩をしましょうね……』

私はもう夢中でした。隣室で、多分戸口に耳を押しつけていた彼女の良人がそれを聞いただろうし、他の人々も感づいたにちがいないと思いました。彼女は不断ごく慎ましくて、幸いに只の一度もそんな浮き名を立てられたことがなかったけれど、今度はけちがつくだろうと思って、慄然としました。

何にしても、もっとよく麻酔らせて、彼女を黙らせなければならぬので、私は矢つぎ早にクロロフォムを垂らしました。マスクがだらだらに濡れて、指先にしっとりと重さを感ずるぐらいでした。

『会いましょうね……晩に……二人っきりよ……そしたら、また抱擁してね……』

まだやっています。私は頭がぐらぐらっとしました。今度は何を云いだすか知れたもんじゃない——そう考えるといよいよ堪らなくなって、また一滴一滴と薬液を垂らしました。自分でも夢中で何をやっているかわかりませんでした。


ふと気がつくと、壜が空っぽになっています。サア大変、麻酔剤の量が多すぎた。愕然としてマスクを投げだし、あわてて女の眼瞼をあけると瞳孔が散大して、虹彩が殆んどなくなっているではありませんか。私は『待った！』と叫ぼうとしたが、言葉が咽喉に塞えて出て来ません。


その瞬間に、院長が、簡単だけれど心配そうな声で、

『はてナ、血圧が馬鹿に低くなったぞ』

と、いきなり私を押し除けて、患者の顔へ身をかがめると、

『呼吸が止まってるじゃないか……酸素吸入か……エーテルを……早く早く……』

けれども、もう手遅れでした。可哀そうに、彼女はぐったりと仰のけに首を垂れ、その碧眼は、眼瞼をあげられたまま、きょとんと私の方を見ています。


われわれは有らゆる手段をつくしたけれど、何の効もありませんでした。麻酔死——あの恐ろしい麻酔死というやつが、彼女を私の手から永久に奪ってしまったのです」

こう語り終って、ドクトルは五分間もじっと黙想に沈んでいたが、やがて次のようにつけ加えた。

「こうした事故はしばしば起るもので、誰だって、絶対に麻酔剤の危険がないということは云えるものじゃありません。が、あの場合、私が彼女の恋人でなくて、冷静に仕事の出来る立場にあったなら、そして、彼女の生命を自分の手に握っているという重大な責任と、彼女を破滅させる恐ろしい秘密を譫語(うわごと)に聞くという、二重の苦悶で頭が惑乱することがなかったならば、私は決して彼女を死なせはしなかったでしょう」

それっきりドクトルは黙りこんだ。

冷たい秋風が、濡れた窓硝子をはたはたと鳴らしていた。そして、その秋風に誘われて来たような一脈の哀愁が、しんみりと室中(へや)に沁みわたった。

マダム・シャリニは肱掛椅子の背にぐったりと頸(うなじ)を凭(よ)せて、夢見る女(ひと)のように、ぼんやり空間を見つめていた。

人々はその晩に限って、常よりも早く散り散りに帰って行った。

幻想

乞食は、その日、辻馬車の扉を開け閉てして貰いためた僅かの小銭を衣嚢の底でしっかと握り、寒さで青色になって、首をちぢめて、身を切るような寒風を避ける場所を探しながら、急ぎ足の人々とともに往来を歩いて行った。

すっかり草臥れてしまって、『どうじゃ一銭』を云うさえ億劫だし、手をのべたくても、手套なしの手は我慢にも衣嚢から出せないほど凍かんでいた。

横っちょに吹きつける粉雪が髭にたまり、頸筋へ溶けこむのにも気づかずに、彼はひたすら或る瞑想にふけった。

「たった一時間でいいから、金持ちになりてえなア。そうすると、おれは何を措いても馬車を一台買うぜ」

彼は立ちどまって、思案ありげにちょっと首をふったが、

「さて、それから何を買おうか」

と心に問うてみた。さまざまな栄耀栄華の幻影が後から後からと頭にちらついた。が、詮じつめると、どれもこれも欠点があって面白くなかった。その度ごとに彼は肩をゆすぶって、

「いや、こいつも駄目だ……して見ると真正の幸福ってものは無えもんだなア」

そんなことを考えながら、とぼとぼ歩いてゆくと、或る家の軒下にもう一人の乞食がぶるぶる慄えながら立っているのが眼にとまった。

その乞食はしかめっ面をして、手をさしのべて、

「お助けなされて下さりませ、お願いでございます……どうぞや、どうぞ……」

と呻っているけれど、声があまりにかぼそいもんだから、街の物音にかき消されて些しも人の注意をひかない。

傍には、泥まみれになった惨めな雑種犬が一疋、身をふるわせて微かに吠えながら、一生懸命に尻尾をふっていた。

前の乞食はそこに立ちどまった。犬は主人の同類がやって来たのを見ると、嬉しがって、少し元気よく吠えて鼻頭を擂りつけるようにした。で、乞食は注意ぶかくその犬の主人の様子を見ると、ひどい襤褸を着て、破れ靴を穿いて、あわれな手首は寒さでぶす色になり、眼を閉じた顔は真蒼で、胸には『めくら』と書いた灰色の板をぶらさげていた。

盲乞食は人の立ちどまった気配がすると、哀れっぽい声を振りしぼって、

「お助けなされて下さりませ、旦那さま……哀れな盲でございます……」

前の乞食は身じろきもしずに、そこに突立っていた。

往来の人々は顔を背けてさっさと通りすぎた。温かそうな毛皮の外套を着こんだ一人の貴婦人が、定服の召使に傘を翳させながら、そこの広い戸口から出て来たが、乞食どもを見るとマッフで口を庇うようにして、素早く拾い歩きをして、待っていた馬車の中へすっと消えてしまった。

盲は例の単調な哀願をつづけた。

「お助けなされて下さりませ……どうぞ一銭与って下さい……」

しかし誰一人振りむきもせなんだ。暫くして前の乞食は、自分のかくしから幾枚かの銅貨を摘みだして、盲乞食にくれてやった。犬はそれを見ると嬉しそうに吠え立てた。盲は貰った銅貨をばふるえる指に握りしめて、

「お難有うござります、旦那さま……お難有うござります……」

乞食は『旦那さま』という敬称を聞くと、

「おれは旦那さまじゃねえんだよ、兄弟。お前と同じ惨めな乞食さ」

と口まで出かかったのを、ふと思いかえして引っこめた。そして自分がこんな場合に散々聴かされている言葉で答えた。

「いや些しばかりでお気の毒だな」

「恐れ入ります、旦那さま。お寒いのに、わざわざお手をお出しなすって……お難有うございます。こんな日は、私のような病人はまことに難渋いたします。その苦しみというものは、とてもとてもお話しになったものじゃござんせん」

乞食は聞いているうちに、ああ気の毒なという感じが胸一杯にこみあげて来た。

「わしは解っている。よく解っているよ」

自分以上に悩んでいる者を見た彼は、もう自分の貧苦などをうち忘れて、

「お前は生れつき眼が見えないのか」

「いいえ、齢を老りしだいに悪くなりましたので、お医者は老齢のせいだといいます。白内障とかいう眼だそうでございます。けれど、老齢のせいばかりではございません……あまり度々不幸な目に遭ってあまり酷く泣かされたせいでございます」

「じゃ、随分不幸つづきだったんだね」

「はい、旦那さま、一年のうちに女房と、娘と、男の子を二人死られました。こうして私を愛してくれるべき可愛い者達にすっかり先死たれ、おまけに大病に取憑かれて、すんでのことに彼世へ行くところでございました。幸い癒りはしましたもののもう体が弱って仕事が出来ませんので、年中貧乏で不自由をしております。何日も物を食べずに暮らすことが珍らしくありません。昨日少しばかりの麵麭屑を、この犬と二人で頒けて食べてから、まだ何も口に入れませぬ。今旦那さまに戴いたこのお銭で、今晩と明日の食べものを求める積りでございます。ハイ」

乞食はこの盲の述懐を聴きながら、自分の衣嚢の中で銅貨をいじくっていた。手探りで数えるとそれが四十八銭あった。

「来いよ、わしと一緒に。此処はあんまり寒いから、そこいらへ行って何か御馳走しよう」

「それはそれは、旦那さま、どうも恐れ入ります」

と盲は嬉しさに上気して、吃り吃りいった。

「さア出掛けよう」

乞食は、盲の手を執って、自分の服の濡れていることや、薄っぺらなことを覚られぬように用心しながら歩きだした。犬は首をあげ、耳をしゃんと聳てて、雑閙の中を進んで行った。交通の頻繁い街を横ぎるときなどは、鎖をピンと張るようにして、機敏に主人を導くのであった。

彼等はこうして稍しばらく歩いて行ったが、やがて裏街の或る小さな飲食店の前に立ちどまると、乞食は戸をあけて、盲に声をかけた。

「さアお入り」

暖炉の前の食卓を択んで盲を坐らせ、自分もその前に腰をかけた。
四、五人の労働者風の客が、黙りこくって、めいめいに小さな厚い皿のものを貪るように掻込んでいた。
盲は犬の鎖を解いてやって、炉の方へ手をかざしながら、ほっと溜息をして、

「大そう気持のいいところでございますね」

乞食は女中を呼んで、盲のために肉菜汁とふかし肉を誂えた。

「そして旦那は何を召上ります？」

女中が訊くと、

「わしは何も要らない」

やがて、ぷんぷん美味そうな匂いのする肉菜汁と、肉の皿がはこばれた。盲は無言で緩くり緩くりそれを平らげた。乞食は傍でじっとその様子を見ていたが、自分の食料として持っていた小さな麺麭片をば、食卓の下でそっと割って犬にやった。そして、盲が肉菜汁と肉をすっかり食べ終ったときに、彼はいった。

「何か一杯お飲り。そうすると脚に力がつくぞ」

それから間もなく女中を呼んで、

「ねえさん、何程」

「四十四銭頂きます」

彼はその勘定を支払って、別に四銭のチップを女中にくれて、それから盲に腕を貸した。

やがて街へ出ると、彼は訊ねた。

「お前はこれから遠方へ帰るのか」

「ここは一体何処でございましょう」

「サン・ラザール停車場の近所だよ」

「では、可成り遠うございますな。私は河向うの或る小舎に寝泊りしておりますので」

「そんなら途中まで送ってあげよう」

「難有うございます。御親切に、どうも難有うございます」

「いや、いや、そんなに礼をいうほどのことでもないさ」

何という理由もなく、彼は幸福を感じた。むしょうに嬉しい気持になった。何が愉快だってこれほど愉快を感じたことはなかった。彼は歩きながら恍惚と夢見るような思いに浸っていた。自分こそ食べ物もなく、今宵の寝所にも困っている体であることも忘れ、その上に困苦も、襤褸服も、自分が乞食であることすらも忘れてしまったのであった。

彼はときどき盲の方へ振りかえっては訊いた。

「わしの足が早すぎはしないか。随分草臥れただろう」

その度に盲はひどく恐縮して、

「ど、どういたしまして、旦那さま」

そんな風に挨拶されると、乞食はまた嬉しくなって莞爾莞爾した。彼は急に金持ちの慈善家になったという不思議な感じがすると同時に、此方をそう思いこんでしまった相手の幻想によって擽ぐられるのであった。

湿っぽい河風にあたると、盲は早くも河岸へ来たのを感じて、

「ここまで来ればもう一人で帰れます。犬がついていますから大丈夫です」

「そうかい。では、気をつけて行けよ」

と乞食は寛闊な口調でいった。

彼は今、或る妙な思いに浸っているのだ。その妙な思いというのはこうだ――おれがあんなに度々あんなに熱心に憬がれた夢が、今実現された。おれはついに申し分のない幸福な心持を味わったのだ。不断狂人になるほど希っていたように、実際の金持になったり、美味いものをたらふく食ったり、美人から恋われたりするよりも、今のこの歓びの方がどんなに尊いか知れ

ない。この盲人は、同じ仲間に手を引かれているとは夢にも知らないで、おれのことを親切な金持ちの旦那さまだと信じきっている。して見ればおれは、ほんとうの金持ちになったも同様だ。何といったって、今夜のような深い混りっ気のない歓びというものは、おれとしては、二度と再び味うことの出来ない心持なんだ——

しかし、こうした大歓喜も長くはつづかなかった。ふと気がつくと、彼はもう現実にかえっていたのである。

「では、ここでお別れだ」

二人は恰度橋の中央へ来ていた——乞食は立ちどまって、もしや銅貨一枚でも残っていはしないかと思って衣嚢へ手をやったが、もう空っぽだった。

彼は盲とかたく握手をした。盲はもう一度感謝をくりかえして、

「お難有うございます、旦那さま。どうぞ御姓名を伺わせて下さい、貴方さまの御幸福をお禱りするために」

「名乗るほどのこともないさ。寒いから早くお帰り。わしこそお蔭で大変いい心持になったよ。左様なら」

すたすた帰りかけたが、やがて立ちどまって、橋の上から漫々たる河面の闇をじっと瞰きこんだ。

「左様なら」

一声高くそういったかと思うと、彼は不意に欄干へ上った——つづいてざぶりッ——とはげ

しい水音。

「身投げだ。救けろ」

「橋からじゃ駄目だ」

「河岸へ行け、早く早く」

大勢の人がたちまち右往左往に駆けだした。盲乞食はその騒ぎに揉まれながら、

「どうしたんですか。何かありましたか」

問いかけると、

「乞食が河へ飛び込みやがったんだ」

威勢のいい弥次馬が、擲り飛ばしそうな勢いでこう呶鳴りながら、どんどん駆けて行った。

すると盲乞食は気倦そうに肩を一つゆすぶって、独りごとをいった。

「其奴なんかは、とにかく勇気があったんだな、それだけの勇気が」

それから彼は空でも見上げるように顔を仰向け、背中を丸めて、靴の爪尖で犬をさぐり、杖で地面を叩きながら、とぼとぼと歩いて行った——何も知らずに。

犬舎

十一時が鳴ると、アルトヴェル氏は麦酒(ビール)の最後の一杯をぐっと飲み乾し、ひろげていた新聞をたたんで、うんと一つ伸びをやって、欠伸(あくび)をして、それからゆったりと起(た)ちあがった。吊り飾燈(ランプ)の明るい光りは、弾丸(たま)や薬苞の散らばっている卓布(ナップ)の上をあかあかと照らしていた。そして暖炉のそばには、肱掛椅子に深々とうずまった婦人の横顔がくっきりと影絵のように見えていた。

屋外(そと)では、はげしく吹き荒れている風が窓をゆすぶり、しぶきはその窓硝子を騒々しく叩いて、ときどき犬舎(いぬごや)の方から犬どものウウと唸る声が聞えた。犬どもはその日朝から終日(いちにち)騒ぎ立っていたのであった。

その犬舎(いぬごや)には、四十頭からの猛犬が飼ってあって、口元の不気味な巨犬(マータン)や、ヴァンデイ産の毛のもじゃもじゃした粗毛猟犬(グリフォン)など、いずれも猟に伴(つ)れてゆくと、獰猛な勢いで野猪(のじし)に喰いつく奴等である。そして夜になると彼奴(きゃつ)等の猛(たけ)しい唸り声を聞いて、遠近(あちこち)のさかりのついた野良犬や、狂犬どもが盛んに吠え立てるのだ。

アルトヴェル氏は、窓掛をあげて、真暗な庭園の方を覗いてみると、濡れた樹々の枝は刃のように光り、秋の木の葉が風に吹きまくられて、ばらばらっと壁を打った。

「厭な晩だな！」

彼は呟くようにいった。そして両手をかくしに突込んだまま、五、六歩あるいて暖炉の前に立って、燃えさしの薪を靴の爪尖で踏みつけると、真赤な焚きおとしが灰の上にくずれて、新らしい焔がまっすぐに尖がって燃えあがった。

夫人は身じろきもしない。薪の火光は彼女の顔を照らし、頭髪を金色に染め、その蒼白い頬を生々した薔薇色に見せ、彼女の周囲をちょろちょろとダンスをやりながら、額や、眼瞼や、唇のあたりに気まぐれな陰影を投げかけた。

一時ひっそりしていた猟犬が、また吠えだした。その吼声と、風の呻りと、樹々を打つ雨の音を聞くと、静かな室の内部が一しお暖かそうに思われ、そこにじっと黙している婦人の姿が、何となく懐かしい感じをさえも与えるのであった。

アルトヴェル氏は少し変な気持になって来た。猟犬どもの暴れもがく声と室の暖もりとで唆られた或る情慾が、だんだん体内にひろがって来た。で、彼は夫人の肩を軽く押えて、

「もう十時だよ、寝ようじゃないか」

「ええ」

彼女は残り惜しそうに椅子を離れた。

アルトヴェル氏は、暖炉の薪架に片足をかけて、もじもじしながら傍をむいて低声でいった。

「お前の寝室へ行っていいだろう」

「駄目よ、今夜は」

アルトヴェル氏はしかめっ面をして、しかし一寸腰をかがめて、

「御随意になさいだ」

彼は両脚をひろげて肩で暖炉棚へもたれたまま、夫人の出て行くうしろ姿をじっと見送った。夫人はいかにも優美な、なよなよした身のこなしで、衣物の裾がさざ波の動くようにさやさやと絨毯の上を辷っていった。それを見ていると、彼は癇が高ぶって来て、あらゆる筋肉が鯱こばるのを感じた。

アルトヴェル氏は元々夫人に対する嫉妬のために、此邸で彼女を厳重に監視しているのであった。

彼は以前妻というものについてこんな理想を描いていた――妻は何でも良人たる自分と二人っきりで暮らすことを楽しんで、よく自分の望みに添うて、いつも機嫌よく、黙ってあらゆる要求を受入れてくれなくてはならぬ。自分が日中猟に出て、手が寒さで藍色になり、さすがに強健な体もぐたぐたに疲れて、日が暮れてから野原や沼地の清気と、乗馬や獲物や猟犬の臭いを満身に浴びて家に帰って来たならば、妻は優しい言葉でいそいそと出迎えて、良人の接吻をうけるために熱い唇を向ける。そうして、良人は吹き荒ぶ風を物ともしずに終日馬上に駆けめぐり、或は冬の乾ききった大気を息づまるほど満喫し、或るときは徒歩で畝や畦を渉り、樹の

枝に髭を撫でられそうな森林の中を、大駆けで馬を飛ばしたりした後で、恋の長い夜が来ると、互いの愛撫で魂いも蕩けるような悦楽をしみじみと味わうことが出来るのだ――

ところが、理想と現実とはこうも違うものか。

戸口がしまって、夫人の跫音が廊下の向うへ消えてしまうと、彼も仕様事なしに自分の寝室へ行ったが、やがて寝床に入ってから、読書でもしようと思って、一冊の本を引きだした。

雨の音が一きわ騒がしくなって、風が煙突に呻り、庭園の方では木の枝の断切れて飛ぶ音がする。それに、猟犬どもが間断なしに吠え立てるので、暴風雨の叫びや樹々の軋る音も気圧されるくらいだ。彼奴等が巨大な体で打突かるものだから、犬舎の扉が今にもはち切れそうな音がする。

彼は窓を開けて、大声で呶鳴りつけた。

「こらっ」

すると犬どもは少しの間鳴りを鎮めた。

冷い雨走がさっと顔へかかると、彼は清々しい気持になった。が、犬がまた吠えはじめたので、彼は拳骨で鎧戸をどんどん叩いて、

「こらっ、静かにせい」

そのとき、ふと或る声を聞いたような気がした。それは唄とも、囁きとも、響きともつかぬ声であった。と、こんなときに犬どもを滅多打ちに打ち据えて、拳の下に肉塊の顫えを感じたいという欲求が、むらむらっと込みあげて来た。

「ようし、待っていろ」

窓をぴしゃり閉めきると、鞭をさげて廊下へ出た。

荘邸中の者が寝静まっているというようなことは、一向気にも止めないで、大跨にどんどん歩いて行ったが、夫人の寝室の前へさしかかったときは、彼女の眠りを妨げまいとして歩調をゆるめて静かに歩いた。ところが、戸の下の隙間から燈りが洩れていて、室内に人の跫音――やわらかい絨毯でさえも消すことが出来ないほど慌てた跫音がしたので、彼は聴耳をたてた――やがてその跫音が止んで、燈りが消えた。

彼は戸の前にじっと佇立していたが、ふと或る疑念におそわれて、そっと声をかけた。

「マリー・テレーズ」

答えがない。

今度は少し高く呼んでみた。好奇心――いや、判然と云うのを憚る或る疑いで、彼は一瞬間、呼吸もつけなかった。

戸を鋭く二度叩くと、室内から、

「誰？」

と咎める声。

「わしだよ。此所を開けなさい」

戸が細めに開いて、一陣の生温かい温気が、婦人部屋に特有な好い匂いの中にエーテルのらしい臭気をまじえて、むっと彼の顔へ吹きつけた。

「何か御用ですの」

室内の声が問いかけた。

黙って入ってゆくと、夫人が恰度閾際に立ちはだかっていたものだから、その呼吸が彼の顔にかかり、衣物のレースが彼の胸にふれた。衣嚢を探したけれどマッチがないので、

「燈火を点けなさい」

と彼は命じた。夫人はすぐにランプを点けた。室内の様子を見ると、窓にはすっかり窓掛がおろしてあって、絨毯の上には襟巻が一本落ちていて、寝床の真白な広布団は、はだけたままになっていた。そして一人の男が、暖炉の傍の長椅子の上に横わっていたが、その男は襟をひろげたまま、頭をぐったり下げ、両手をだらりと垂れて眼をつぶっていた。

アルトヴェル氏は、夫人の手くびを押えつけて、

「こら、何という汚らわしいことだ。わしに情ない理由がわかったぞ」

夫人は良人の手を振り離そうともしないで、じっとしていた。その蒼ざめた顔には些しも恐怖の陰影がない。彼女はしゃんと顔をあげて、

「貴郎は何を仰しゃるんです」

アルトヴェル氏は夫人を突離すと、現ない男の上へのしかかって、拳を振りあげながら吸鳴った。

「此奴、他妻の寝室へ忍びこんだ姦夫……や、何ということだ、わしの友人でしかも子供のように齢の若いこの男を……淫婦奴が」

すると、夫人は良人の言葉をさえぎって、

「この人、何でもありませんわ」

「ははア、そんなことでわしが欺せると思うか」

彼はぐったり横わっている男の襟くびを攫んで、ぐいと手許へ引きよせた。が、顔は真蒼で、唇がゆるんで、白い歯並や歯齦がむき出ているばかりでなく、手をふれると異様な冷さを感じたので、愕然として突離した。すると男は、体がどたりと椅子へ仆れる拍子に、額が他愛もなく二度もその肱掛に突きあたった。

アルトヴェル氏は堪えがたい憤りを夫人の方へ向けた。

「この有様はどうしたのだ。さア云って御覧」

「何でもないんです」と彼女は説明した。「わたしが寝床へ入ろうとしていますと、廊下で何だか蹌踉けるような跫音がして、間もなく『戸を開けて、戸を開けて』という声がするものですから、きっと貴郎が御気分でもおわるいかと思って、戸を開けますと、この人が入って来ました。いえ、仆れこんだのでございます。何だか急に心臓がわるくなった様子ですからここへ臥かしておいて、それから貴郎を探しに行こうと思っているところへ、丁度貴郎がいらしたのです。それだけでございますわ」

アルトヴェル氏は倒れている男をじっと覗きこんでいたが、やがて冷静に立ちかえったらしく、屹然した語調で問いかけた。

「この男が入って来たことを、家の者は知るまいな」

「誰も知りません、猟犬があんなに騒いでいるものですから」

「それにしても、此奴何でこんな時刻にやって来たんだろう」

「不思議でございますね。だけど、何じゃないでしょうか、急に気分が悪くなったものだから、この人は独りぼっちで、不安になって、助けて貰うために来たのではないでしょうか。今に気分が癒って物が云えるようになったら、自分で説明するでしょう」

「多分お前のいう通りだろう。が、その話はこの男の口からはもう聞けないんだよ。此奴死んでしまったからな」

夫人はそれを聞くと、歯の根も合わぬほどふるえだして、吃り吃りいった。

「そ、そんなことがあるものですか、この人が」

「いや、死んでいる」

そういって、アルトヴェル氏はちょっと考えこんでいたが、やがて前よりも落ちついた声で、

「しかし、よく考えると何も不思議はないさ。この男の父親も、叔父も、こんな風に突然亡くなったのだ。心臓病の血統なんだよ。急激な感動——非常な歓び——そうしたことに出っくわすと、何といっても人間は脆い生物だからなア」

と、椅子を引きよせて暖炉の方へ手をかざしながら、

「だが、それだけの単純な出来事だとしても、他の男が夜中にお前の寝室で死んだという事実は打消すわけに行かんじゃないか」

夫人は両手に顔をうずめたっきり、何の答えもない。

「今のお前の話でわしの疑念は解けたとしても、他人にまでそれを信じさせることは出来ない。召使どもは勝手な憶測で何のかのと云いふらすだろう。さアそうなると、お前の不名誉だけでは済まん。わしの顔にもかかるし、家名にも疵がつくというものだ。どのみち放抛っておける問題ではないから何とか方法を考えにゃならんが——そうだ、わしに一つ考えがある。今夜のことは幸いお前とわしの外に知った者はなし、此奴が入って来たところを見かけた者もないから、誰も勘づく筈がない。そこで、お前ランプを持ってわしについて来い」

　そういって、彼は屍体を抱きあげたが、

「さアお前が先きに立て」

「貴郎、どうなさるの」

「心配せんでもいい。先きへ行ってくれ」

　両人は徐々と階段を降りていった。夫人のかざしたランプの灯が壁にちらついた。アルトヴェル氏は屍体を抱えて、注意ぶかく一歩一歩踏みしめるようにして階段を降りた。そして庭園の方へ出る戸口のところで、

「音がしないように此戸を開けなさい」

　夫人が戸を開けたとたんに、さっと吹きこんだ風でランプは消え、しぶきが横っ倒しに来ると、熱した火屋が破裂してその破片が閾に散った。

　仕方がないからその消えたランプをそこへ置いて、それから庭園へ踏みだした。砂利が靴の下でざくざく鳴って、篠つく雨が両人を叩いた。

「径が見えるかい。見える？　そんならわしの傍へ来て、屍体の足を持ってくれ。重いぞ」

両人はしばらく黙って歩いた。やがてアルトヴェル氏は、とある低い戸口の前に立ちどまると、

「わしの右の衣嚢を探してくれ。鍵があるだろう。それだ……それを出せ……さア足を離していいよ。まるで墓場のような暗さだ。鍵穴が分るかい……いいか……分ったら鍵を廻せ」

犬どもはその音を聞きつけると、亢奮して俄かに吠え立てた。と、夫人はびっくりして跳びのいた。

「怖いか？……さア鍵を廻せ……もう一度……それでいい……退いてくれ」

彼は扉に膝をあててぐいと押し開けた。猟犬どもが外へ出られると思ってむやみと脚へ打突かって来るのを、彼は靴で蹴かえしながら、突然ヤッといって屍体を頭上に高く担しあげたと思うと、一つはずみをつけて犬舎の真只中へ撞と投げこむが早いか、ぴしゃり扉を閉めきった。猛犬どもは物凄い唸りとともに一斉にその餌食に跳びついた。と、

「助けてくれい」

一声けたたましい叫びが獣等の咆哮の中から聞えて来た。それは実に、この世のものとも思われぬ凄惨な声であった。

あとにはまた獰猛な唸りが入り乱れた。

夫人は何ともいいようのない恐怖に襲われた。そして、稲妻の閃めくようにその真相がわかると、狂おしい眼付をして、矢庭に良人へ跳びかかって、めちゃくちゃに顔を引掻きながら、

「悪党……あの人は死んでいたんじゃない……死んでいたんじゃない」

アルトヴェル氏は突立ったまま夫人を手の甲で押しのけて、嬲(なぶ)るような口調でいった。

「左様(パルブルー)だとも」

孤独

その年老(と)った事務員は、一日の単調な仕事に疲れて役所を出ると、不意に蔽(おっ)かぶさってしだいに深くなってゆく、あの取止(とりと)めもない哀愁に囚われた。そして失える希望と仇(あだ)に過ごした光陰を歎く旧い悩みを喚びおこしながら、珍らしくも、ぼんやりと門前に立ちどまった。それまでは、毎日脇目もふらずに宿へ帰ってゆくことが、二十五年もつづけて来た習慣だったのに。

街は賑わっていた。店舗(みせ)にはみな煌々と燈(あか)りがついて、通りかかる女たちも、人も、物も、すべてこの春の黄昏(たそがれ)の幸福な安逸と、生の楽しさとを物語っていた。

老事務員は考えた。

「おれも今夜は人並に楽しんでみたいな」

金は衣嚢(かくし)にある。宿へ帰ったって、誰も待っていてくれる者もないのだ。

彼は辻馬車を呼びとめた。

「ボア公園へやってくれ」

馬車はシャンゼリゼーをまっすぐに駆けて行ったが、幾組となく睦まじく連れだって歩いている男女のさざめきが彼の耳に聞え、多くの馬車が彼の馬車とすれちがった。彼は初めてそうした華やかな群の中へ入ったのだが、何というわけもなく、沁々寂しさと遣瀬なさを感じた。それは、役所から閑かな街を通っててくてく宿へ帰って行くときよりも、もっともっと深い寂しさ、遣瀬なさであった。

　ボア公園で馬車を乗り棄て、やがて或るレストオランへ入って空席をさがしていると、給仕がやって来て、

「お二人の御席でございますか」

「いや、僕は一人だ」

「では、どうぞ此方へ」

燈りの漲っている賑やかな広間であるにも拘らず、彼は何だか遠く懸離れた、暗いところへ島流しにでもされたような気持がした。歓楽は、彼の坐っている小卓から数歩のところで立ちどまっているらしかった。四辺を見ると、他の連中のいかにも楽しそうなのが不思議だった。

　陽気に躁げる齢でないことは、自分にもよく解っていた。そのくせ、昔の思い出の中にそれを探し求めたって、彼の思い出には、今宵目のあたりに見るがごとき光景に似寄ったものは何もなかった。彼は上の空で食事をしながら、

「おれは只の一度だって楽しい思いをしたことがない。おれには青春というものがなかったんだな」

そんなことを考えた。

それから頬杖をついて、きょとんとした眼付をして、取止め(とりと)もない思いを辿っているうちに、空気が人いきれで重くなって、人々のさざめきや、皿の音や、酒杯(さかずき)に肉叉(にくさし)の触れる音や、さては煙草の煙りのために朦朧と燈(あか)りの暈(くも)った中から音楽がはじまった。

その音楽は、どうも度々聴いたことがあると思った。何処で？　それははっきりしないが、兎に角それを聴いていると、曲の名も歌詞も知らぬながらに、その折返(ルフラン)の一つが早速お馴染になって、思わず口吟(くちずさ)みたくなる類(たぐい)のものであった。

突然、いろいろな幻影(まぼろし)が想像にうかんで来た。まるで別人になったような気持がして、魂い(たまし)の奥に眠っていた数々の野心が急に目ざめ、感覚が極めて鋭敏になり、そして明るい考えが頭をもたげて来た。彼は思った――おれは有力だ――おれは強いぞ――

そう思っているうちに、ふと或る切願に彼は囚われた。打解けてみたかった。話相手がほしかった。それは、肉体も魂い(たまし)もしっくりと融け合って、細君であると同時に情婦らしい感じのする女、つまり理性と享楽を兼ねていて、沁々(しみじみ)と話がわかって、夜は温々(ぬくぬく)とした室(へや)で、打解けた寝床に心ゆくまで語り明かすような女――を探し求める心であった。彼は空想でそうした漠然たる、しかし已みがたい欲求に思い耽っていた。

いつの間にか音楽が歇(や)んで燈(あか)りが暗くなったので、彼はふと眼をあけると、何だか非常に遠いところから帰って来たような感じがした。先刻(さっき)まであんなに明るく輝いていた広間も今はどうしたことかめっきり暗くて、汚くさえ見えるのだ。真白できれいだった卓子掛(テーブル)は薄よごれて、半ば片づけられた食卓には、盛花がしおれ、皺くちゃなナフキンが床にちらばっていた。今、最後の男女づれの客が出て行くところであった。

彼も起ちあがって勘定をはらってそこを出たが、ひどく倦怠いような気持になって、げっそりしていた。

暫くの間何処という当てもなく歩いて行った。暗さは一層彼を寂しくした。ひっそりとした夜の静けさの中を歩きながら、彼は何だか厭な気持になった。やがて公園の門をぬけて、明るい雑閙の中へ出ると、漸と倦怠をふり落したように思えたが、孤独の感じだけはどうすることも出来なかった。彼は、ぞろぞろ連れだって高声に語りながら行き過ぎる、見も知らぬ人々の上に、妬ましそうな視線を投げた。そんなことは、彼としてそれまでに曾てないことであったのに。

彼は友達も持たないし、情婦が出来たこともなく、一人ぼっちで世の中をわたって来た男だ。元からそんな風で、厳格だった青年時代から、利己主義や習慣や偏執に支配される齢になっても、結婚をしないという決心に変りはなかった。こうして彼は、自分に接近してはまた遠のいてゆく人々の一人一人を眺めて来たのだ。不和になったわけではないが、彼等は新らしい気苦労や新規な楽しみが出来ると、彼を去ってその方へ移って行ったというだけのことだ。こんな風で友達がしだいに疎くなって行った。彼も、もとは友人のないのを静かでいいと思っていたけれど、今ではそれが寂しさそのものとなったのである。

大時計の傍を通るとき、時間を覗くと恰度十二時で——人通りが稀になって、どこのカップェも店仕舞をやっていた。外気が冷々として、細かい雨が降りだした。それがまた冷いので彼はぞっと寒気を覚えながら、歩調を早めて宿の方へ帰って行った。

彼は、歩きながら、自分の将来をどうしようかと考えた。しかもその想像の大部分は、何も重大な問題ではなくて、些末なことばかりであった。まず食堂は、雪白な食卓掛で卓子を蔽い、天井には飾燈をつるして、そこから大きな丸い明りが落ちるようにすること。夜は暖炉のそばで新聞を読むこと。左右に幕をあける式の寝床。そして家の中は出来るだけ陽気にして、『つまらない』近親を大勢集めること。つまらないといっても、そうした者達を欠くことの出来ないのが即ちその幸福な場所、『家庭』というものなんだ――

彼は低声で独りごとをいった。

「どうせ立直しをやるなら、おれは細君を持とう。細君を持てば子供が出来る。そうすると、家へ帰ってもそこは愉快な住居で、おれの家族――おれを愛している者達がおれを待ちかねていて、ちやほやしてくれるんだ」

ところが宿の前まで来ると、瓦斯が消えていて、街が真暗だった。彼は自分の室の窓を見あげたが、今まで浸っていた幻想の名残で、ふと其窓に燈りを探し求めるような眼付をしながら、肩をすぼめて呟いた。

「さアお前の家へ帰ったぞ、憐れな老人！」

彼はそのときほど廊下を暗いと思ったことはなかった。変な臭気がそこらにただよっていた。それは食余しや、穴倉のむっとする臭いや、酒樽の黴臭さであった。

彼は徐々と階段を登って行って、ふと立ちどまった。何階登ったか数えてもいなかったので、自分の昇框を通りこしはせなんだか？　そう思って軒窓の明りで判断しようとしたけれどあまりに暗くて中庭の白壁さえ判断しないくらいだった。で、衣嚢からマッチを出して振ってみた。

「畜生、心細いぞ」

マッチ函をあけて、

「一本しか残っていやしない」

手をかざして注意ぶかくそのマッチを擢ってみると、そこは六階目だった。

「一階よけいに登ったな」

階段を逆戻りして、戸の錠前へ鍵を突こんだとたんにマッチが消えて、再び真の暗だ。廊下から自分の寝室へ入って行ったが、家具に突当るまいとして、そっと手をひろげたまま立ちどまった。それから小卓へ行ってマッチ函を探ると、それも空っぽなので、すっかり当惑した。

「どうしたらいいだろう……マッチがない……下へ降りたっても店はもう仕舞っている……燈りなしで寝床へもぐりこもうか……どうせ眠られやしまい」

森閑とした寂寞が彼を押しつつみ、ただ時計のチクタクばかり、闇の中で忙しげに時を刻んでいたが、彼にはその時刻もわからなかった。

それまでは、どんなに悲しい時だって、これほど痛切に孤独を感じたことはなかった。燈りも点いていないこの惨めな室へ帰ると、遠い過去の種々な思い出が蘇えって来て、直きにしんみりとした気持になった。

　それはあまりに遠くて、消え消えになっているような思い出であった。ごく小さい子供の時分には、両親の家で、密閉した室の中に温々と寝かされて、眠入る前に母親が接吻をしに来てくれるのを待ちかねていたものだが、時として、あまり咳でもすると、その懐かしい声が隣りの室から呼びかけた。

「どうしたの、坊や」

　記憶の中のこの声は、大変やさしい抑揚をもっていて、それをおもい出すと、接吻でなごまされるような気持がするのであった。

　しかるに今は、どんな感懐が彼の心を占めているのか。

　恋をささやく男女の群にまじって、歓楽と華やかな雑閙の中に数時間を送った後、こんな真暗な室へ帰って独りぼっちになってみると、自分というものが可哀そうで、しみじみ悲しくなって来た。彼は顔に両手を押しあてて、しくしく泣きだした。

　それまで隠れていた或る悶えが、ふと疲れた頭に浮んで来た。そして、それは外から呼び醒されるのを待ちかねたように、恐る恐る口へ出てしまった。

「おれが室を空けたって誰も気づきはせなんだ。探しに来てくれる者もありはしない。こうしておれは寝るのだ」

　それから彼は考えた。

「おれはもう老境に入ってしまった。何をやったって駄目だ。家庭なんか持つまい。決して持つまい。死んだ後には何一つ残るんじゃなし、思い措くことも更にない。明日も、明後日も、また首輪をかけられて、同じような日を送るのだ。そして遅かれ早かれ貧しい犬のように死んでゆかねばなるまい。人はおれの棺が通るのを見て、『会葬者もないこの死人はどんな人か』と怪しむだろう――それも瞬間だが――」

彼は悲しくなって、しきりに泣いた。涙は止め度もなく髭を伝わって唇へ流れこんだ。しまいに疲びれてしまった。徹宵そうしているわけにも行かなかった。

彼はかがみこんで寝床を開けた。が、棚の傍にあった筈の椅子へ上衣をかけるつもりで其方へ行きかけたとたんに、何かの道具に膝をしたたか打衝けて、あまりの痛さにアッと声をあげた。

壁に倚りかかって足を浮かしながら、

「おお、痛い、痛い」

と呻いていたが、その痛みはやがて絶望に変っていった。独りぼっちで、慰めてくれる者もないということが、千倍も辛い苦痛だった。気が遠くなりそうで、全身汗びっしょりになって、手さぐりで椅子に触るとぐったりと腰をおろし、額を小卓へおしつけて、

「おお、痛い。痛い」

その声は空ろにひびいた。

当てもなく卓子の上を払うと、何か円味のものが冷りとふるえる手先に触れた。彼はそのまま握りしめたが、それは毎晩傍へおくピストルだった。そして不思議なことに、それを握って

も、些しも恐怖を感じないので、むしろ気が鎮まるのであった。

握っているうちに銃身が生温くなって来て、いい気持がした。昼間だったら、不気味な銃尾や凶々しい銃身など随分ぞっとする代物にちがいないのだが、今この暗闇と、孤独と、悩みの中では、まさしく探し求めていたものに打つかったような気がした。で、単に涯しれぬ哀愁と倦怠のほか何の理由もなく、彼はそのピストルを顳顬へもっていって、押しつけて、引金をひいた。

棒をへし折るようなバリッという音がした。

と、一瞬間ざわめいた室の内は、すぐにまた静寂となった。時計のチクタクもちょっと息どまったが、又も忙しげに無限の彼方に向って、例の小エゴイストの小刻みな歩みをつづけて行った。

誰？

その日、私は遅くまで仕事をやって、漸と卓子から顔をあげたときは、もう黄昏の仄暗さが書斎に迫って来ていた。私はそのまま数分間じっとしていたが、ひどく根気をつかった仕事の後なので、頭がぼうっと疲れて、ただ機械的に四辺を見まわした。

室内のあらゆるものが、薄れゆく光線につつまれて、一様の灰色に見え、物の形は朦ろにぼやけたけれど、夕陽の最後の名残が簞笥や額縁の硝子へかすかに映っていた。そうして、書架の上においてあった一箇の髑髏が、くっきりと浮きあがったように見えていた。

私は顔をあげたとたんに、偶とこの髑髏に眼をつけたが、その頬骨の尖端から、顎骨の不気味な角度にかけて、あらゆる細部がはっきりと眼に映った。

すべてのものが暮れ足の早い陰影に呑まれてゆくのに、独りこの髑髏だけは、徐々と確実に生命を喚びかえして、看る看る肉が付いて来るような気がした。歯の上に唇がかぶさり、眼窩に眼球が据った。と、やがて不思議な幻覚の力によって、一個の人間の顔がそこに浮びだした。

そして、それが私の方を見まもっているのだ。

その顔は、少し皮肉に口元を歪めながら、じっと私を睨みつけた。それは、我々が妄想の裡(うち)に見る漠然たる面影とはちがってあまりにまざまざと、まるで現実の人間を見るようなので、私は思わず手を伸べて触ろうとすると、忽然、頰の肉が落ち、眼窩(めくぼ)はもとの空洞(うつろ)となって——薄い靄(もや)のようなものが、ふんわりとその顔を押しつつんでしまった。と、それはやはり一箇の生命なき髑髏に過ぎないのであった。他の髑髏とすこしも異(かわ)るところがなかった。

私は燈火(あかり)をつけて、また書きものをつづけた。それでも何だか気になるので、変化(へんげ)を見た書架の上を、二、三度覗くようにしたが、何時(いつ)とはなしにその些細な興奮も消えると、またすべてを忘れて、仕事に没頭していた。

それから四、五日経った或る日のこと、私は外出したが、家の前で出合がしらに一人の青年とすれちがった。その青年は私に途(みち)をゆずってくれたので、私が会釈すると、青年も同じように会釈をかえしながら行き過ぎた。

が、何だか見覚えのある顔だ。知った人にちがいない。先方でもきっと立ちどまって私を見ているだろう。そう思って後ろをふりかえったが、青年は知らん顔で、ぐんぐん歩いて行った。それでも私はじっと立ちどまって、彼が人込の中へ隠れて見えなくなるまでその後ろ影を見送っていた。

『見違えたのだ』と思ったが、その後からすぐにまた心に問うた。『何処(どこ)だったかな、あの顔を見たのは。何家ぞの客間か、病院か、それともうちの診察室だったのか。いや左様(そう)でもない……』

多分直接に会ったのではなくて、誰か似た人と間違えたのであろう――こう決めてしまって、そのことはそれっきり他の考えに紛れていた。いや努めて紛らすようにした。というのは、忘れようとしても、内実しきりにそれが気になるからであった。

どうも見覚えのある顔だ。凹んだ眼で、しかも厳つく人を見据える眼光、髭のない鼻の下、真一文字にむすんだ口、角ばった顎――それ等はあまりに著るしい特徴で、滅多に間違えることのあり得ないものだ。しかし、一体何処で見た顔だろう。その晩徹宵記憶をたどったけれど、ついに判らなかった。その顔は、思いだせない姓名や懐かしい面影のように絶えず眼先きにちらついて、その後も随分長く、何週間となくその不審が頭にこびりついていた。

ところが或る日、私は再びこの青年と街でめぐりあった。そのとき私は彼の顔を殆んど凝視した。しかし彼は、以前に逢ったときと同じように、冷たい眼付で私の方を見かえした。その眼付は、私にとってお馴染のものだった。それだのに、彼はちっとも私を知ってるような風を見せないで、一秒間も躊躇することなく、すぐに右へ避けてすれちがった。

そこで、私は手っ取り早くこんな風に考えた。『私が本統にあの青年を知っているのなら、彼もまた私を見覚えているべき筈だ。そして今は二度目に出会ったのだから、眼付でなり、立ちどまるなりして、その心持を表示しなければならぬわけだが、彼は些ともそんな気振りを見せない。してみると、やはり私の思い違いとするより外はないのだ』と。

それっきり、私はこの青年のことを忘れていた。

すると或る日の午後、診察が終りかけた時刻に、一人の男が戸口に入って来たのを見ると、私はびっくりして、挨拶すべく起ちあがった。その男というのは、即ちかの青年であったのだ。私は彼を見た瞬間、たしかに見覚えのある人と思ったので、親しげに手をのべて、つかつかと彼の方へ歩いて行った。彼も驚いたようであった。

「失礼だが、貴方はどうも、よく似ておられますよ……」

私は吃り吃りいいかけたが、相手が冷たく此方を見据えているものだから、

「それは左様と、何処かお悪いんですか」

と言葉をそらした。

青年は身じろきもしずに、椅子の肱掛に両手をおいたまま、すぐには返事もせなんだ。私はまた『何処でこの男に会ったかなア』としきりに例の記憶をたどっていたが、そのとき突然に或る考え——というよりは、寧ろ一つの幻影が胸にひらめいた。而もそれがあまりに瞭然しているので、危く大声で『解った！』と叫ぶところだった。私が長い間取り憑かれていた『何時？』『何処で？』という記憶をば、そのとき漸と探しあてたのであった。外でもない、曾て夕闇の中で、書架の上に見た変化の顔——それを今まざまざと、この生きている男の肩の上に認めたのである。

それは単なる相似ではなくて、完全な一致だった。その暗合のあまり不思議なのに呆れて、私は青年の言葉も耳に入らなかったが、ふと気がつくと、彼は私のそうした驚きも知らずに、喋っているのであった。

「……僕は子供の時分から、友達と異っているということに気づいていました。ときどき突然に家を飛びだして、何処かへ隠れて、独りぼっちで暮そうとしました。そうかと思うと、めちゃくちゃに友達が恋しくなったり、頭がぼうっとして馬鹿のようになることもありました。また時としては、急に癇癪が起って来ると、今にも絞め殺されるほど苦しくなりました。そんなときは、大抵海岸とか静かな田舎へ転地しましたが、ちっとも効果がありませんでした。それは子供の時分のことですが、この頃はまた些しの物音にも驚くくせがついて、それに、強い光線を見るのが非常な苦痛です。そのくせ体は何処が悪いというところもありません――あらゆる医師の診察をうけました――ただ全体に苦しいのです。それから夜も可けません。朝眼覚めたときは、徹宵放蕩でもしたように体がぐたぐたに疲れています。ときどき懊悩煩悶して頭がぐらぐらします。それに睡眠が不足で困ります。たまに眠ったかと思うと魘されるので……」

「酒はお飲りですか」

「葡萄酒も、他の酒も大嫌いで、僕の飲みものは水だけです。ところで、もう一つ、一等可けないことをお話するのを忘れていました。これには我れながら閉口していますが、僕はどんな詰らんことでも、他人から反対されると、それが口に出して云われた場合は無論のこと、眼付なり、仕草なり、その他どんな微かな仕方ででも、自分の意に逆らったことをされると、嚇然となるのです。だから僕は決して武器を携帯しないように気をつけています。夢中になってそんなものを振りまわしたら大変ですからね。そんなときに限って、僕の意思というものが留守になっています。他の人格が僕の頭の中へ入って来て、僕を追い使うので、まったく正気じゃないんです。だから正気にかえったときは、何だか人殺しがやりたかったという記憶だけ頭に残っていて、その外はまるっきり覚えがありません。家にいるときにこうした発作が来ると、すぐ自分の室へ閉籠るから安全ですが、これまでも度々あったように、ひょっと戸外でそれが起りますと、何処をどうほっつき歩いて、どんなことをやるんだか、まったく夢中なんです。夜半に、見も知らぬ場所の共同椅子の上なんかで、ふと目が覚めたりします。そんなときは、もしか夢中で何か犯罪をやったんじゃないか、と思うと急に恐ろしくなって、飛ぶように家へ帰って引籠りますが、早鐘を打つように動悸がして、怖々して、些しも落ちつきがありません。しかし四、五日何事もなく経過すると、やっと解放されたような気がしてほっとします。こんな状態ですから、先生、どうも放擲っておけないんです。僕は今に体を損すばかりでなく、頭も狂いそうです。一体どうしたらいいでしょうか」

「そんなに心配することはない」と私はいった。「軽い神経症状に過ぎないんだから、直きに癒りますよ。だが、第一にその原因を発見しなければならんね。貴方は仕事が酷過ぎるんじゃありませんか。そんなこともない？　そんなら、特に神経を悩ますというような心配事でもあるんでしょう。それもないか？　その他何も原因がないって？　しかし医者には、何もかも正直に打開けなければなりませんぞ」

「僕は、有りのままに申し上げたのです」

「何か他に事情がありましょう。貴方は御兄妹はおありですか……無い？……御母さんは御達者ですか……そうですか……御母さんは神経質な方でしょう……そうじゃないって？……そんなら御父さんも、やはり御健全ですか」

「父は亡くなりました」

青年はごく低い声で答えた。

「若死の方でしたか」

「若死？　ええ、僕が二歳のときに死んだそうです。それについて、先生は何か噂でもお聞きでしたか」

「御病気は何でしたかね」

青年はこの質問がよほど神経に触ったと見えて、さっと顔色が蒼ざめた。その瞬間に、私はかの変化にそっくりな顔を見たと思った。

「実は、僕がこんな惨めな状態になった原因もそれなんです」と彼は暫く考えてから、「僕は父の死因を知っています。父は、斬首台で果てたのです」

ああ、私はここまで穿鑿した心無さをどんなに後悔したことか。私はあわてて話しを他へそらそうとした。

しかしもうお互いに胡魔化しは利かなかった。で、私は語気もしどろに大体の養生法を話した上に、夢中で何か処方を書いてやった。そして兎に角確かりせねばならぬことと、近いうちに再診をうけに来るように注意して、彼を送りだした。

そのあとで私は召使にいった。

「今日はもう患者は断るんだぞ」

私は実際、患者の話を聴いたり、診察の出来そうな気分ではなかった。頭が混乱していた。曾てまざまざと見た変化——それにそっくりの顔——今の青年の身の上話——私は静かに坐って、考えをまとめようと努めたが、眼はひとりでに書架の上の髑髏の方へ惹つけられていた。私はそれによって、長い間悩まされたあの不思議な似顔の謎を解こうとしたけれども、そこには依然として例の不気味な形のものが据わっているばかりで、何等的確な暗示にはならなかった。

しかし私はどうしてもその髑髏から眼を離すことが出来なんだ。で、とうとう書架の前へ行って髑髏を手に取ってみると、それまで気づかなかった或ることが眼に止まった。それは髑髏の後頭部の下の方が、広く、嶮しい切り口に終っていることであった。疑いもなく激しい斧の一撃を喰った痕だ。斬首台で刃の下らんとする刹那、囚人が本能的に頸を縮めるはずみに、よくこんな風に傾斜した切り傷が出来るものだ。

それは単に偶然の暗合だったかもわからぬ。多分私は前にあの患者と街の何処かで偶と出会ったことがあって、記憶に残っていた彼の面影をば、私が幻想的にこの髑髏にかぶせたのだと説明することも出来よう。多分そんなことかも知れぬ。

しかし諸君、世の中には、解決などせずにおきたい秘密が幾らもあるものなのだ。

闇と寂寞

彼等は三人とも老ぼれ、衰えて、見るも惨めな有様であった。

女は二本の撞木杖(しゅもくづえ)にすがって、やっとのことで歩いていた。一人の男は、両手を前へ突きだして、指をひろげて、眼は堅くつぶっていた。盲目なのだ。もう一人の男は、頑固(かたくな)な相好で顔をうつむけ、身内の方々に苦しいところでもあるらしく、不安な眼つきをして、いつも黙りこんで二人のあとにとぼとぼとくっついていた。

噂によれば、撞木杖の女は姉で、盲(めくら)と唖(おうし)はその弟で、大変に仲のいい姉弟(きょうだい)だそうな。この姉弟は何処へ行くのにも必ず三人一緒だった。

彼等は同じ乞食でも、白昼に教会堂の入口に出しゃばって、否応なしに参詣人の施しを狙うような汚い乞食の仲間には入らなかった。彼等は強請(ねだ)るのではなくて、単に哀願するだけであった。彼等はいつも薄ぐらい路地などを歩いていた。不思議な三幅対(さんぷくつい)――もっと適切にいえば、老衰と、闇と、寂寞(じゃくまく)。

ところがこの姉は、或る晩、町はずれの見附門のそばの荒ら屋の中で、二人の弟の手に抱かれながら、声も立てないで静かに呼吸を引きとった。そのとき、唖は姉が断末魔の苦しそうな眼つきを見た。盲は握っていた手首にはげしい痙攣を感じた。それだけであった。彼女は無言のまま永久の沈黙に入ってしまったのである。

その翌くる日、町の人々は珍らしく、この乞食が男の兄弟二人っきりで歩いているのを見た。二人は終日方々をさまよい歩いた。麵麭屋の前で立ちどまりもせなんだけれど、麵麭屋では例日のように少しの麵麭を恵んでくれた。日が暮れて、暗い街々に燈りがつき、閉まった鎧戸の蔭では、どの家もランプの灯でぱっと陽気になる時分、二人は貰いあつめた銅貨で貧弱な蠟燭を二本買い求めて寂しい小舎へ帰って行った。そこには粗末な寝床の上に、姉の遺骸が、枕頭にお禱りをする者もなく寂然と横たわっていたのである。

兄弟は死人に接吻をした。間もなく、世話をする人々がやって来て、遺骸を棺へ納れてくれたが、棺桶の蓋をしめて、それをば木でこしらえた二つの台の上に載せてから、皆んな帰って行った。後は兄弟が二人ぽっちになると、一枚の皿に黄楊の小枝を供え、買って来た蠟燭をともして、最後のあわただしい通夜をするために、棺の前へ坐った。

屋外では、北風が建てつけのわるい戸の隙間へ吹きつけ、内では、二本の蠟燭の短くふるえる灯影が、黄色い二つの汚点のようにぽっかりと闇をつらぬいていた。

夜は森閑と更けてゆく。

兄弟は長いことじっと坐って、お禱りをしたり、いろいろな思い出をたどったり、恍惚と考えこんだりしていた。

泣くだけ泣いてしまうと、二人とも、うつらうつらと居眠りをはじめた。

眼がさめても、依然として夜であった。二本の蠟燭の燈りは、まだちろちろしていたが、燃えて可成り短くなっていた。黎明に近いので、ぞくぞく寒気がした。と、その瞬間、二人はふるえあがってさっと身をかがめた。幽霊が現われるか、でなければ何か物音が起りそうな気勢がしたからだ。それでじっと様子を窺っていたが、格別何事もなさそうなので、今度は寝床へもぐりこんでお禱りをはじめた。

間もなく、彼等は又もぎょっとして起きあがった。これが一人だったら、つまらぬ幻想に欺されたと思ったかしれない。盲ばかりとか、唖ばかりだったら、気のせいということも云えるだろう。が、こうして二人を驚ろかした以上——眼と耳を同時に惹きつけた以上は、てっきり何か異常な事件が起ったに違いないのだ。二人はそこまでは合点が行ったが、さて実際に何が起ったかは判らなかった。

彼等は、二人揃えば何事もはっきりするけれど、離れ離れになると、まるで不完全な、悩ましい考えしか起らぬのであった。

唖はむっくり起ちあがって歩きはじめた。と、盲は恐怖でしめつけられたような声で、弟が唖であることも忘れて、問いかけた。

「どうした、どうした。何故起きたんだい」

唖の跫音にじっと耳を澄ましていると、行きつ戻りつときどき立ちどまっては、歩きだして、また思いだしたようにぴたりと立ちどまる。盲は耳で判断するだけなので、妙に怖気が出て、歯の根ががたがたふるえだした。そしてもっと何か云おうとして、漸と気づいた。

「駄目駄目。彼は金聾だっけ。だが、一体何が見えたんだろう」

ところが唖は眼をこすりながら、なお暫く歩き廻っていたが、別段怪しいこともないので、また寝床へもぐりこんで、そのまま眠てしまった。

盲は、あらゆる物音が杜絶えて森閑となると、ほっと安心して、またお禱りをはじめた。それから単調な声で聖歌を唱えているうちに、頭がぼうとして、やがて睡りが落ちて来て、自然と身内の闇が明るくなってゆくようであった。

うとうとと夢に入りかけたとき、何だかさわさわという物音がしたと思って、仮睡からさめた。それは今のさき彼等を愕然とさせた、あの物音に相違ないのだ。

何か引掻いているかと思うと、板を軽く叩くような刻み音が入って、また怪しく擦る音がする。それに、息づまるような忍び声がまじっている。

盲は思わず跳びあがった。が、唖は相変らず眠っていて動かない。

盲はひしひしと恐ろしくなって来た。

「おれは何だってあの物音で狂人のようになるんだろう。暗がりでむやみと音がする……弟はよく眠ているらしい。だが、たった今、彼がおれの傍を歩いている跫音がしたっけ……彼の呼吸がおれの顔にかかったではないか。してみると、彼は起きていたんだな……そら、あの音だ……風だろうか？……風だけかな？……いや左様じゃない。風の音ならおれもよく知ってるが、あの音はこれまでに聞いたことがない……何だろう……はてな……」

彼は拳を嚙みながら、ふと考えた。

「ひょっとすると？　そんな筈はないんだが……いや左様（そう）かもしれないぞ……そら来た……又だ……だんだん大きくなって来る……今度は確かだ……そら、引掻いている……叩く……おお、呻いている……呼んでいる……声だ……姉の声だ。姉が泣いている……助けてくれい」

彼は寝台の脚のところへころげこんで吼鳴った。

「フランソア、起きて助けてくれい。たた大変だ」

恐怖がひしと彼を攫（つか）んだ。彼は髪をかきむしりながら喚き立てた。

「大変だ……お前は眼があるんだ。見てくれい」

例の怪しい呻き声がはっきりして、叩く音がだんだん荒々しくなって来た。盲は弟の方へ行こうとして、手さぐりで壁に触りながら、家具の代用に使っている破れ箱に突当ったり、でこぼこな土間の凹（くぼ）みにつまずいたりした。

幾度も転げては起きあがり、方々に傷をこしらえて、血だらけになって泣きながら、

「おれは眼が見えない。おれは眼が見えないんだ」

まごまごしているうちに、黄楊（つげ）を浸した皿をひっくりかえしたが、彼はその陶器が地面に砕けた音で、かっと逆上（のぼ）せてしまった。

「助けてくれ。おれは何をやったんだろう。助けてくれい」

そのとき例の物音がまた起った。今度は一層はっきりと不気味に聞えた。それに、けたたま

しい叫びが一声闇をつん裂いたので、いよいよ只ならぬ事件が起ったのを確かめた。盲はその見えない眼の蔭で、恐ろしいことを占断った。いや、彼はそれをありありと見たのだ。経帷子を着た年老った姉が、棺桶の横木を破ろうと藻掻いている有様を彼は見た。この世のものでない恐怖、あらゆる死人より千倍も惨らしい姉の苦患を彼は見た。姉はそこに生きていた。そうだ、すぐ傍のようだが、さて何処だろう。彼の跫音も、声も、姉には聞えている筈だ。それだのに、盲目の彼は、姉のために奈何してみようもなく、ひたすら哀訴歎願するばかりであった。

「お待ち、今助けに行くぞ。しっかりして！……おお神様！　たとえ一分間でも、一秒間でもよろしゅうございますから、この眼を開けて下さい。その代り、様子を見とどけた上は、すぐに元の盲にして下さればよろしいのです。それとも私は罪障の深い者で、そういう資格がないと思召すなら、せめて弟の目を覚まして下さい……神様！　唖が盲よりも役に立たないなんてあんまり情けないではありませんか」

　左右に手をひろげたとたんに蠟燭が倒れて、生血のように暖かい蠟が手の上にたらたらと流れた。そのとき例の音がますます大きく、躍起になって、それが物をいった。たしかに言葉を発したと思った。が、力が萎えたのか、やがてその声は苦しそうにきれぎれになって行った。

　盲は這いだした。

「しっかりして！　おれがここにいるぞ……助けてやるぞ」

　しかし答えはなくて、ただ、胸のはり裂けるような呼び声が聞えるばかりであった。その呼び声にぐうぐう眠っている弟の寝息がまじっていたが、盲は突然くるりと廻ったはずみに、寝台にぶっつかって、手探りをすると、弟の体に指先が触れたものだから彼は弟の肩を押えて、力一杯にぐいぐいゆすぶった。

啞はびっくりして眼を覚ましたが、四辺を見ると蠟燭が消えていて真暗なので、彼はわっと叫んで跳びあがった。あやめも分かぬ闇、妖怪変化が跳梁する闇の中では、視力は何の役にも立たなんだ。啞は盲よりもよっぽど暗闇が不気味だった。彼はもう夢中で、半狂乱になって、やたら滅法に両手を打ちおろした。

盲は弟に厭というほど押えつけられ、苦しい息をふりしぼって、

「助けてくれい。たた大変だ」

と叫んだとき、啞は彼の喉を絞めあげた。それから二人は土間にころがって、組みつき、搦み合い、爪や歯で死物ぐるいに肉を裂いたり、嚙み合ったりしつつ、そこいら中をのたうち廻っていたが、その呻きもしだいに微かになって、盲の声が或は遠く、或は近く、果ては末期のらしいしゃっくりに変って行った……やがて、めりめりっと物の折れる音がした……と、懸命に藻掻いていた体ががっくりと陥入った気勢で……それに何か軋むような音が聞え……ひくひく微弱い呼吸づかいが暫くつづいていたが……もう一度軋む音がして……それっきり寂然となった。

外では、郊外の樹々が突風に撓んで、ひゅうひゅうと呻り声をあげ、雨が壁の面に舞い狂うていた。そして暁けなやむ冬の陽は、まだ地平線の彼方にうずくまっていた。

荒ら屋の中は闃寂として、もう何の物音も聞えない。吐息もない。
闇と寂寞……

生さぬ児

男は腰掛に腰を据え卓子に片肱ついて、肉汁をさも不味そうに、一匙ずつのっそりのっそりと口へはこんでいた。

女房は炉のそばに突立って、薪架の上に紅く燃えてパチパチ爆ねる細薪をば、木履のつま尖で蹴かえしながら頻りに何か話しかけたが、男はむっつり黙りこんでいて滅多に返事もしない。

「シャプーの家では、あの老ぼれの牝鶏を皆んな片づけたって、真実かね？ それからリゾアの家では、乳酪がすっかり溶けてしまったっていうじゃないの」

「そんなことをおれが知るもんか」

と男は顔もあげずに、口の中でいった。

「それはそうと、お前さん、仕事の方はどうだったの。好い手間になって？」

「何を云うんだい」

「あら、大層御機嫌がわるいのね。何うしたっていうの」

男は匙をおいた。そして両腕をつきだし、卓子(テーブル)の上に拳骨を構えて、大きな小麦袋でも抜き取ろうとする時のように、ふうっと深い溜息を一つ吐(つ)いたが、

「それはな……それはな……」

と云いかけてふと口を噤(つぐ)んだ。そして一度押しのけた皿をまた手許へひきよせ、麵麭(パン)を小さく切ってからナイフを閉めて、それから手の甲で口を押拭いながら、

「何でもねえんだよ」

「お前さん、何か怒ってるんだね」

「何でもねえよ、煩(うる)さいっ」

二人は沈黙した。外では雨が屋根瓦をたたき、風は樹々の枝に吹き荒れて、煙突にまでも呻(うな)りこんでいた。炉の火は威勢よく燃えさかり、その大きな焔(ほのお)の舌がへらへらと壁に舞いあがっていた。

「スープはもう済んだの？　もっと何かあげようか」

男は首をふって、

「沢山だ」

素気(そっけ)ない返事をして、眼をしばたたいていた。女房は何だかじっとしていられないといった風で、また村の噂話しをやりだした——まるで何ケ月も家を空けて村の噂をば何くれと聞きたがる人にでも物をいうような調子で、

「お前さん知らないの？　ウールトオの家の犬ね、あの大(でっ)かい赤犬(あか)よ。彼犬(あれ)が狂犬になったん

だとさ。それでね、射殺(うちころ)そうとして鉄砲を取りに行っているうちに、彼犬(あれ)が逃げだして、それっきり何処へ行ってしまったのか、誰も見かけた者がないっていうのよ」

男は知らん顔で口笛を鳴らしていた。と、女房は口惜(くや)しがって、

「お前さん、余(あん)まりじゃないの、一体どうしたっていうんだろう。また居酒屋へ寄ったね。いつも帰って来ると上機嫌で饒舌(おしゃべり)をするのに、今日に限ってうんともすんとも云わずに、黙アって坐りこんで、毒でも食べるように不味(まず)そうに夕食(ゆうめし)を食べてさ。それに、坊やが何(ど)うしたと一言訊くでもなし……」

すると、男はゆったりと女房の方へ向き直り、その眼の中を真正面(まとも)に見すえて、

「お前は背高(のっぽう)のジャッケと久しく会わないだろうな」

そのとき薪が一本、馬鹿にパチパチ爆(は)ねて炉の口の方へすべりだしたのを、女房は木履(サボ)のつま先で蹴かえしながら、もじもじして、

「背高(のっぽう)のジャッケ？　会わないわ。それが何(ど)うしたのさ」

「先刻此家(さっきここ)へ来ていたと思ったがなあ」

「そんなことがあるもんですか」

「嘘を吐(つ)け」男は声高に怒鳴った。「おれは郵便屋に聞いたんだが、郵便屋は、今朝彼奴(あいつ)が此家(こ)から出て行ったのをたしかに見かけたといっていたぜ」

女房はいい繕おうとして、

「ああ、ほんに、わたしは迂闊(うっか)り忘れていたんだよ、つまらないことだからね」

そういいながら、肩をすぼめて向うへ行きかけると、今度は男の方で荒々しく呼び止めた。

「待て、話がある」

女房は真蒼になって口籠りながら、

「お前さんは、謎がうまいのね」

と冗談でいい紛らそうとした。

男は拳骨で女房の肩をぐいと押えつけて、

「まア坐れってことよ。おれは長い間我慢をして来たんだが……どうせ一度は話をつけにゃならねえ……さんざっぱら村の笑いものになってさ……村の奴等は、現在おれのいる前でひそひそ話しをしやがる。おれが成るだけそんなことを信じまいとしたことは、神様が御承知なんだ……だが今度こそは了見出来ねえ。どうしても突き止めにゃ措かねえぞ。おい、あの背高のジャッケはお前の情夫なんだろう」

女房はそれを聞くと、思わず跳びあがって、

「馬鹿なことをおいいでないよ」

「口先はどうでもいいから、証拠を出せ。おれは知ってるぞ。え、おい、知ってるんだぞ」

男はつづけざまに胸を叩いて『知っている知っている』を繰りかえした。こう口へ出して詰責すると、今まで抑えに抑えていた憤怒がかっと燃えあがった。彼は大きな手で卓子をがんがん叩きながら女を罵倒し、威嚇した。女はこの激しい憤りの前にどぎまぎして、云い訳もしどろもどろだった。

「お前はどこまでも誤魔化してゆけると思ったんだろう。無理アねえ、おれがこれっぱかしも疑らなかったほどのお人好しだからなア。だがおれがほんとうにそんな間抜かどうか、今にわかるぞ……それればかりじゃねえ……一体誰の子だい、あの餓鬼がさ。誰の子だい」

「そりゃ余りだわ。余りだわ」

女房はエプロンを顔にあてて、しくしく泣きながら不平を訴えだした。

しかし、男は矢庭に女の両手をひっ攫んで真直に引きおろし、血走った眼を据え腮をぐっと引きしめて、何処までも追及した。

「誰の子だい。誰の子だい」

女房はまた溜息をついて、

「そんならお前さんは、あの子に覚えがないっていうの？」

女房のそうした言葉とその涙に動かされて、男は我れにもあらず一寸躊躇っていたが、やがて少し不確な声で、

「おれに判るもんか……まるっきり判らねえ……さア云って見ろ……」

女房は気が顚倒しながらも、男が急に不決断になり、弱気になったらしいのを見て取ると、今度はぐっと強く出て、声も荒々しくいった。

「そんなことはね、お前さんのためにもわたしのためにも、取り合いたくないのよ」

と、男はまた癇癪が盛りかえして来た。長い間胸にこだわっていた憤恚が一時弛んだとしても、それはやがて猛然と爆発する前提に外ならなかった。彼はかっと腕を振りあげ、はげしい

忿激（いかり）のために却って低声（こごえ）になって、

「こらっ、正直に云え。厭なら覚えていろ……おれは随分思いきったことをやりかねないぞ……どうしてもおれはあの子の父親（てておや）が知りたいんだ……お前とおれの始末はいずれ後でつける。だが、あの餓鬼のことは今この場で聞かにゃならねえ。わかったか……おれは他人（ひと）の子は育てたかアねえ……おれはな、あの子に少しの地所でも残してやろうと思えばこそ、こうして寒さ暑さも厭（いと）わずに、真黒になって働いているんだ。いいか、わかったか……おれはことによると人殺しでもやりかねないぞ……お前や、彼奴（あいつ）や、村の奴等のために、おれはもう少しで狂気（きちがい）にされるところだった……が、もう大丈夫だ……お前はおれと一緒になったときは、キャラコの襦袢（じゅばん）一枚しか持たないような態（ざま）だったが、そのくせ前々から、稲塚（いなづか）の蔭でジャッケと巫山戯（ふざけ）ていたっていうじゃないか。そして、嫁に来てから八月目にお産をしたが、お前はそのとき、牛小屋から牝牛が逃げだしたのを見て吃驚（びっくり）したために、月足らずの子が生れたと云ったな。おれはそれを真にうけていたんだ。しかし、もう信用出来ねえ。村の奴等がおれの眼を開けてくれたのさ。あの餓鬼はおれの子じゃねえ。もしもおれの子なら左様（そう）だといって見ろ。おれは誰に尻をもってっていいかを知ってるんだ。さア云え、神様の前で云ってみろ」

女房は両手で顔をかくしたなり、歯の根ががたがたふるえて返事が出来ない。男は拳骨を振りあげながら、つかつかと傍（そば）へ寄って行った。

「うぬ、売女奴（ばいため）」

その瞬間に戸口が開いて、泥まみれの木履（サボ）を穿いて頭巾つきのマントをかぶった子供が外から帰って来たが、父親の只ならぬ見幕とその怒鳴り声に胆（きも）をつぶした。

男は子供の顔を見ると、呪いの言葉を中途で止（や）めて、振りあげた拳を引こめた。そして声もいくらか穏やかになって、女房を押しのけながら、

「彼方（あっち）へ行って寝ろ」

それから少年の方へ向きなおって努めて優しい声で、

「お前はここに居な」

子供は恐る恐るマントを脱り戸（と）口の片隅で木履（サボ）をぬいで、そこにじっと突立っていた。

男は炉ばたで両肱を膝についたまま考えに沈んでいたが、やがて顔をあげると、頤（あご）で子供に合図をした。

「ここへ来い」

そして少年を股（また）の間へ引きよせ、両手でその顔を押えながら、しげしげと打ち眺めた。その子の顔の中に或る面影を見出そうとして、全心全力をそこに集中した。が、そのおどおどしている幼弱（いたい）けな体に触ると、限りない愛撫の情がおのずから身内に沁みこんで来るのであった。

他（よそ）の男に似た面影を見出すことの余り恐ろしさに、二度とこの子の顔を見ない方が優（ま）しだとさえも思った。しかし或る一つの力が、どうしても視線を子の顔の方へ引きつけずにはおかなかった。で、彼は子供の頭を押え、股（もも）でその繊細（かぼそ）い腰部（こし）を締めつけた――子供は両手を男の膝の上においていたが――そのとき男は、或る憎悪（にくしみ）が、われにもあらず、むらむらっと心中に沸きかえった。

最初は躊躇したけれど、真実を見極めようとする欲求をどうすることも出来なんだ。子供の眼——その凹んだ小さな眼付は、あの男にそっくりだ。その微笑しているような口元も彼男の口だ。それに前歯の少し離れている歯並みといい、取りわけ、茶褐色のもじゃもじゃと濃い髪の毛など、あらゆる細部まで、何一つ間然したところがない。もう駄目だ。やっぱり真実であったか！　女が欺いていたのだ。売女奴が、姦夫の子をば亭主の食卓に坐らせていたのだ——証拠がそこに、絶えず叫び立てていたではないか。生きた証拠が眼の前に転がっていたのだ。しかし彼はそうした真実をも信じまいとして、そしてもっと疑い迷うべき理由を見出そうとして、自分自身と闘った。

男は長い間、この少年をば自分の血を分けた子供と信じていたものだから、親身に可愛がって、その生長を見守って来たのであった。子供は彼をパパと呼んで、いつも一緒に野良へ出ては、彼の傍で嬉々として遊んでいた。他人の子だったら、それほど愛情がうつるわけはない。こうした愛憐の情は真に骨肉を分けた子供に対してのみ起るもので、赤の他人だったらとても左様は行かぬものだ。して見れば、たとえこの子の眼付や、髪や、歯並や、口元が他人に似ているらしく見えたとしても、それは単に想像でそんな風に思われたのではないだろうか——

そのとき、ふと、呻くような声が寂寞を破った。男は聞き耳を欹てると、その声がだんだん戸口の方へ近づいて来た。

何だか引掻く音。つづいてウウという唸り声。

男は子供を突離すと、子供はそのまま炉ばたで余念もなく、燃えている薪をいじくりはじめた。

男は窓をあけて外を覗いたが、すぐにぴしゃりと締めきった。戸口の向うに大きな真黒なものがうずくまって、鼻っ面を地面につけ、眼玉が暗がりにぎらぎらしているのを見たのであった。

男は室の隅から鉄砲を持ちだすが早いか、銃身をはねかえして薬莢を二個挿しこんで、それから、射撃するために窓を開けようとしたが、ふと、子供が銃声に怖えてはいけないと気づいたので、鉄砲を一旦卓子の上において、

「おい、母ちゃんの方へ行って、吃驚しないように左様いっておやり。今パパがウールトオの狂犬を射止めるからな」

子供は此方へ振りむいた。今まで炉の前にしゃがんでいたのが、燈火を真正面にうけてひょいと起ちあがったところを見ると、それが背高のジャッケに酷似ではないか。似たとはおろか、恐ろしいほど似ているのだ。

男は憤恚心頭に発して、思わず身をかがめて子供を手許へ引きよせたが、その瞬間にアッといって呪いの言葉も喉につかえた。というのは、子供の頰っぺたの、恰度唇の切れ目のところに、鳶色の痣が一つあるのが目に止まった。それはごく小さいけれど、背高のジャッケの頰っぺたにある痣とそっくりそのままだった。しかもジャッケは、その愛嬌痣をばひどく自慢にしていたのであった。

迷い心ががらりと崩れた。そうだ、此奴は自分の子供じゃない。やっぱり他人の子であった

のだ――と思うと、眼の前が急にまっ暗になった。炉に燃えさかっている火焔が胸に突き入って、肉を灼きただらせるのを感じた。あまりのことに物がいえない。呪いの言葉さえも出ない。

彼はいきなり子供へ跳びかかって、襟くびをひっ攫んだ。

「出て行け、もう見るのも厭だ。行きアがれ」

少年は出されまいとして頑張ったけれども、男はぐいぐい戸口へ引ぱって行って、颯と戸を開けると、汚い犬猫でも追い出すように、子供を外へ突きとばすが早いか、ぴしゃりと締めきった。

と、猛犬の凄まじい呻り――それにつづいてひいいと魂消る子供の声が闇をつん裂いた。

男は気抜けがしたように、呆然と突立っていた。

母親はこの物音を聞きつけて奥から駆けだして来たが、子供の姿はなくて、亭主が独り凄い眼つきをして戸口に佇っているのを見ると、仰天して喚きたてた。

「お前さん、何をしたんだね？」

外ではまた助けを呼ぶ声。

「母アちゃーん。母アちゃーん……」

「おお、坊や。坊や」

女房は狂人のようになって戸外へ飛びだした。

石段の下に仆れていた子供は、顔は狂犬の牙でめちゃくちゃに咬み裂かれて、もう虫の息だった。犬はなおも獲物へ喰いつこうと猛り狂うていたが、女房はそれを物ともせずに、呪いと歎きの言葉を口走りながら傍へ飛んで行って子供を抱きあげた。

彼女は子供を卓子の上に臥かした。子供は、無惨にも喉笛を喰い裂かれ、呼吸は小刻みにハアハアいっているばかりだったが、彼女はその児の体にしがみついて、処嫌わず接吻をした――泥まみれになった哀れな頭に、血だらけの小さな顔に、それから、ぱっくり開いたまま最期の呼吸に喘いでいるその唇に――

男は床に突伏して、両眼を閉じ耳を塞いで、涙に咽びながら祈った。

「おお、坊や……聖母さま、ど、どうぞ坊やをお救けなすって下さい！」

碧眼

女は寝台のそばに立って、しょんぼりと考えこんでいた。病室用のだぶだぶな被布にくるまっているせいでもあろうが、何だか実際よりも痩せ細って見えた。

あの愛くるしい顔もすっかり衰えてしまった。眼の縁はうすく黯ずんだけれど、哀愁をたたえた底知れぬ深さの碧眼が不釣合なほど大きく見えて、それが僅かに顔の全体を明るくしているようだ。頬は、肺病患者によくある病的紅潮を呈し、そして鼻の両側に出来た深い凹みは、恰かも止め度ない涙のために、そこのところだけ擦り耗ったかと思わせるのであった。

彼女は、受持の医員が傍へやって来たのを見て、お辞儀をすると、

「おい四番、お前さんは外出したいって云ったそうだが、本統かい」

「はい」

かすかに囁くほどの声で答えた。

「飛んでもないことだ。お前さんは辛と二、三日前に起床られるようになったばかりじゃない

か。それに、こんな天気に外出するとまた悪くなるよ。もう少し我慢をしなさい。此院は別段不足がない筈なんだが、それとも誰か気に触ることでもしたかい」

「いいえ、先生、そんなことはございません」

「そんなら何故だしぬけに外出したいなんて云うんだね」

「わたし、どうしても出かけなければなりません」

きっぱり云って退けた。その声は案外しっかりしていた。そして、問いかえされぬ前に急いで後をつづけた。

「今日は万聖節でございますわね。わたし一緒になっていた男の墓に、今日はきっとお詣りしてお花を供げるっていう約束をしました。わたしの外には誰もお花なんか供げてくれ手がないんです。それで、堅い約束をしましたの」

涙が一滴、眼瞼にきらりと光ったのを彼女は指で押しぬぐった。

医員は何となく可憫そうになって来た。そして一種の好奇心からか、それとも何か云ってやらねばあんまり無愛想だとでも思ったのか、ふと彼女に問いかけた。

「その情人は何時亡くなったの」

「もう、一年になります」

「何だってそんなに若死をしたんだね？」

女は慄然としたようであった。その落ちくぼんだ胸部や、細々と痩せた手首などが一そう惨しく見えた。そして彼女は半ば眼をつぶり、唇をふるわせながら、

「死刑（おしおき）になりましたの」

と呟くようにいった。

医員は暫く唇を嚙んでいたが、

「それは可憫（かわい）そうな。ほんとうにお気の毒だね。それで、どうしても外出がしたいというなら、出かけなさい。風邪を引かんように気をつけてね。明日は帰って来なければいけないよ」

病院の門を出ると、ぞっと寒気がした。

それは寂しい秋の午前（あさ）であった。こまかい霧雨が壁に降りかかり、すべてのものが——空も建物も裸になった樹々も、霧に鎖（とざ）された遠方（おちかた）も——おしなべて灰色に見えた。人々は早くこの濡れた往来から遁（のが）れようとして、忙（せわ）しげに歩いていた。

彼女は真夏からずっと入院していたので、衣物（きもの）もそのときに着て来た、地質の薄い、色の華美（はで）なものであった。痩せた襟のあたりにつけたリボンが皺くちゃになったのも、殊に哀れ深く見えた。スカートも、上衣も、ネクタイも、夏の頃は晴やかに微笑したものであっただろうが、今はすべてが灰色のうすら寒い四辺（あたり）の色に対照すると、いやに寂しくうち萎（しお）れて見えるのであった。

彼女は覚束ない歩調（あしどり）で歩いて行ったが、呼吸（いき）切れがするのと、頭がふらふらするので、時々じっと立ち止まらねばならなかった。

街を行く人々は皆なふりかえって彼女を見た。彼女は物が云いたげにもじもじしているようであったが、それも恐ろしいかして、神経的にきょときょと左右に気を配りながら歩いて行った。

　そんな風にして、とうとう巴里の半ばを横ぎって、セーヌ河岸までやって来ると、暫く立ちどまって、その緩やかな、溷濁した水面をじっと見まもった。が、錐で刺すような寒さに身内がぞくぞくして迚も静然としていられないので、彼女は再び歩きだした。

　やがてモーベール広場からコブラン通りの方へ出ると、どうやら気分が落ちついて来た。その辺は長く住み慣れた土地なので、見覚えのある顔もちらほら見えて来た。彼女を見て噂をしてゆく者もあった。

「彼女がヴァンダの情婦だぜ、滅法寠れやがったな」

「ヴァンダって誰だい」

「お前知らねえのか。あの、そら、人殺しをやった……」

　彼女は終局までそれを聞くのが恐ろしさに、両手で顔をかくして足早に行き過ぎた。

　とある見すぼらしいホテルの前へ来たときは、もう日が暮れかけていた。このホテルは彼女が病気になる以前に巣喰っていたところなのだ。

　彼女はつかつかと戸口を入って行った。階下は小さなカッフェになっていて、曖昧な娼婦達や、それらに飼われている情夫達がそこに集まって花牌をひいていた。

「おお、碧眼さんが帰って来た」

　と皆んながびっくりして叫んだ。『碧眼』というのが彼女の通り名であったのだ。

「一杯お飲りよ、碧眼さん。ここが空いてるぜ、サア此方へおいで」

歓迎されたのは嬉しかったが、もうもうと煙草の煙りのこもった室へ入ると、しきりに咳が出て呼吸が窒りそうだった。

「いいえ、わたし左様していられないの。女将さん居て？」

「ああ彼処にいるよ」

すると彼女は、女将の方へ臆病らしい笑顔を向けて、

「わたしお願があってよ、マダム。衣物を取りに来たの。これじゃ寒くてやりきれないんですもの」

「お前さんの荷物はみんな屋根部屋の方へ片づけさせておいたから、何処かにあるだろうよ。誰か見にやりましょう。まア暖炉の傍へ来ておあたりよ」

「ええ難有う。でも、わたし左様していられないの。ちょいと出かけて、すぐ帰って来るわ」

戸口の方へ行きかけると、男の一人が後ろから冷嘲した。

「もう稼業をお始めかい。馬鹿に手廻しがいいじゃないか」

間もなく彼女は出ていった。一寸でも暖かい室内に入った後なので、外へ出ると寒さが一しお身にしみた。

墓地の近所へ来ると、墓詣りをする人々は、手に珠数だまや花束をさげて急ぎ足に歩いていた。或る者は真黒な喪服をすっぽりと被いで、悄然と力ない歩調をしているかと思うと、一方には華やかに着かざって、饒舌をしたり高笑いをしたりしながらやって来る者もある。そういう人々は、墓詣りということが普通の習慣となってしまっているらしい。『時』が彼等の悲哀

を磨り減らしたのであろう。

鋪道に沿うて、花屋の手車が一杯に押しならんでいた。菊のちぢれた花と薔薇の房とが重なり合い、含羞草(ねむりぐさ)は、その黄金色(こがね)の花粉を菫(すみれ)の束の上に散らしていた。墓地へ近くなるにしたがって、石碑(いし)屋の前には、きれいな唐草模様や、くすんだ色で塗った安物の花瓶が、棚の上に並べられてあった。そしてもっと先きへ行くと、むぎわら菊の花環だの大きな珠数だまなどを売っていた。

彼女は欲しそうな眼つきでそれ等のものを見た。何か、小さな花束一つでもいいから買って行きたいと思った――墓地の片隅に、姓名(なまえ)の一字だも記されてないのっぺらぼうな土饅頭(どまんじゅう)の下に横(よこた)わっている、あの哀れな男のために。

殺人者――そんなことは彼女にとって何の意味もなかった。只もう可愛い情夫(おとこ)、それは彼女の肉と精神(こころ)のすべてを捧げた恋人であったのだ。彼は、逆上した瞬間に人を殺(あや)めた。しかしその恐ろしい負目(おいめ)は、もう払ってしまったではないか。

今後(これから)は決して他の男と関係もしないし、今までの生活をさらりと止めて正業に立ちかえって、真面目な女になろう――そして、彼を一生の想い出として生きよう――それは、情夫(おとこ)が捕縛(あげ)られた日に、堅く堅く誓ったことであった。

彼女は今、じっと花を眺めていた。と、花屋が薔薇の花を突きつけて、

「花束ですか。菊はいかが。菫もございます」

彼女は黙って歩きだした。が、ふところに一銭の持合せもないと知りつつ、やっぱり何か花

が欲しかった。何とかして手に入れたかった——きっと花を供えるという約束をしたのだから。初めは空腹と体の疲れで気が遠くなりそうだったが、今はそんなことも忘れてしまって、墓場の土饅頭のことばかりを考えていた。せめて花束でも供えてその土饅頭を賑わしてやりたい。それには金だ。金をどうして手に入れよう。どうしたらいいだろう。

その際に取るべき方法が、はっきりと胸に浮んで来た。それをしたからとて、死者に誓った操を破ることになろうとも思えなかった。

恰度、真面目な職人が工場へ帰って来ると、いきなり道具を握って余念もなく仕事をはじめると同じように、彼女は機械的に髪の恰好をなおし、貧しい着物の襟をかき合せると、以前にし慣れた調子で街を歩きはじめた。

あの頃は、こうして街を稼ぐのにも張合があった。何故って、天にも地にもたった一人の可愛い者であったあの情夫が、宿のカッフェで花牌をひきながら彼女を待っていてくれたから——彼女はそんなことを思いだしながら、腰にしなをつくって、注意ぶかい視線を左右に投げつつ歩いていった。そして時々、すれちがう男達へ低声で呼びかけた。

「ちょいと……お待ちなさいよ……」

だが、彼女はあまりに焦悴れていた。男達は一眼見ると、逃げるようにさっさと行ってしまった。彼女の顔は、もはや歓楽にふさわしい顔ではなかった。体だってもそうだ。骨ばって、痩せこけた深い凹みが、薄い木棉の着物の上からも判然とわかるのであった。

以前の美しかった時分、ほんとうに『碧眼』だった時分には、見る人を惚々とさせたものだが、もうすっかり変ってしまった。今は単に憫憐の対象にしか過ぎないのだ。陽かげがだんだん薄くなって来た。ぐずぐずしていると、花も買えないうちに墓地の門が閉まるかも知れない。

霧雨は相変らず細々と降りつづいて、すべてのものが灰色の陰影のなかにぼかされかけていた。彼女の痩せた顔の輪廓もおぼろになって、熱に燃える大きな二つの眼玉ばかりが人目をひいた。

折から、外套の襟を立て両手をかくしに突込んで、今寂しい街角を曲ろうとしている一人の男を見かけると、彼女はつと立ち塞がるようにして、

「ちょいと……一緒にいらっしゃいナ……」

何となく、全身の切願がその声にこもっていた。男はちらと彼女の方を見た。彼女はすぐに身を擦りよせたが、或る高い使命に励まされてでもいるような眼付で、男の顔をじっと見まもった。

男は彼女の腕をとった。それから間もなく、先刻のホテルへ連れこまれた。

「わたしの鍵と、燭台をね」

カッフェの戸口から女が性急に声をかけると、女将が鍵と燭台をもって来て、

「部屋は二十三番よ。二階の三つ目の戸を開けるんだよ」

と低声に教えてくれた。カッフェにいた男女が、好奇心に廊下を覗いているらしい気勢がしたが、彼女が客を連れて階段を昇りかけたときに、どっと笑い声が聞えた。

暫く経って彼女が再び階下へ降りて来たときは、殆んど暗くなっていた。で、あわただしく客を送りだしてから、また小走りに街へ出て行った。そして最初に見つけた花屋の前で、掌に鳴らしていた銀貨を二つ投りだして、一番手近な花束を一つ買った。

それから、せっせと墓地まで駆けてゆくと、恰度墓参に入っていた人々が一団になってぞろぞろ出て来るのに出っくわした。彼女ははっと思うと身ぶるえがした。もう間に合わないだろうか？

門のところへ行くと、

「駄目駄目、もう時間がない」

と門番が止めた。

「お願いですお願いです、大急ぎで駆けて行ってすぐに帰って来ます。たった二分間……」

「じゃ、行ってらっしゃい。早く出なければいけませんよ」

彼女は幾度も小石に躓いたりして、暗がりを夢中になって駆けていった。可成り長い道なので、呼吸がはずんで、胸が灼けつくように苦しかった。

辛とのことで刑死者の墓地へ辿りつくと、彼女はそこへがっくりと膝まずいて、花を地べたに撒きちらした。熱い涙がひとりでに湧いて来て、ひしと顔に押しあてた両手の指の間から止め度もなくはふりおちた。お禱りをあげたいと思ったが、その文句が頭にうかんで来ない。彼女はただ泣きながら大地に接吻をした。

「もし、お前さん、お前さん」

と呼んでみた。体が綿のように疲れはて、手足は感覚を失っていたけれど、何だかほっと安心して気が晴れ晴れとなったのを覚えた。

やがて彼女は起ちあがって、また大急ぎで引きかえした。門番の前へ帰って来たときは、微笑さえうかべていった。

「ねえ、早かったでしょう」

しかし、これで墓参も済んだ。恋人の傍へ行って約束を果して来たと思うと、またがっかりして急に寒さと疲れを覚えて来た。歩くのが漸とであった。咳がしきりに込みあげて来るものだから、幾度か立ちどまっては、壁に倚りかからねばならなかった。

辛とホテルまで帰って来ると、転げるように戸口を入った。ホテルの連中は、例のむっとするうん気と煙りの中でまだ花牌をひいていたが、彼女の顔を見ると皆んなが変に黙りこんでしまった。

彼女は強いて笑顔をつくっていた。と、隅の方にいた一人の女が、椅子にそりかえって嘲笑すように声をかけた。

「ちょいと碧眼さん、今日の皮切りは素敵だったわねえ。でも、厭な気持ちがしたでしょう、何ぼ何でもね」

碧眼は肩をすくめた。

「お前さん、先刻のお客、誰だか知っていて?」と前の女。

「いいえ、わたし知らないわ」

「じゃ教えてあげよう。彼男（あれ）はね、ル・バングよ」

「え、何ですって？……ル……？」

碧眼（あおめ）は口ごもった。

すると、前の女はぐっと酒杯（さかずき）を乾してから、花牌（はなふだ）を取りあげながらいった。

「ええ、ル・バングよ……あの死刑執行吏（くびきりにん）のサ」

麦畑

ジャン・マデックは、緩(ゆっ)くり調子をとってさっくさっくと鎌を打ちこんでゆくと、麦穂は末端(はし)をふるわせ、さらさらと絹ずれのような音を立てつつ素直に伏(ふせ)るのであった。

ジャンは歩調を按排(あんばい)しながら、器用な手捌きで前へ前へと刈りこんで行った。背(うし)ろには刈られたあとの畑が鳶色の地肌を現わし、そのところどころに小石原があって、褐色になった麦藁が厚く毛羽立っていた。

年老(と)った母親は、ジャンの後から腰をかがめて、散らばった落穂を拾いあつめていたが、彼女の重い木履(サボ)を引きずっている足や、皺だらけの節くれだった手や、襤褸衣物(ぼろきもの)を着たその胴体だけを見ると、まるで獣が四つ足で這っている恰好だった。

太陽が地平線から昇ると、炎熱があらゆるものを押しつつんで、田園全体が痲痺したようになり、そして耕地は爛熟した大きな果実のごとく、何ともいえない甘酸(あまず)っぱい香気を発散するのであった。

婆さんは落穂をひろいながら、口の中でぶつぶつと呟いた。

「コレ、嫁は今時分まで何をしくさるだ。何時になったら来るかの」

「正午(おひる)には皆んなの弁当をもって来るよ」

婆さんは肩をゆすぶって、

「何にしても、楽なもんじゃのう」

「なアに何家(どこ)の嬶(かかあ)も同じことよ。彼女(あれ)はここへ来ても、小舎(うち)にいても、せっせと仕事をしているだ」

「ふむ、彼様(あねえ)な仕事をな」

婆さんはなお地面を掻きながら、独りごとのようにいった。

「旦那は今朝はまだここへ来ねえようだの。大方彼女(あれ)の傍(そば)にべたべたとくっついて、手助けでもしてござらっしゃるだろうさ」

ジャンは鎌の手を休めて、

「何いうだ」

「うんにゃ、何でもねえだよ。話がさ……ただ……」

ジャンはまた刈り進んで行った。が、婆さんはもう一度独りごとのように呟いた。

「お前の死んだ父親(てておや)という人は、彼様(あねえ)な真似大嫌いでのう。あの人が野良へ出たあとでは、わしは只の一度だって、旦那の話相手になんかなったことねえだよ」

ジャンはまた顔をあげた。

「何だっておれに其様な話をするだ」

「何でもねえがの、父親はお前なんかよりも気が廻っていたっていうことよ」

するとジャンはすっくと立ち直って、

「な、何だって？ そねえなこと云うからには、何か理由があるべえ」

「あるとも」婆さんは相変らず腰をかがめたままで、「皆がお前やセリーヌの噂をしているだ。何のかのと煩さくいっているだよ」

「誰がさ」

「誰ってこともねえがの……皆ながよ……もっとも無理アねえだ、眼にあまることは見まいとしても見えるものだで」

「出鱈目いっているだ」

しかし、婆さんは倅の打消しを聞かぬふりをして、爪先で土塊を弾きながら、

「お前のためを思えばこそ、此様なこともいうだよ。わしはお前の母親でねえか。隠し立ては厭だからのう、後で怨まれるか知んねえが、云うだけはいっておくだ」

「皆んな出鱈目だっていうことよ。セリーヌはいい女房で、よく働いてくれるだ。それに、おれはこれっぱかりも彼女に不自由はさせてねえだから、彼女が何でおれを袖にするもんか」

婆さんはどっちつかずの身振りをして、

「知れたもんじゃねえわさ」

といったが、ふと調子をかえて、

「うんにゃ、わしは悪口をいうでねえ。利益を思えばこそいうだよ。彼女なんかは若い盛りでのう、まだ面白い思いがしたい年頃じゃ。土曜日っていうと、市場へ行くのに、しゃれた服装もしたいじゃろ。誘惑にかかるのは早いもんでな。それに、初めは何でもないように思われるもんじゃ。男の方でリボンだ、ショールだ、櫛だ、時計の鎖だと、いろんなものを与れる。そんで貰った女は、出物を安く買ったとか、往来で拾ったとかいうだ。それは左様かも知れねえがの……」

婆さんの一語一語がジャンの胸をえぐった。先日女房が地主の旦那と一緒に町へ出かけて行って、夜になってから帰って来たことがあったが、その日曜日には、彼女が木理リボンをつけ、薄紗のショールをかけていたのを彼は思いだした。殊に黄金の鎖が目立った。しかも彼女はそれを往来で拾ったといっていたのだ。

婆さんは例の単調な声で話しつづけた。

「わしは彼女の悪口などいいともねえがの、亭主っていうものは、年中嬶の傍にばかりくっついていられるもんじゃねえだ。毎日野良へ出なけりゃなんねえし、また兵隊の召集で、一月も小舎を空けることもあるべえに」

ジャンはもう、母親の言葉なんか聞いてはいなかった。鎌を杖いてその上に腕をくみ合せ、何処を見るともなくきょとんとした眼つきをして、涯しもなく種々なことを思いだしていた。些細な出来事までも記憶にうかんで来たが、それ等はみんな母親の暗示を裏書きする材料なのであった。

女たらしの主人は、他の作男にはがみがみ小言をいうくせに、自分にだけ特に優しく目をかけてくれる。それというのも、女房が婀娜女なせいにちがいない——そう考えて来てふと思いだしたのは、もう一週間経てば軍隊の方へ一ヶ月も召集されて、その間留守にせねばならぬことであった。

そのとき、耕地の端れの大木の下から人の呼び声がしたので、ジャンはふと顔をあげると、黄金色の麦穂の上から、彼の女房の上体がちらと浮きあがった。と思うとその背ろの数歩離れたところに、つば広の帽子をかぶった赭ら顔の主人が、太短いステッキを振りながら畑の間を歩いているのが見えた。

「昼食だよう」

晴々した声がひびきわたると、麦畑の処々からぽつぽつ起ちあがった作男等は、皆んな木蔭に集まって来て、やがて昼食をはじめた。

その中で、ジャンは独り黙りこくって麵麭を割いていると、

「どうしたんだ、マデック、いやに沈黙しているじゃないか」

主人が声をかけると、

「お前さん、気分がわるいんじゃないの」

と女房も聞いた。

「うんにゃ、お日様にひどく照りつけられたせいだよ。小舎で休んだらええかも知んねえ」

すると主人は莞爾して、

「うむうむ、それがよかろう」

昼食を終えると皆んなが昼寝をした。少し涼しくなるまで骨休めをする習慣になっているのだ。

ジャンはしかし、眠らなかった。腹ん這いになって頬杖をついて、じっと考えこんでいた。

二時が鳴ると、作男等は起きだして仕事にかかった。そよとの風もない黄金色の麦畑に、さっくさっくと刈り込む節調的な鎌の歌がまたつづいた。

皆んなが仕事をやっている間、主人は長々と寝そべって、眠そうな声でジャンの女房を呼んだ。

「おいセリーヌ、お前縫針を持ってるかい」

「ござりますよ、旦那さま」

「そんならここへ来て、わしのブルーズを繕うてくれ。乳牛は皆んな牧場へ放してあるし、あれ等を牛舎へ入れるまでにはまだまだ間がある。おお、ここも暑くなって来たぞ。わしは林檎の樹の下へ行っているから、お前も束ねが済んだら彼処へ来てくれないか。畦を歩くんだぞ、麦を倒すと可けないからな」

男女は窃み笑いをした。ジャンは注意していたので早くもそれを見て取った。そして彼は何か物をいいそうにしたが、そのまま黙って首をうな垂れて自分の持場の方へ歩いて行った。

婆さんが小舎へ帰ってしまったので、今度は女房が彼の後について来た。

女房が束をしめあげたとき、彼は振りむきもしずに声をかけた。

「お前は先刻旦那の仰しゃったことを聞いたかね」

「ああ聞いたよ」

「そんなら、何でぐずぐずしているだ」

「今行くよ」

かがんだままに、乱れた後れ毛を掻きあげてから、両手を腰へあてて、派手な裾着の下でくるっと胴体をひねると、彼女は矢車菊を一本唇に啣えて、畦づたいにすたすた歩きだした。

彼女の姿は海にでも入るように、次第に草の中へかくれて行った。そして彼方の林檎の樹のところで全く見えなくなったとき、ジャンは再び刈り方をつづけた。

彼はしかし、午前中のような落ちついた軽快さを失っていた。性急に進んだかと思うと、突然手を休めたり、また思いだしたように遣りはじめたりするのであった。うつ向いて、口を堅く結んで、額にはむずかしそうな八の字をよせていた。

婆さんに聞いた言葉の一つ一つが、胸の中で新酒のように醗酵して来た。顳顬のあたりがずきんずきんして、総身が憤恚で酔っぱらっているようであった。最初は半信半疑だったけれど、今の先目撃した事実によって、それが間違いのない、しかもいよいよ確かなことのように思われて来たのだ。

彼は前へ前へと刈り進んで行ったが、何だかあの林檎の木蔭で女房と主人が笑い交わしたり、接吻したりしている容子がまざまざと眼に見えるような気がした。

全身の力を腕にこめてぐんぐん刈ってゆくと、後ろには麦穂の束が続々ところがり、そして、鎌に喰われたあとの畑が急に広々となって見えた。彼は血気旺んな時分でさえ、こんなに仕事の捗ったことがなかった。

「おうい、一日で刈り仕舞いにするかよう」

遠くの方から、作男の一人が声をかけると、

「そうかも知んねえ」

とジャンは腰ものばさずに答えた。

やがて、かの林檎の樹から数メートルのところまで進んで行ったとき、彼はふと手を休めて、聴き耳をたてると、そこにひそひそ話が聞えた。それは確かに女房の声で、

「厭……あの人に見つかると大変よ」

「しっ、彼はまだ向うの端れにぐずぐずしているんだよ。ここまで刈って来るには、半時間も間のあることだ……どれ、もっと傍へお寄り」

ジャンは陽に炎けた顔を真蒼にして数秒間立ちすくんだが、屹度思い定めた風で再び刈り進んだ。しかし今度は歩調をゆるめて、音を立てないように静かに鎌を捌きながらやってゆくと、もう少しでかの林檎の樹の下へ出ようとするとたんに、ふと接吻の音が聞えて来た。

ジャンはすっくと起ちあがると、物すごい形相で鎌を振りあげたが、その刃先が陽にきらめくよと見る間に風を切って打ちおろされた。きゃっと消魂る叫びとともに宙に飛んだ二つの首級がもんどり打って地面へころげ落ちると、さらさらという音がして、折れた麦穂を鮮血に染めた。と、真紅になった鎌が高く投りだされた。

ジャンは鎌を投げ棄てると、血染めの両手を振りながら叫んだ。

「誰か来てくれい。人がいたとは知らねえで、おらアどえれえことをやっただ！」

乞食

夜は刻々に暗くなってゆく。

一人の老ぼれた乞食が、道ばたの溝のところに立ちどまって、この一夜を野宿すべき恰好な場所を物色している。

彼はやがて、一枚のあんぺらにくるまって身を横えると、小さな包みをば枕代りに頭の下へ押しこんだ。そのあんぺらは彼にとって殆んど外套の代用をなしているものであるし、またその包みは年中杖の尖にぶらさげて持ちあるいているのである。

彼は飢と疲れでがっくりと仰臥になったまま、暗い蒼穹にきらめく星屑をうち眺めた。

街道は森閑と茂った森にそうていて、人っ子一人通らない。鳥はみな塒にかえってしまった。向うの村は大きなどす黒い汚点のように見えている。老乞食はこうした寂しい場所にじっと寝ころんでいると、何だか悲しくなって来て、喉に大きな塊りがこみあげて来るのであった。

彼はまるっきり両親というものを知らない。元来捨て児だったのを、或る百姓に拾われて暫く育てられたが、また捨てられてしまった。それで、子供の時分から路傍に物乞いして辛(やっ)と生命をつないできた彼は、生きてゆくことの辛苦を厭というほど嘗めさせられたのである。それに、日蔭ばかりをくぐって来たものだから、世の中については悲惨ということの外には何も知らない。長い冬の夜は、水車場の軒下で明かすのだ。彼には、物乞いをする恥と、むしろ死にたいという望み——再び醒めざる眠りにおちたら如何に楽だろうという憬(あこが)れがあるだけで、その外に何の考えとてもない。

世間のすべての人が彼に対して情(つれ)なくも疑りぶかいのだが、一等困るのは、皆んなが彼を怖がっているらしく思われることである。村の子供等は彼の姿を見ると逃げ隠れるし、犬どもは彼の汚いぼろ服に吠えつく。

それにも拘らず、彼は他人に対して悪意というものを持ったことがない。貧苦のために痴鈍になったとはいうものの、元来樸訥(ぼくとつ)で優しい気象を彼はもっているのである。

彼は今うとうとと眠りかけたが、ふと向うから馬の鈴の音(ね)が聞えて来た。顔をあげると、燈(あか)りが一つちらちらと街道を動いて来るのが見える。彼はぼんやりその燈(あか)りを見つめていると、やがて一台の大きな荷車と、それを牽いている一頭の逞ましい馬がはっきりと見えて来た。その荷馬車は非常に高く荷物を積んでいて、街道一杯にふさがっているようだ。そして一人の男が鼻唄をうたいながら馬の傍(そば)を歩いている。

唄は直(じ)きに杜絶えた。と、道が登り坂になって、蹄鉄(ひづめ)のはげしく石に触れる音がする。馬子はぴしゃりぴしゃりと鞭をあてながら、尖(とんが)り声で馬を叱りとばしている。

「それっ！　しっかり！」

荷が重いものだから、馬は満身の力をしぼって、頸が精一杯に前へのびる。二、三度立ちどまって膝を折りそうにしてはまた起ちあがる。そしてその度に、肩のあたりから後脚へかけておそろしく緊張する。

そのうちに曲り角へ来て馬車はぱったりと立ちどまった。馬子は車輪に肩をあてて両手で輻を押しながら、

「それ、畜生、しっかり！」

と一層はげしく呶鳴る。馬はあらゆる筋肉を緊張めて懸命に前へ牽きだそうとするけれど、車台は微塵も動かない。

「こらっ！　しっかり！」

馬は、重荷のために後退りするのを防ごうとして、蹄にこめた満身の力でふるえながら、脚をひろげ、鼻息をふうふう喘ませている。

そのときに馬子は、溝の縁に半身を起している乞食を見つけて声をかけた。

「おい大将、手を貸してくれないか。こん畜生がどうしても動こうとしない。ここへ来て一緒に押してくれ」

乞食は起きあがった。そして、その弱い力のありったけをふり搾って後押しをやった。

「こら、よいしょ！」

馬子と声を合せて怒鳴った。けれども徒労だった。

乞食は直ぐにぐったりと疲れてしまった。それに、馬が可憫そうで堪らなくなった。

「少し息をつかせておやりよ。これじゃ荷が重過ぎらア」

「重いことがあるもんか。此馬意久地がねえんだ。我がままをさせると癖になるから駄目だよ。さあ畜生、しっかりしろ！……大将、石を一つ拾って来てくれ。車が退らからねえように止め石に使うんだ。そして斜かけに登らせよう」

乞食は大きな石を一つ拾って来た。

「こうするんだ」と馬子はいった。「おれが後押しをやるから、お前は馬の頸を左の方へ向けて、鞭で脚をうんと引ぱたいてくれ。そうしたら動くだろう」

鞭で打たれる苦しさに、馬はもう一度はげしい努力をやる。蹄鉄で小石を蹴るたびに火花が散る。

「その意気、その意気」

斜かけに牽きだそうとして、馬がうんと一つ踏んばったので、馬子は〆たとばかり、止め石を当てるために車台の下へかがんだ拍子に足が辷った。と同時に馬がたじたじと後退りをしたものだから、馬子はアッ！　と叫んで打倒れた。

彼は仰向けになったまま今にも胸へのしかかろうとする轍をば、両手で精一杯に支えている。肱がその重さで地面へ喰いこみ、顔面はひきつり、眼はつり上っている。

彼は苦しい声をふりしぼって、

「馬を前へ出してくれ。おれはもう轢かれそうだ」

乞食は、見なくても、想像でその状態（ありさま）がわかった。そこで彼は轅（かじ）を引張ったり、鞭でひっ叩（ぱた）いたりして一生懸命に馬を出そうとするけれど、拗（す）ねた動物は却って膝を折りまげて、どたりと横っ倒しになった。と、車台が前のめりして、轅棒（かじぼう）が地面にくっついた。

カンテラがひっくりかえって燈（ひ）が消えた。

あとは寂然（じゃくねん）たる夜の闇で、何の物音もなく、ただ馬の鼻息とともに馬子が呼吸（いき）づまるような声で、

「馬を出せ、前へ出せ」

と喚いているだけだ。が、乞食はどうしても馬を起（た）ち上らせることが出来ないものだから、断念（あきら）めてしまって、今度は馬子の方へ行って彼を救い出そうとした。しかし馬子は、もう一、二吋（インチ）で体へ触れそうになっている轍をば両手にこめた満身の力で僅かに支えているけれど、今に精根がつきると轢き殺されるのだ。とても身動きなど出来るものでない。それは自分にもよくわかっていた。だから乞食が屈みかけたのを見るとあわてて怒鳴った。

「おれに触っちゃいけない……触っちゃいけない……それよりも早く村へ駆けて行って、おれの家へ知らせてくれ……リュシャっていうんだ……村の右側の、つっかけの家だ……早く助けに来いといってくれ……まだ十分間は支えていられそうだ……早く早く」

乞食は夢中になって駆けだした。丘を登ってまっすぐに村の方へ駆けて行った。村ではどの家もみな鎧戸が締まっていて、街道は真暗で、人っ子一人通らない。犬どもは彼の駆けて来るのを見るとはげしく吠え立てた。が、彼は夢中で何も聞かず、何も見なかった。丘の下で轢き

殺されそうになっている男の、おそろしい幻影ばかりが目先にちらついた。

乞食はやがて立ちどまった。街道はそこから平坦になっている。右手の突っかけに一軒の百姓家があって、窓の隙間から一条の燈影がもれている。この家にちがいない。彼は拳骨でその鎧戸をどんどん叩くと、

「帰ったのか、ジュール」

屋内から声がする。だが乞食は息切れがしているので返事が出来ない。やたらに叩くばかりだ。と、やがて寝台の軋る音と、床に跫音がした。それから窓が開いて、眠そうな百姓が燈影へぬっと顔を出した。

「帰ったのか、ジュール」

そのとき乞食はやっと物がいえるようになった。

「うんにゃ、おれだよ。あのね……」

けれども百姓は皆まで云わせなかった。

「手前何だってそんなところにうろうろしているんだ。夜夜中人を叩き起しやがって」

ぴしゃりと窓を締めきって、

「無宿者奴、碌でもねえ野郎だ」

この邪慳な声と仕方にびっくりして、乞食はそこに立ちすくんだまま考えた。

「おれの用を何だと思ってるんだろう。おれは何も悪いことをするんじゃなし、叩き起したっていいじゃないか。奴は何も知らねえんだな、可愛そうに」

彼はまた恐る恐る鎧戸を叩いた。

「まだぐずぐずしているかッ、畜生、取っちめてやるぞ」

屋内から今の声が怒鳴った。

「開けてくれ」

「帰れ帰れ」

「うんにゃ、開けてくれ」

そのとき凄まじい勢いで再び窓が開いたものだから、乞食は面喰って跳びのいた。百姓爺が癇癪をおこして鉄砲を持ちだしたのである。

「おれのいうことが聞えねえか、乞食奴。ぐずぐずしていると鉄砲弾ア喰わせるぞ」

つづいて寝床の中から憤った女の声で、

「射っておやり、人助けになるよ、ほんとうに。無宿者なんか盗みでもするより芸がありゃしない。盗みどころか、彼奴等はもっともっと悪いことをするんだよ」

乞食は銃口を向けられるとぎょっとして暗がりへ隠れた。彼は思わず身ぶるいした。が、恐怖のために一寸の間忘れていた哀れな馬子のことをまた思いだした。今頃はあの街道で七転八倒の苦しみをやっているだろう――そう思うと、邪慳なこの爺が堪らなく癪にさわって来た。たとえ食べものや寝所が欲しさに戸を叩いたとしても、牛小舎の隅の藁床へなりと寝かしてくれたっていいじゃないか。犬に食わせる麺麭の片らぐらい頒けてくれたってよさそうなものだ。いかにぼろ服を着ておればとて、金持ちの奴等がおれを殺そうと脅かすなんて、あんまり馬鹿にしていやがる――そう考えると、一種の狂暴な憤りが全身を走った。

彼は杖で鎧戸をしたたか叩いてやろうとしたが、ふと思いかえして、

「いやいや、そんなことをやると、彼奴発砲するぜ……声を立てると村の奴等が起きて来て、おれを半殺しの目に遭わせるだろう。おれが何をいったって聴くもんか……何処へ行っても手を借してくれる奴なんかありはしない。おれがひどい目に遭わされるばかりだ」

彼はちょっと考えたあとで、他手を借りずにもう一度あの男を救いだす工夫をしようと決心して、元の場所へ引きかえした。彼は狂気のように駆けだした。

「あれから何うしたんだろう。あすこで、惨たらしく死んでいるのではあるまいか」

こうした恐怖が、彼に若者のような脚の力を与えた。

荷馬車のあったところへ行くと、いきなり声をかけた。

「おい」

返事がない。

「おい、どうした」

真暗で馬は見えないけれど、嘶きを便りに行ってみると、元の場所から少し退ったところに、馬は相変らず横っ倒れになっていた。車台がそれだけ後退りをしたのである。

「おい、おい」

乞食は身をかがめて、折から雲間をもれた月光にすかして見ると、かの馬子は両手を十字架のようにひろげて、眼を塞いで、口から血を吐いていた。そして重い轍は丁度軌道にでも載っ

たように、ぎっしりとその胸に喰いこんでいた。

乞食は、果敢なく死んでしまったこの男のために、もう何の助けにもならなかった。と、ますますこの男の両親の仕打が腹立たしくなった。

「おれは復讐をするんだ」

乞食はもう一度かの百姓家へ駆けて行った。今度は鉄砲なんかを眼中におかないで、むしろ一種の残酷な歓びをもって、先刻の鎧戸をがんがん叩いた。

「帰ったのか、ジュール」

乞食は黙っていた。

やがて窓があいて爺の顔が出て、再び同じ問いをくりかえしたとき、彼はやっと答えた。

「うんにゃ、先刻の乞食だよ。お前さんとこの倅が街道で死にかかっていたから、知らせに来たんだがね」

すると母親のおろおろ声が爺のそれとこんぐらかって、

「な、何だって。こっちへお入り、早く早く」

だが乞食は帽子のひさしを眉深にひきおろして、

「騒いだって駄目だよ。先刻おれが来たときに慌てなければならなかったんだ。お前さんとこの倅はな、可憫そうに、重い荷馬車を胸に載っけているぜ」

捨て台辞をいって、のっそりと歩きだした。

「早く早く、父さん」母親はわめき立てた。「駆けて行くんだよ、駆けて」

父親はあたふたと着物をひっかけながら怒鳴った。

「場所は何処だい。おい、行ってしまっちゃ駄目だよ……聞かしてくれ、後生だから……」

だが乞食は例の杖を背負(しょ)って、早くも闇の中へ消えてしまっていた。

四辺(あたり)はひっそりと静まりかえって、答えるものとてはただ、人声(ひとごえ)で目をさました雄鶏が糞堆(うまごやし)の上でけたたましく鳴いたのと、頸を高くもたげて月に遠吠えする犬の声ばかり。

青蠅

男は、死んだ女のそばに突立って、平然とその屍体を見まもった。

彼は眼を細めにあけて、大理石の石板に横えられた女の白い体と、胸の只中をナイフで無残に刳られた赤い創口とを見た。

屍体はすでに硬直しているにも拘らず、完全な肉附の美くしさは、まるで生きている人のようだ。ただその余りに蒼白くなった手の皮膚や、紫色に変色した爪や、かっと見ひらいた両眼、気味わるく歯を露わしている黯ずんだ唇——それ等のものが永久の眠りを語っているのだ。

石で床を鋪きつめたその不気味な広い室は、息窒まるような沈黙で圧つけられていた。屍体の傍には、今までそれを包んでいたらしい、血痕の附着した敷布があった。臨検の役人たちはそのとき一斉に、被疑者であるその男の方へ眼をつけたが、男は二人の看守に護られながら、しゃんと顔を擡げ、背ろへ両手を廻わして、相変らず傲然と突立っているのであった。

やがて判事が審問をはじめた。

「これ、ブルダン、お前は自分で殺したこの被害者を見知っているだろうな」

男ははじめて判事の方へ顔を向け、一生懸命に記憶を喚び起そうとして、死人の上に注意をあつめているらしい風であったが、

「まるっきり知らない女です。見かけたこともありません」

と落ちついた声で彼は答えた。

「しかし、お前がこの女の情夫であったということを、大勢の証人が申立てているではないか」

「証人の申立はみな違っています。まったく知らない女です」

「ようく考えてから答えるがいい」判事はちょっと沈黙したあとでいった。「われわれを誤魔化そうたって、そうは行かんぞ。今日の審問はほんの形式上のもので、これでお前の裁判が決定するというわけではない。お前は立派に教育のある男だ。寛大な判決を下して欲しいと思うなら、ここで自白する方が、お前の利益にいいだろうがなア」

「身に覚えのないことは、自白の仕様がありません」

「もう一度注意するが、強情を張ると利益にならんぞ。多分激昂して発作的に殺したんだろう。この屍体を御覧。この惨たらしい死態を見て気の毒とは思わんか。後悔もしないか」

「自分で殺しもしないのに、どうして後悔が出来ましょう。そりゃ私だって感情というものがありますから、死者を可憫そうだとは思います。しかしその憫むという感情も、此室へ入ればこんなものを見せられると予期したために、よほど薄らいで大方貴方と同じぐらいの程度にな

っています。これ以上に感動しろというのは無理なことで、もし感動しないのが悪いと仰しゃるなら、この光景を平気で見ておられる貴方を、反対に私が告発して差支ないという理窟になるではありませんか」

男は身振り一つするでもなく、まったく自分を制しきったもののように、落ちつき払った口調でこういった。峻厳な判事の訊問に対しても、この言葉で無難に切り抜けたように見えた。彼の唯一の対抗策は、只もう冷静に頑強に事実を否定することであった。

そのとき下役の一人が低声でいった。

「此奴は決して実を吐きません。絞首台に立たされてまでも抗弁するでしょう」

ブルダンは、それを聞いて些しも腹を立てた様子もなく、やり返した。

「そうですとも。絞首台に立たされたって、私の云うことに変りはありません」

暴風雨を含んだ蒸暑さに加えて、判事と被疑者が互いに激昂するものだから、室内は一そう息ぐるしくなって来た。この犯人はあらゆる証拠にも屈しないで、飽くまでも『否』と答えるのである。

西に傾いた夕日は、汚れた窓硝子を透して、そのぎらぎらする金色の光りを屍体の上に投げかけていた。

「うむ、お前はこの女を知らんと云うんだな。しからば訊ねるが、この兇器に見覚えはないか」

判事はそういいながら、象牙柄の大型のナイフをつきつけた。血痕がその強靭な刃先から一面に附着していた。

男は兇器を手に執ってしばらく眺めていたが、やがて看守の一人にそれを返して、血に汚れた指を拭き拭き、

「こんなナイフは、ついぞ見たこともありません」

「飽くまでも否定するんだな。それがお前の予定行動なんだろう」と判事は冷笑して、「しかしこのナイフはお前の所持品に相違ない。不断お前の書斎に置いてあったもので、大勢の人が見てよく知っているのだ」

すると被疑者はちょっと腰をかがめて、

「その人達はみな思い違いをしているのです」

「黙れ」判事は怒鳴った。「他に疑わしい点がないとしても、ここに一つ最後の有力な吟味が残っている。それは外でもないが、被害者は頸部を締めつけられた形跡がある。この五本の指の痕がお前にも判然(はっきり)見えるだろう。しかも加害者は特別に指の長い男だということは、法医学者も鑑定を下しておる。さア皆さんの前へ手を出してみろ。それ、どうじゃ」

判事はこういって、屍体の顎をぐいと引きあげた。

成るほど、頸部の白い皮膚(はだ)に、五本の指痕が紫色を呈して鮮やかに残っていた。大きな木の葉の形に似て、しかも末端のところは、爪が喰入ったらしく、肉が深々と掘られていた。

「これがお前の仕事さ。お前は左手でこの可憫(かわい)そうな女の頸を絞めながら、右手で胸にナイフを突き刺したのだ。ここで、その晩の行動をもう一度繰りかえしてみろ。頸の傷痕へお前の指

をあてるんだ。さア此方へ出ろ」

ブルダンは一瞬間ためらった。それから肩をすぼめて、憤然とした声でいった。

「私の指が傷痕に合うかどうかを見たいと仰しゃるんですか。合ったとしても、それが何で証拠になりましょう」

彼は石板の方へ歩み寄った。顔色は人にもわかるほど蒼ざめ、歯を喰いしばり、眼は張りきっていた。彼はしばらく静然と立ちすくんで、硬ばった屍体を見据えていたが、やがて自動人形のような動作で衝と手をのべて屍体に触れた。

と、その冷たい、じっとりした感触から体がぞくぞく慄えだし、指先は痙攣的に緊張して、自然と屍体の頸を絞めつけるように力がこもって来た。

死んだ女の硬ばった筋肉は、男の指の圧迫によって生きがえりでもしたように、頸骨から顎の尖までぐびりと動いたとたんに、物凄くむき出していた白歯がおのずから隠れて、口は大きな欠伸でもするようにがっくりと開いた。と、その乾いた唇が弛んで、再び露われた歯を見ると、濃厚なぬらぬらした鳶色の粘液が一杯に蔽さっていた。

役人達も思わずぞっとした。

ところが、このがっくりと開いた口から、謎のような物すごい不思議が起るのである。そもそもこの口が開いたときに、墓の彼方に通う末期の声にも似た一種の音響を発したが、直きに舌が捲くれて咽喉へ塞えたので、その音響はぱったり止まった。

すると突然に、何ともわからぬ一種の音――蜂の巣のそばで聞く羽音のような音がした――

と思っているうちに死人の黯(くろ)ずんだ口腔(くち)の中(うち)から、羽のぎらぎら光った大きな青蠅が一匹、ついと飛びだした。

この青蠅という奴は、納骨所に発生(わい)て、あの糜爛(びらん)した屍体を喰っている奴で、何とも形容の出来ない厭な生物(いきもの)の一つだが、此奴(こいつ)が今女の口腔(くち)から飛びだすと、微かな羽音を立てながら、恰(あた)かも近づく者を警戒でもするように、一しきり屍体の周囲を飛びまわってから、やがてじっと羽を据えていたが突然ブルダンの蒼ざめた唇めがけてまっすぐに飛んで行った。

ブルダンは吃驚(びっくり)して払いのけた。けれどもこの怪物はしつこく舞い戻って来ては、その有毒な肢(あし)を踏んばって一生懸命に彼の唇に縋(すが)りついた。

ブルダンは呀(あっ)といって跳び退(の)いたが、眼は狂おしく釣りあがり髪は逆立ち、両手をひろげてぶるぶる顫(ふる)えながら、まるで狂人(きちがい)のようになって叫んだ。

「白状します……実は私が殺(や)ったのです……私を彼方(あっち)へ連れて行って下さい……早く連れて行って下さい」

フェリシテ

彼女はフェリシテという名前だった。貧しい女で、美人でもなく、若さももう失われていた。夕方、方々の工場の退け時になると、彼女は街へ出て、堅気女らしい風でそぞろ歩きをした。ときどき微かに歩調をゆるめたかと思うと、また元のように歩いて行った。他の子供等が裾にからまって来ると、彼女は優しい身振りでそれを避けたり、抱きとめたりした。そしてその母親たちには莞爾やかな笑顔をむけた。

彼女は元来饒舌や騒々しいことの嫌いな性分なのに、こうして雑閙の中へ入ってゆくのは、そこでは他から勘づかれないで男達の合図に答えることが出来るからであった。一体にそうした慎ましい風なので、刑事達も特に彼女を大目に見てくれたし、近所の人々も出会えば簡単な挨拶を交わすぐらいの好意はもっていた。

彼女は全くの独り暮しで、格別楽みもない代りに大した苦みもなく、そうした果敢ない職業にも拘らず、ごく自然な従順さと淑かさをもっていた。だから誰一人彼女を蔑む者もなかった。

彼女だって以前は人並に贅沢もしたかっただろうし、歓楽に憬れもしただろうが、今はそんなことはすっかり断念めて、只もう生きてゆくだけで満足しているのであった。

ところが或る晩——街には終日雨が降りつづいて、濡れた歩道の上に夜の幕が落ちかかった時であったが、そろそろ家へ帰ろうとしていると、一人の男——『旦那』と呼ばれそうな男がふと彼女に声をかけた。

「今日は、フェリシテ」

「今日は、ムッシュウ」

「あなたは僕を覚えているでしょう」

「ええええ」

彼女は単にお愛嬌のつもりでいうと、男はすぐにつけ加えた。

「厭な雨ですね。傘にお入りなさい、さア腕を組みましょう」

彼女はいわれるままに男と腕を組み合せた。そうして両人は、人通りの絶えた街を相合傘で歩いていった。フェリシテはこんなところを他に見て貰えないことを、少し残念にさえ思った。

男はやさしく話しかけていた。街燈の下へ来たときにフェリシテはふと相手を見ると、齢は四十五、六、好男子ではないが、少し陰気くさい、人の好さそうな顔で、何だか見かけたことのある人だと思った。

やがて宿の前へ来ると、彼女は立ちどまって、

「ここですわ」

「もう遅いから駄目。それに、僕は友人から晩餐に招ばれているんですがね、お忙しくなければ、談しながらそこまで送って行って下さいませんか」

フェリシテはびっくりした。しかし非常に嬉しかった。男の口の利き方が、堅気の立派な婦人に話しかけるような調子で、いかにも優しく叮嚀だったからである。

「いいえ、ちっとも忙しいことはありません。閑でございますわ」

二人はまた歩きだした。途々、男は自分の生活について少しばかり――それも重大な方面ではなく――職務のことだとか、役所の時間だとか、毎晩食事をする小さなレストオランのことなどを話してくれた。彼女は黙って聞いていた。人からそんな風に親しく話しかけられたことは、ほんとうに久しぶりだった。が、彼女は何だか極りがわるいような気がして、自分自身のことは何も話さなかった。

やがて或る街かどへ来ると、男は歩調をゆるめて、

「これが友人の家です。一しょに歩いて貰ってほんとうに愉快でした。ええと、今日は火曜日なんだが、あなたは土曜はお忙しいですか」

「いいえ」

「お邪魔でなければ、五時頃ちょっとお礼に行きますよ。左様なら、フェリシテ」

「左様なら、ムッシュウ」

フェリシテは自分の部屋へ帰ったが、それから毎日ちょいちょい思いだしては、『あの紳士は程のいい人だ』とおもった。

約束の土曜日には、例日（いつも）とちがって一歩も外出しずに、暖かい室（へや）で静かにその人を待ちもうけていると、五時頃に、彼は菓子を手土産にもってやって来た。そうして二人の向き合った食卓には、ちょっと律儀なブルジョワらしい気分がただよった。

次の土曜日にも、彼は訪ねて来た。それからというものは、土曜日ごとに必ずやって来た。七時になると彼は帰って行ったが、何だか時が大変早く過ぎたような気がした。

そして今ではそれが二人の間の約束のようになってしまったのである。一週に一回、土曜日の、その時刻になると、ムッシュウ・カシュウ――女は蔭で彼を思いだす時でさえも必ずムッシュウという敬称をかぶせるのであった――は、極まって菓子の包みを提げてやって来た。二人は語り合った。彼女は単に話のきっかけのために、自分の許（ところ）に起ったことをごく簡単に聞かせたりした。男の方では主に役所のことを話してくれた。女が自分の職務（しごと）にも興味をもっていてくれるらしいので、同僚の姓名（なまえ）を教えたり、やがて給料の昇（あが）る話などもした。ときどき新聞を読んでくれることもあった。フェリシテはその新聞記事でさまざまな事象の説明を聴きながら、その人が何でも心得ているのにひどく感心した。

土曜の晩ごとに静かに語り合うということが、今では一つの習慣になってしまった。彼女は毎週土曜日の来るのを待ちに待って、その二時間をば慰楽（たのしみ）として過すのであった。彼女はまったく親身に男を待遇した。或る晩、男が足がびしょ濡れになってやって来ると、彼女はすぐに美しい刺繍（ぬいとり）をおいたスリッパをこしらえた。そして次の土曜に彼が来たとき、その綺麗なスリッパがちゃんと暖炉のそばに揃えてあった。一体がそんな風だった。

やがて春が来て、また夏が来た。二、三度、穏かな晩に、二人は人目に立たぬように少し遠方の小料理店へ出かけて行って一緒に食事をしたこともあった。

「わたしはあの人に惚れているだろうか」

彼女は時折自分に問うてみたが、男の少し陰気な、好人物らしい顔を見ると、やはり恋しているのではないと自ら答える外はなかった。只もう彼を待ちもうけることが大きな喜びで、傍(そば)に彼のいてくれることが非常な幸福であり、そして自分がそうした紳士の話相手であると思えば、ひそかに誇りを感ずるのであった。

長年の間目的も前途もなく、その日その日を単調に暮らして来た彼女にとって、この土曜日ごとの二時間というものは真に懐かしい安息だった。一週間のくさくさする思いをば、土曜日にしんみりこの人と談(はなし)が出来るという希望で僅かに慰めているのであった。

こうして二年は過ぎた。それは彼女の一生涯のうちで最も平和な二年間であった。男はいつも『今日は、フェリシテ』と挨拶しながら入って来て、帰るときは極って、『また来週の土曜日に』といい残した。

只の一度も争論(いさかい)などしたことはなかった。そうした交情は、彼女にとっては恰(あた)かも終身年金の支払をうけているようなもので、それが突然に終りをつげるというようなことは夢にも思えなかった。

ところが或る晩、男は常よりも早くやって来た。それはまったく珍らしいことなので、フェリシテはびっくりした。

「今日は、フェリシテ」

戸口を入ると男はすぐにそういったが、例の簡単な挨拶ながらその日は妙な調子で、声もすっかり変っているようであった。

彼はもって来た菓子の包みを卓子（テーブル）においたまま突立っていると、

「さアお掛けなさい」

フェリシテは椅子をすすめた。男はその椅子に腰をおろして暖炉の方へ脚を投げ出したので、彼女もいつものようにスリッパを出しかけると、彼はやさしくそれを押しのけて、

「今日はそうしちゃいられない。それよりも、お前に話さねばならぬことがある。フェリシテ、僕はもうここへ来られんようになったよ。実は結婚をするのでね。いい齢をして極りのわるい話だが、しかしこの齢になると、やはり自分の家庭というものをもって、身の廻りの世話をしてくれる者がいてくれないと困るんだ」

フェリシテはうつむいて黙っていた。

「僕は最近二年間痛切にそれを感ずるようになったが、そのことが沁々（しみじみ）わかったのも実はお前のお蔭なんだよ。僕は毎土曜日にここへ来てお前と談（はなし）をするのが楽（たのし）みだった。いつも暖炉のそばにスリッパを揃えておいてくれるお前の親切が身にしみたのさ。ねえ、フェリシテ、お互いの齢になっちゃ、もう色恋の沙汰じゃないんだね。ただ甘やかされて、少し我儘がしてみたいというだけさ。ね、そうだろう」

フェリシテは黙ってうなずいた。自分のためにも男のためにも、その考えを承認した。今日

男が入って来たときの様子から彼女が漠然と予感したことを、彼はついに云いだしたのだ。この二年間、土曜日ごとに語り合ったことは、男にとっては要するに家庭というものの影像であったし、彼女にとってはそれの幻覚に過ぎなかったのである。

男は間断なしにしゃべったが、フェリシテは上の空で聞いていた。やがて男は黙りこむと紙入から百フラン紙幣を一枚とりだして、

「これでいい着物でも買いなさい」

そういって、その紙幣を彼女にくれた。

しかし、これは特別のお情といってよかろう。よしんば無断で来なくなろうと、何も与えなかろうと、彼女の方から不足はいえないわけだ。まして男は最後まで彼女に好意をもって、大切にしてくれたのである。彼はフェリシテの両頬に接吻して、

「では左様なら、フェリシテ、これでお別れだ。お前も達者で暮らしなさい」

そういって彼は帰って行った。フェリシテはまた独りぼっちになった。

やがて時計が五時半を打った。彼女は、

「街へ出ようか」

と思ったけれど、何だか疲れを感じておっくうだった。それに外は急に雨が降りだして、人人はその夕立の中を駆けているらしかった。

暖炉の火もいつの間にか消えていた。彼女は椅子に坐ったなりで、男がおいて行った青色の紙幣を幾度もひっくりかえしてみた。

そして機械的にあたりを見廻わしたが、その視線はかの刺繡したスリッパから、卓子の隅に寂しくおかれたままになっている菓子の包みへおちて行った。

やがて六時が鳴ると、

「こうしちゃいられない。出かけよう」

しかし彼女は、起ちあがる力もなくて、やはりじっと坐りこんでいた。間もなく夜だが、暮れなやむ黄昏の光線が微かに仄めいて、開けっぱなした窓からは冷いしぶきが床へ吹きこんでいた。

彼女は急に捨てられた孤独を感じだした。

「やっぱり街へ出なければならない」

窓に肱をついて、六階の上から、何を見るともなく何を考えるともなく、ぼんやり街を見おろしながら独りごとをいった。

「ああ厭だ……厭だ……」

そのとき、すぐ下の五階から晴れやかな笑い声が聞えて来た。階下の家族は幸福だった。その主人は昨日、ムッシュウ・カシュウの勤めている役所に大変いい口を見つけて採用されたということだ。彼女はそんなことも話題にするつもりだったのに、ムッシュウ・カシュウは自分の云い分が通るとさっさと帰って行ったものだから、その噂をする暇もなかった。そして突然独りぼっちになった今は、そうした世間話がしたくも、もう相手がないのであった。

「ああ厭だ。この先どんなに厭な思いがつづくことか」

日はとっぷりと暮れてしまった。背後から湿っぽい暗と小さな室の寂寞が肩の上へ蔽被さるような気がして、思わずそっと窓から顔を出した。ふるえる瓦斯の灯にちらちらしている街は、何だか自分から逃げてゆくように見えた。

「ああ厭だ」

彼女はほっと溜息をついた。そして無雑作に、何の未練もなく、殆んど何の気なしに半身を突きだして首を垂れると、呀！といったなりその六階の窓から跳び降りた。

彼女は『至福』を意味するフェリシテという名前であった。それだのに、若くも美くしくもない、貧しい女だった。

ふみたば

創作家のランジェは、黙って、大きな卓机から一束の手紙を取りだした。その文束は真紅なリボンで結えてあった。

「あなたは、これが要るんですか。どうしても取りかえそうと云うんですか」

彼はおろおろ声でいった。が、マダム・ヴァンクールは何もいわずに肯ずいてみせた。

「こうした要求が男の心にどんな傷手を負わせるかということが、あなたに解りませんか」

ランジェはもう一度哀願してみたが、女は返事もしないで、ただ手をのべるばかりであった。

「僕も悪かったけれど、そんなに虐めなくたっていいじゃありませんか。成るほど僕はちょっと不実なことをした。あなたが憤るのも無理がない。だから僕は散々謝罪ったでしょう。足りなければ何回でもお詫します。しかしあんなことのために全然愛想づかしをして、前々からの手紙まで取り返すというのは酷い。つまり僕はあなたの愛を失ったばかりでなく、あなたから踏みつけにされるのですね。それに……」

「もう沢山、愛なんてことを二度と仰しゃらないで下さい」

彼女の声は少しも潤いのない、冷淡なものであった。

「そんなら、あなたは僕というものを全然信用しないんですね。僕がこの手紙を利用して何か悪事でも企らみはしないかとお思いなんでしょう。だから返してくれなんて云うんでしょう」

彼は、女に劣けない程度に冷静を装ったつもりだけれど、その文束を持った指先が無残にふるえていた。

しかし女は彼の言葉を耳にもかけない風で、

「とにかく返して下さい」

とせがんだ。それでランジェもついに断念して、抽斗をぴしゃりと閉め、それから腰をかがめて、

「じゃお返ししましょう」

女は文束を取り戻してしまうと、ほっとしたように相好を和らげて、やっと緊張していた態度をゆるめた。そして一しきり室の中を見廻わしたが、さすがに過去二年間の楽しい思い出を胸に喚びおこしてか、深くも感慨にうたれた風であった。

それは悩ましい瞬間だった。

ランジェはもうがっかりしてじっと額を押えていた。が、女は早くも元の冷静に立ちかえって、優しくしかし妙に冷酷を押包んだ口調で、じゅんじゅんと弁解をはじめた。

彼女は今大きな椅子の肱掛けに手をおいていたが、以前の彼女は入って来るなり焦かしそう

に、その椅子へ手提袋や暖手套を投げだしたものであったのだ。

「わたしは、何も貴方に対して悪意をもっているのではありませんよ。貴方だっても左様でしょう。けれどもわたし達の関係は、どうせ永くつづけてゆくことの出来ないものなんです。ね、ですから、今のうちにお別れする方がいいと思いますの。今に他の女がわたしと入れ代って、此室へせっせと通って来るでしょう。そして、わたしの坐った席へその女が坐って、わたしがしたあらゆることをその女がするでしょう。さアそうなると、わたしの手紙が此室にあると剣難です。わたしの名誉だって危いわ。いいえ、貴方が何処へ隠したって駄目。結局嗅ぎ出されるにきまっていますからね。ですから、ようく考えて御覧なさい。貴方だって、大切な記念だから返せないとか何とか仰しゃるけれど、ほんとうは単に、自尊心を傷つけられるのがお厭なんでしょう」

ランジェは慌てて反抗するような身振りをやった。けれども彼女は笑って、

「いえ、いえ、それに違いありません。わたしは貴君のお心がようく解っています。何でもないことです。貴方だって後になって考えると、やはり、あんなものは返していいことをしたとお思いなさるでしょう。もう邪魔者が来なくなりますからね、みっちりと御勉強なさいまし。こうした経験をお書きになると、また素晴らしい創作がお出来になりますわ。だけど、わたしなんかつまらないのね。今に貴方の御作を読んで、第一番に泣かされるのはわたしよ」

「僕は、あなたのその涙がたった今欲しい」

すると女は、ふと閾際に立ちどまって、

「そんなことを仰しゃるけれど、わたしだって、宅へ帰ってどんなに泣くでしょう」

悲しそうに声を曇らせたが、直きにまた冷静になって、

「ときどき宅へもいらして下さい。これまでどおりに歓迎しますわ」

しかしランジェは黙って首をふった。

「いいえ、ちょいちょい来て下さらないと困るわ。ぱったりお顔が見えなくなると、人がまた変な噂を立てますからね」

「そんなら伺います」

それから一週間の間、ランジェは室にばかり閉籠っていた。夜眠れないので朝寝坊の癖がついた。もしや彼女がひょっこり訪ねて来はせぬかと思って、ときどき窓に立った。今にも戸口の呼鈴が鳴りそうな気がして、空しく耳を澄ましたことも幾度だったか知れない。またときどき、かの手紙の移り香が仄かに残っている抽斗を開けてもみた。

次の一週間もそんな風に過ぎて行った。今に女から電話ぐらいかかるだろうと心待ちに待ったけれど、それもかからないで早くも一ケ月経った。何だか気になって来た。幸い、ときどき訪問すると約束をした言葉があるので、彼女の接客日ときまっている木曜日に、勇気をふるって出かけて行った。

客間には二、三の先客が来ていた。マダム・ヴァンクールは、ランジェの顔を見ると、

「まアお珍らしい。この頃はすっかりお見限りですね」

白ばっくれて小言をいった。

「延引ならない仕事がありましたので、つい御無沙汰しました」

とランジェも調子を合せた。

彼が来たために一寸途切れた主客の会話が、またつづけられた。それがランジェには耳新らしいことばかりで、しかも自分が招待を受けなかった此家の盛大な晩餐会のことなどを、面白おかしく話しているのを聞くと、自分だけが除け者にされてしまったという感じが、犇々と胸へ来た。

マダム・ヴァンクールは、ランジェが黙りこんでいるのを見て、

「大そう沈思んでいらっしゃるのね。どうかなさいまして？」

皮肉に問いかけると、彼は一生懸命になって弁解をはじめた。

「この頃は書きつづけですからね。何時間も卓子に獅噛みついた後では、こうして親しいお友達の前へ出ても、何だか頭がぼうっとしているようです」

「きっと、お書きになる小説の中の人物と一緒になって、泣いたり笑ったりしていらっしゃるんでしょう」

そういって彼女は笑った。

「まアそんなものですが……」

「結構な御職業ですね」客の一人が口を出した。「愉快でしょうな、御自分でお創造になった世界の中に生きておられるということはね」

「それがさ、他で考えるほど愉快なものじゃありませんよ」

「でも貴方は健筆家でいらっしゃるから、ほんとうに結構ですわ」

とマダム・ヴァンクールはにやにや笑いながら妙に皮肉ないい方をした。

ランジェは一寸考えこんでいたが、やがて真面目くさった口調で、

「いや、どういたしまして。今やっている仕事なんか筆が渋って仕様がありません。実は大変不幸な出来事が突発して、仕事の上に大打撃をうけたのです。一体今度の作は、手紙小説の形式で行こうと思って書きはじめたのです。もちろん有りふれた型ですがね。しかし僕の場合に限って立派に成功する望みがあったのです。というのは、僕はそのモデルとして傑作ともいうべき恋文を沢山もっていたからです。ところが申し上げるのも変なお話ですが、その婦人が僕を捨ててしまったんです。いったい恋文などは、貰った当人以外の者にとっては一向値打のないもので、その当人だって時が過ぎると何の興味も感じないものですが、僕が貰ったその恋文というのは清新そのものといっていいくらいで、いつ読んでも感動させられます。僕があれだけ感動したんだから、一般読者の胸に響かんということはありません。その手紙の署名と日附を変えて、ちょいちょい加筆しただけでも、熱情的な、すばらしい恋愛小説が出来ます。その手紙を書いた婦人は、何も名文を書こうなんていう野心からでなく、只もう感情を有りのままにさらけ出したものですがね、実にすばらしい傑作です。その女（ひと）は僕の今度の手紙小説を読んだら、おそらく自分で自分の天才に吃驚（びっくり）するでしょう。ところが実に残念です、もう一息という時になって……」

「気が差して書けないと仰（おっ）しゃるんでしょう」

とマダム・ヴァンクールが訊いてみた。

「いや正直に告白しますが、決してそんなわけではありません。実はその婦人が手紙を返してくれといいだして、僕が大切にしていた文束を引奪るように取って行ったのです。それで僕の小説は、どうしても結末のつかぬものになってしまいました」

可成り時刻が経ったので、客はぽつぽつ帰って行った。

最後に居残ったランジェも暇をつげて、仄暗くなった廊下へ出ると、マダム・ヴァンクールがそっと追かけて来て早口にいった。

「明日、お宅へ伺いますわ、あの手紙を持ってね」

ランジェは外套の襟を直しながら、怪訝そうに彼女の顔を見まもった。それから慇懃に腰をかがめて、彼女の手に接吻をして、

「折角ですがね、マダム。あの話は、あなたの手紙のことじゃありません」

暗中の接吻

「御免なさい……御免なさい……」

女は膝まずいて哀願していた。男は少しやさしい口調になって、

「起ちなさい、もう泣かんでもいい。おれにも欠点があったんだからな」

「いいえ、貴郎、飛んでもない……」

女が口ごもりながらいうと、男は首をふって、

「お前と別れたのが悪かったんだよ。お前はおれを愛していたのだからね。尤も、おれだって初めはこんな風に考える余裕もなかったさ。あの当座、硫酸で顔を灼かれた痛みがひどくて、それから盲になって、おれの一生は恐怖と死のほかに何にもないということが初めてわかった時分は、今とは似ても似つかぬ考えに囚われていたんだ。誰だってああした苦しみの最中には、急にあきらめがつきやしないからな。だが盲になって不断の闇に閉されると、眠っている人のように、却って物事がはっきりと見えて来て、気が静まるものだよ。この頃おれは肉眼が見え

ない代りに、心眼で物を見るようになった。おれたちが住まっていたあの家が見える。昔の平和な日が、お前の笑顔が、眼前にちらつく。そうかと思うと、別れた晩のお前の寂しそうな顔が見える。裁判官はああした事情を知らないものだから、ただお前がおれをこんな不具者にしたという点に重きをおいたんだね。だから、おれは法廷へ出て詳しく説明をしたのだよ。裁判官は無論お前を禁錮にするつもりだった。そうするとお前は、何処ぞの監獄でじりじりと老い朽ちる外はなかったんだ。しかしお前を何年牢に入れたって、おれの視力はかえって来やしない。ところで、おれが証人席についたとき、お前はびくびくものだったろう。おれがきっとお前の罪状を洗いざらい申し立てて、こっ酷くやっつけはしないかと思ってね。だが、おれにはそんなことは出来ないんだ」

女は両手に顔をうずめて、涙にむせびながら、

「貴郎は何てやさしい方でしょうね」

「おれは公平だよ」

彼女は歔欷あげながら言葉をついだ。

「後悔しています。わたしは何という恐ろしいことをしたんでしょう。それだのに、貴郎は裁判官にわたしの放免を願って下さったのね。そして今もこんなに優しくして下さるんですもの。わたしは恥かしくて穴にでも入りたいくらいよ……済みません、ほんとうに済みません……」

彼は、女がしゃべったり泣いたりするのを黙って聞いていた。椅子の背へ仰のけに頭を凭たせ、肱掛けに手をおいたまま、何の感動もないような風で耳を傾けていたが、やがて女が静ま

るのを待って問いかけた。

「お前はこれから何うするんだい」

「わかりません。わたし大変疲れていますから、四、五日ゆっくり休みたいんです。それから勤めに出ます。また売り子か、衣裳屋の生模型の口でも探しますわ」

「お前は相変らず美くしいだろうな」

それを訊いたときの男の声はこわばっていた。

女は答えなかった。

「お前の美くしい顔が一目見たいなア」

彼女はなお黙りこんでいた。

男はちょっと身ぶるいして、呟くようにいった。

「もう晩になっただろう。電燈をつけてくれ。眼が見えなくても、四辺が明るいと思えば気持がいいものだ。お前はどこにいるんだい。暖炉棚の傍に？　そんなら手をのべて御覧。そこにスイッチがあるから、ひねっておくれ」

盲いた眼瞼の奥には何の変化も感じないけれど、女の唇からアッという驚きの声がもれたので、彼は電燈がついたのを知った。女は自分の罪業の跡をば初めて電燈の下にまざまざと見たのであった。

男の顔は、白い条痕をなしている間に、赤い溝が交錯し、額に黒ずんだ襞が灼きついていて二タ目と見られぬ物凄い形相だった。

彼が法廷に立って女のために放免を哀願ったときは、女は被告席にうずくまったっきり泣き咽んでいて、彼の顔を見上げる勇気もなかったが、今目のあたりにこの物すごい形相を見ると、堪らなく厭な気持がするのだ。

しかし男は格別怒った風もなく、低声で、

「どうだ、凄い顔になっただろう。まるで昔の面影があるまい。おや、お前もう遁げるのか」

女は声をふるわせまいと努めながら、

「遁げるもんですか。ここに、じっとしているわ」

「そうかい、そんならもっと此方へお寄り。顔が見られない代り、せめてお前の手に触ってみたいな。もう一度そのふっくりした手に触らせてくれないか。極まりがわるいけれどお願いだ。一寸でいいから手を握らせてくれ。盲というものはな、触っただけでも、奇態にさまざまな思い出がかえって来るものだよ」

女は顔をそむけて、手をのべると、男は彼女の指を嬉しそうにいじくりながら、

「おお、可愛い手だ。ふるえなくてもいいよ。嬉しい仲であった時分のことを思い出させてくれ。おや、おれの与った指環をはめていないね。どうしたんだい。おれは取りかえした覚えはないが。お前も『これはわたし達の結婚指環にしましょう』って云っていたではないか。何故脱ったの」

「だって、極まりがわるいんですもの」

「いいから箝めていなさい。ね、きっと左様すると誓ってくれ」

「では、左様しますわ」

男はしばらく何か考えこんでいたが、やがて落ちついた声で、

「外はもう真暗だろう。そして大変寒いね。盲になると寒さが身に沁みるぞ……お前の手は暖かい。が、おれのはまるで氷だ……盲は勘がいいっていうが、おれなんかはまだそれほど鋭くなっていない。追々鋭敏になるだろう。おれは駆けだしの盲で、いわば幼稚園の子供みたようなもんだからな」

女は男に手をまかせたまま、ほっと溜息をして、

「おお神様、神様……」

男は夢の中で物をいっているような調子で後をつづけた。

「お前が来てくれたので、こんな嬉しいことはない。お前さえ承知なら、いつまでも一緒にいて貰いたいんだが、しかしもうそんなことは出来やしない。今後おれと同棲するということは随分辛いこったからな。それに、おれたちのように嬉しい思い出をもった者は、成るだけそれを壊さぬようにそっとしておく方がいいのだ。おれの顔はもう見ても慄然とするだろう？」

女はそんなことはないと頑張ったが、男はにっと皮肉に笑って、

「嘘をつけ。おれは前に、情婦から硫酸をぶっかけられた男を見たことがあるが、その顔といったら二度と見られたものじゃなかった。女たちは彼に逢うと顔をそむけたよ。それでも彼は自分の顔が見えないものだから、厭がる人をつかまえては話しかけていたっけ。おれも今はその男と同様なんだ。え、そうだろう。長らく同棲したお前でさえも、厭がってふるえているん

だからな。おれはよくわかるよ。お前はいつまでもこの顔を思いだして魘されるだろうが、それを思うとおれは悲しい……もうこんな話は止そう。ところでお前はすぐに勤め口を探すといったね。それについてお前の計画を話してくれないか。もっと傍へ来いよ、おれは耳も少し遠くなったんだ……で、どうだね、今の話は」

二人の肱掛椅子が、殆んど触れるばかりに引きよせられた。女はむっつりと黙りこんでいたが、男は吐息をして、

「ああ懐かしい匂いがするね。おれはもう一度この匂いが嗅ぎたさに、お前の使いつけの香水を買ってみたが、どうもしっくりしなかった。お前がつけると、髪や肌の匂いと調和するからいいんだね。もっと此方へお寄り。今帰って行くと二度と来てはくれまいから、せめて匂いだけでもたんのうさせておくれ。お前はふるえているね。この顔がそんなに怖いのか」

「わたし、寒いのよ」

「なるほど、薄着だな。外套も着て来なかったようだね。もう十一月だよ……外は曇って、じめじめして、寒いだろう。大層ふるえているね……おれ達の旧の家は暖かくて、気持がよかったな。お前も思いだすだろう。あの時分は、抱きよせるとお前は恍惚とおれの肩へ顔をかくしたりしたもんだが、今じゃおれに抱かれたがる女なんか一人だってありはしない。もっと傍へお寄り。そっちの手も握らせてくれないか。左様左様。ところで、お前はおれが会いたいという言伝を弁護士から聞いたときに、どう思ったの」

「来なければならないと思いました」

「そんなら、まだおれを愛していてくれるんだね」

「それは愛していますわ」

と彼女は思いきって一呼吸にいってのけた。

「そんなら、別れの接吻をさせてくれ。厭でもあろうが、ね、接吻だけでいいんだよ。帰りたければ帰してやるからね。いいだろう？　ね、いいだろう？」

女は思わず後退りをした。しかし、そうした心が恥かしくもあり、男のことを思えば気の毒にもなって、その切なる頼みを無下に拒むわけにも行かなかった。それで彼女は眼をつぶって、男の肩へ額をよせた。

が、ふと眼をあけたとき、男の醜悪な顔がすれすれに迫って来るのを見ると、ぞっとして急に抜けだそうと身もだえした。けれども男は一層強く彼女をひきよせて、

「帰りたいか。お待ち、お前はまだ沁々おれの顔を見ないだろうが、ようく見て御覧……唇を貸して……もっと思いきって前へ出せよ……どうだ怖かアないか」

「おお苦しい」

と女は呻いた。

「そうじゃあるまい、怖いんだろう」

「おお苦しい、苦しい」

すると男は低声になって、

「しっ、声を出すんじゃない。静かにしろ。おれに捉まったが百年目だ。これ、じたばたした

って駄目だよ、腕力ならおれの方がずっと強いんだ」

と左の手で女の両腕をぐっと押えつけたまま、右手で上衣のかくしから一つの小壜を取りだして歯で栓を抜いた。

「うむ、硫酸だよ。顔を仰向けろ……左様左様……今にわかるぞ……おれたちは飛びっきり似合いの一対になるんだ。お互いっこだ……ははア、ふるえているな。おれがお前の放免を願ったのと、今日ここへ呼びよせた理由が解っただろう。美くしいその顔をおれと揃えにしてやるんだ。さアお前も化物になれ、おれと同じ盲になれ……ああ、痛むさ、そりゃ猛烈に痛むさ」

女が哀願しようとして口をあけると、

「こら口を開いちゃ可かん。閉めろ……殺そうと云やしない……殺してしまっちゃ、刑罰が軽すぎるからな」

肱で女の体をしっかと押えつけ、その口を手で塞いで、硫酸をたらたらと額に、眼に、頬に滴らした。

女は死物ぐるいに藻掻きだしたが、男は離さばこそ、なお犇と締めつけて、

「そら、もう少しだ……おれを嚙んだな、此女奴。嚙んだって平気だ……どうだ、痛いか……地獄の責苦だろう」

そうして徐々と薬液を滴らしているうちに、突然、

「やッ、おれの手にもかかった」

と叫んで女を突離した。

女は床にころがって、それから絨毯の上をのたうち廻った。顔は真紅な襤褸をひろげたようになっていた。

男はすっくと起ちあがって歩きだした。一度女の体に蹴躓ずいたが、やがて手さぐりで電燈を消すと、四辺はたちまち真の闇にとざされた。

失明した男女の体内も今はそのような闇であった。

ペルゴレーズ街の殺人事件

列車は夜闇の中をひた走りに走っていた。

私の車室にいた三人の乗客——老紳士と、若い男と、ごく若い女——は、誰も眠らなかった。若い女がときどき若い男に何か話しかけると、男は身振りで答えるばかりで、またひっそりと沈黙におちた。

二時頃に、速力を緩めないで或る小さな駅を素通りした。駅燈がちらと車窓をかすめると、やがて車体が転車台のところでがたがた跳ったものだから、うとうとしかけたばかりの若い女は、その震動と音響で目をさました。

若い男は、手套をはめた指先で窓硝子を拭いて外を覗きこんだが、駅の時計も、ランプも、駅名札ももう闇にかくれていた。

「ジャック、ここは何処なの」

女が慵い声で訊くと、若い男は懐中時計を出してちょっと考えて、

「判然わからんがね、時間からいうと、もう直きにポンターリエだろう」

「否、まだなかなかですよ」と老紳士が口をはさんだ。「まだトンネルも越しませんからな」

若い男はお礼をいった。女は溜息をついて、

「ほんとうに、この汽車は何て長いんでしょうね。わたし些とも眠れないのよ。せめて新聞でも買っておいて下さればよかったのに」

「失礼ですが」

老紳士はそういって、幾枚かの新聞を彼女の方へのべた。

彼女はしとやかにそれを受けて、莞爾した。若い良人はお礼ごころに巻煙草の函を老紳士の方へさしのべて、

「一本いかがですか」

「難有う」

その若い男は三十ぐらいの苦味ばしった細面の好男子で、きりりと引緊った体格に、粋な服装をしていて、眼付はごく柔和で、殊に細君を見るときの眼ざしが優しかった。

細君は夢中になって新聞に読みふけっているらしかった。若い男は辷りおちた膝掛を直してやって、細君の眼が疲れぬように、ランプの蔽いをおろしてから、ちょいと彼女の手を撫でて、

「これでいいだろう」

細君は莞爾した。そこで若い男は老紳士の方へ向きなおって、

「どうも難有うございました。この汽車は長くて、辛いですね。殊に家内は夜汽車に慣れない

ものですから」

　すると老紳士は愛想よく答えた。

「この季節は夜明けが遅いもんだから、ヴァロルブへ着いてもまだ暗いのに、彼駅(あすこ)では税関の手続きがあるので、三十分間の停車です。貴方がたは多分伊太利(イタリー)へいらっしゃるんでしょう」

「いや、瑞西(スイス)へ出かけるところです。家内が少し健康(からだ)がわるいので、医者から山へ転地しろと云われたものですから。しかし山が寒くて此女(これ)が困るようでしたら、湖水の方へ降りるつもりです。此女(これ)はよほど大切(だいじ)に保養せねばならんのです。それに私もこの頃過労(くたび)れているので、ゆっくり静養したいと思います」

　若い細君は、新聞を続けざまに皆な読んでしまってから、

「何もありませんわ。私の大好きな記事を書いてくれないんですもの。わたしは小説なんかよりも、あの事件の後報(つづき)を待っているのよ」

　良人(おっと)は肩をすぼめて、

「あの事件の何処にそんな興味があるのか、不思議だね」

「何処って、全体が面白いのよ。巧妙な殺人――謎の事件――素的じゃありませんか」

　すると、老紳士も我慢がしきれないといった風でその話に口を出した。

「あなたの仰(おっ)しゃるのは、ペルゴレーズ街の殺人事件のことでしょう、マダム」

「ええ、あれは面白い事件じゃありませんか」

「実に面白いですね」

「そうれ御覧なさい、この方も同じ御意見よ」

男は眼を伏せたなりで新聞をひろげて、

「一体どうした事件だったかね」

「あら、貴郎も新聞を読んだくせに。先晩劇場の幕間にあんなに詳しく読んだではありませんか。それに今朝だって発つ前にも……」

するとと男は新聞を手から落して、呆れたように細君の顔を覗きながら、

「こら、お前は気でも狂ったか。僕は読まないといったら読まないんだよ」

と如何にも素気なく、殆んど乱暴な口調でいった。彼は見たところ柔和で優しそうだが、決して細君の口答えを許しておくような、お目出度い亭主でなかったに違いない。それに、先刻あんなに優しかった碧眼が急に険しくなって来たので、私ははらはらした。と、彼もすぐ私の驚きに気づいたらしく、気をかえて去りげなく云いなおした。

「ああ、わかったよ。遊び女が自分の家で、夜中に短刀で殺されたとかいう事件だろう」

「夜中じゃない、真昼間よ」

と若い妻君が訂正した。

「昼間だったかね。賊は金や宝石を攫って行ったんだろう。ざらにある事件さ」

「どういたしまして。もっともっと不可思議な事件ですわ」

「お前の怪事件好きには降参だよ」

彼は歎息して、また『タン』紙を読みつづけた。

若い細君は老紳士の方へ向きなおって、

「その不幸な女が兇行に遭っている最中に、誰か戸口へ訪なっただろうという説もありますが、どうも左様らしいですわね」

「あなたは、何うしてそれを信ずるのですか」

「ごく簡単なことでございます。というのは、賊が入ったにも拘らず宝石類が一つも紛失していません。簞笥の上には高価な指輪が二つと、ダイヤ入りのブローチが一つ、元のままに載っていて、陳列玻璃函の中の骨董品にも手を触れた形跡がなく、室の中は整然となっていたそうです。きっと犯人は突然戸口に人が来た物音に驚いて、獲物を取込む暇もなかったのでしょう。ですからあの犯人は、大した得にもならなかったのです」

しかし老紳士は首をふって、

「ところが、大儲けですよ。あんな大儲けをした殺人事件は、この数年来ありませんな。おまけに賊は悠々と行って除けたのです。それは私が保証します」

「そんなら、何故宝石を盗らなかったでしょうか」

「それは賊が利口な奴で、『貨幣や紙幣は無難だが、宝石類は所持していても売っても足がつき易い』と考えたからです。当節は電信や電話というものがあって、犯罪者も迂闊出来ませんよ。例えば海上で無線電信をかけると、犯人は法律で引渡しを禁じられている安全な国へ上陸する前に捕縛されますからね」

「けれど今度の犯人は、早速足がつかないように要慎して、抜け目なく立廻ったんでしょうね」

「それは左様ですとも。結局捕まりっこありませんな」

　老紳士はきっぱりと云いきった。私はもう黙っていられなくなって、

「ところが皆さん、それが怪しくなって来ましたよ」

　とつい口を辷らしてしまった。若い細君はびっくりした風であった。老紳士は新聞の蔭から
じろりと私の顔を見て、

「私はこの事件の関係記事を全部読みましたがね」と彼はいいだした。「非常に注意して、新聞を十種も読んでいるが、そんなような報道は一つも載ていないじゃありませんか……」

「その筈です。今私がいったことはごく最近に発見たので、明日にならないと、世間へは知れないんです」

　すると若い細君は熱心に乗り出して来た。

「貴方は新聞社の方でいらっしゃいますか」

「いや、奥様。しかし情報は詳しく知っていますよ。私は警察の嘱託医として最初の検証にも立会いました。そのときは——あの兇行のあった室が暗かったものですから——短刀で胸を一突きに刺られたのが致命傷ということだけ判ったのですが、屍体を屍体置場へ運んでから、私が改めて検べると、左の乳房の下に、可成り大きな一種の汚点を発見しました。茶褐色を帯びていて、恰度人間の手型を捺したかと思われる汚点です。そこで私はその汚点を写真に撮って、種板を補力して焼付けてみると、果して手型に相異なく、しかも長い華奢な手で、あらゆる細

部が、襞や線や指紋の一つも欠けないではっきりと現たではありませんか」

「それは警官が屍体を持ち上げるときに、触ったのでしょう」と老紳士が反駁した。「警官なんか一般に手套をはめていないんだからね。疾しい者でなくても、そこに余りきれいでない手の痕がくっつく筈です」

新聞を読んでいた若い良人はそれ見ろといいたげに笑いだした。しかし私は憤りもしなかった。医者のことなら何でも馬鹿にして、殊に鑑定人を嘲いたがるのが彼の癖らしかった。そこで私は単につけ加えた。

「人間の眼に見損いがあっても、化学は間違いっこありません。その汚点は正しく血痕だったのです。極めて稀薄だけれど、血で附着した手型に相違なく、殊にそれは、事件の発見以来その家に出入した何人の手にも適合ません。それに、血に汚れた濡れ手拭が一本、化粧台の傍に捨ててあったのを発見したので、それを手がかりとして容易に兇行当時の模様を判断することが出来ます。即ち犯人は兇行を終えると、鮮血に染まった右手をその手拭で拭いてから、去り際に、被害者が完全に縡切れたか、止めを刺す必要がないかを確かめるために、彼女の心臓の部分に手をあててみると、鼓動がまったく停止していたものだから、すっかり安心して、入った時と同様に音もなく出て行ったというわけだが、気の毒にも、彼はこの手型のことに気附かなかったのです。その血が執念ぶかく女の皮膚へねばりついていたわけで、要するに彼は迂闊にも自分の仕事の上に明瞭な、疑う余地のない署名をしてしまったのです」

三人の乗客は、呆気にとられて聞いていたが、

「珍らしいこともあるものですね」

若い細君がまっ先に感心すると、良人もその後について、

「実に不思議ですね」

「ところが指紋だけじゃ心細いね」老紳士は頑固につぶやいた。「同時に人相や風采を突きとめない限り、それは空理空論の満足に過ぎないでしょう。私が犯人なら枕を高くして眠りますね」

「今晩だけはね。しかし明日は駄目です。今いった手型の写真が明日あらゆる新聞に載ます。そうするとこの手は、仏蘭西中は無論のこと、二日後には欧羅巴全体に知れわたりますからね。犯人は一生涯寝ても起きても手套を離さないという決心をしなければ、必ずこの手から発覚します。それが厭なら男らしく自分で手首を截断するんですね。何故って、この手は種々なる特徴があって、専門家が見ると容易に判別が出来るばかりでなく、もう一つ、誰が見ても判る目印があります。それは無名指の尖から、手相見の謂わゆる生命線の基点へ走っている一条の創痕なんですがね、実に鮮やかなもので見まいとしても目につくのです。それで大変不吉なお話だが、もしもその犯人がこの車室に乗っているとすれば、奥様なり、諸君なり、私なりが直ちに彼を認めて、次の停車場で警官に捕縛させることが出来るわけです」

「おお」

若い細君が呻いた。二人の男は思わず手套をはめた自分達の手を見た。

「その写真はほんとうに明日発表されますか」

若い男が問いかけた。

「われわれが向うへ着くと、その写真が新聞に載ているわけですね」

と老紳士もつづいて訊いた。

「いや、写真は今夜渡したのですから、早くても明朝の巴里新聞でなければ載ません」

若い細君もひどく気になって来たらしく、少しもじもじしながら、

「早く見とうございますわ」

「わけないことです。鞄の中に一枚もっていますからお目にかけましょう。これですよ」

彼女が写真を手にとると、良人は肩ごしに覗きこんだ。老紳士も、

「御免なさい」

と割りこんで来て、三人は額をあつめてその写真に見入った。彼等が緊張した顔をして熱心に見つめている様子は、まるで、実物の手が眼前に現われたような風だった。しかしランプが暗いので、私はその細部を説明で補足しなければならなかった。

「この白い条を御覧なさい。鮮やかなもんでしょう。さてこの条は……」

「何だか鬱陶しいじゃありませんか。少し開けましょう」

若い男がそういって車窓をあけると、老紳士は額を拭きながら、

「これは、大助かり」

私は説明をつづけた。そのとき、汽笛がけたたましく鳴ったと思うと、車輛の響きが急にひどくなった。私は一段と声を高めたけれど、ごうごうたる音響に圧されて話が通らない。

「このトンネルを出てからお話しましょう。騒々しくて聞えはしない」

すると老紳士は自席にかえったが、若い細君はじっと例の写真を見つめていた。

「どうも鬱陶しい」

彼女の良人は再びそういって、昇降口の方へ衝とかがみこんだ。

と、妙な物音がした。叫び声のようでもあったし、ぜいぜいいう瀕死の喘ぎのようでもあった。われわれ三人が同時に顔をあげたところを見ると、皆にそれが聞えたらしかった。

列車は一分間、トンネルのこの物音につつまれながら駛っていたが、やがてその音が静まると、空気も軽くなったように思われ、車室に侵入していた蒸汽も散って行った。

列車はトンネルを出きって、再び闊い空の下を走っていたのである。私は説明を続けようとしてふと若い男の方を見ると、彼は自席のところに倚りかかって窓の外へ腕をぶら垂げたまま、真蒼な顔をしていた。何だか気狂じみた眼付で私達を、殊に細君の方をきょろきょろと見ていた。

「御気分が悪いんですか」

私がそういいながら支えようとした途端に、彼は前方へつんのめった。そのとき私は、彼の右腕の端に血みどろなものを見た。めちゃくちゃに砕けた肉と、骨と、血でどろどろになったものがぶら垂っていたのである。

「あっ、大変」老紳士が叫んだ。「トンネルの柱でやられたな。手首がない！」

若い細君はぎょっとして起ちあがった。

私はいきなり負傷者の服の袖を引裂いて、出血を防ぐために自分のハンケチでその腕を緊束ってやった。彼は眼を開いたが、怖々して、その視線は肩から不気味な傷へ下って、それから、そこに立ちすくんでいる若い細君の方へ狂おしくこびりついた。

細君はやがて坐席へ腰をおろしたが、歯の根も合わぬほどふるえながら、無言て、怪我した良人をひしと抱きしめた。

突然、今の老紳士の叫びが私の耳にかえって来た。『手首がない！』

私は床に落ちていた写真を見た。と、負傷者も私のその視線をたどって、それからじっと私の顔色を窺った。

私はまた、『免訴を確実にするためには、彼は手首を截断する外はあるまい』と先刻自分でいった言葉を思いだした。

嫌疑とそして確信が、同時に私の頭にうかんで来た。けれども、その際私はそれを口へ出す勇気もなかったし、そんな気持にもなれなかった。

われわれはただ黙然として夜の明けるのを待った。

ヴァロルブではまだ暗かったので、ローザンヌ駅へついてから怪我人を降した。

その後、私は絶えて彼の消息を聞かない。あのときに彼は生命が助かったかどうかも判明しない。しかしペルゴレーズ街殺人事件の犯人が、ついに捕まらなかったということだけは確かである。

老嬢と猫

その老嬢は毎朝、町の時計が六時を打つと家を出かけた。

それは最初の弥撒を聴くために、近所の教会堂へ出かけるのだが、彼女はまず注意ぶかく戸じまりをしてから、どの頁も手垢によごれて隅がぶよぶよになった、古い祈禱書をしっかと抱えて、小急ぎに街を通ってゆくのであった。

教会堂へつくと、殆んどがら空きな脇間の祈禱台に膝まずいて、両手を組み合せ頸をふりふり、牧師の声に合せて低声でお祷りをした。そして勤行がすむとさっさと帰って行くのだった。

彼女は痩せ面で、いかにも片意地らしい額の、顳顬のあたりはもう小皺だらけのくせに、凹んだ眼の底には、或る不思議な情熱が燃えているようであった。

彼女は静かに珠数の珠を算えながら、鋪石に跫音一つ立てないで歩いて行った。傍へ寄ると何となく香や湿った石の匂いがした。長年教会へ通いつめているので、納骨堂や祭具室の冷たい匂いがその衣類にまで浸みこんでしまったのであろう。

彼女は独りぼっちで、郊外の家に住まっていたが、そこには流行おくれの調度をならべ、壁に先祖達の古い肖像画だの、神聖な絵像などを懸けつらね、年老って痩せこけた灰色の牝猫が唯一の伴侶で、彼女はそれをプセットと呼んでいた。

この猫は、終日寝そべって居眠りをしながら、蝿の飛ぶのをぼんやりと眺めたり、時たま起ちあがっては、風で窓硝子へぶっつかる落葉を狙ったりして、日を暮らしているのであった。

この老猫と老嬢は、お互いに理解し合っていた。何方もこうした隠者くさい生活が好きで、長い夏の午後なんか、鎧戸を閉めて、窓布をおろした室の中に寂然と引籠っていた。街は危険だらけのように思われて恐ろしいからであった。

人がその小路を通るとき、老嬢は鎧戸の隙間から、跫音の遠くなるまで覗いているのが常であった。猫はまた猫で、他の猫がやって来ると、頸を伸ばし三本足で延びをして、ひょいとはぐれてしまう。

そうすると他の猫は手持不沙汰に戸の前へしゃがんで、大きく頭を振りながら、自分の体を舐めずり廻わしたり、或はあわてて換気窓から辷るように逃げだすのであった。

この老猫のプセットだって、曾ては、静寂と動かぬ樹々すらも恋に浸っているような生温かい晩など、他の牡猫のおぼろな影が屋根のあたりにちらほらすると、庭の方へ顔をつき出して声を合せながら、その切なる誘いに興奮した体をしきりに椅子の脚へすりつけたりしたこともあったものだ。

そんなとき、老嬢はプセットをいきなり自分の室へ押しこめて、窓から他の猫を憎さげに怒鳴りつけた。

「しっ、彼方へ行け、彼方へ行け」

すると鳴き声ばかり聞えて、影は一瞬間じっとしているが、再び動きだそうとすると、老嬢はまた鎧戸をしめ窓布をおろし、寝床へちぢこまって、猫をば夜具の下へかくして、外の声を聞かせぬようにして、そして眠つかせるために頭を撫でてやるのであった。

老嬢はさかりということを考えるだけでも癪にさわった。自分の処女性を誇りとしている彼女は、苟りにも純潔でないものは悉く嫌った。肉の機能というものは、人間ばかりでなく、獣をも堕落させる悪魔の道具としか思えなかった。恋人同士が手を取って月夜にそぞろ歩きをしたり、夕暮の空を塒にかえる鳥が連がって飛んだり、夫婦鳩が巣の縁で嘴を触れ合うところを見てさえ、彼女は真赤になって憤った。

プセットも以前は綺麗な猫で、毛並がつやつやして丸々と肥っていたので、近所の人がよく口をかけたものだ。

「お宅の猫を貸して下さいな。うちのと交尾わせると、きっといい仔が出来ますわ」

だが老嬢はプセットをしかと抱きしめ、顰めっ面をして拒ねつけた。

「嫌です。大切の猫ですからね」

そうしているうちに、プセットはだんだん醜くなった。痩せた体がますます落ちこんで行った。おまけに、この僧院らしい生活の感化によって、本能というものを全然忘れてしまったようであった。はげしい情熱も次第に鎮まって、しまいには牡猫等の執拗い誘い声に身悶えするようなこともなくなった。

　ところが或る夏の晩、プセットは肱掛椅子の上に寝ていたが、ふと焦々しく起きあがって、暗がりをのっそりのっそり歩きはじめた。外では、他の猫等が樋の中でしきりに呼び声を立てていた。プセットは足をのばして爪で絨氈を引っかき、尻尾で自分の横っ腹を叩いていたが、突然、夢中になって半開きの戸口から驀直に庭の方へ駆けだした。

　牡猫等のそばへゆくと、長い間眠っていた本能が目ざめて来た。プセットは口を開け、爪で瓦を掻きむしり、牡猫等と一緒に跳び廻りつつ、彼等が呼べば声を合せ、彼等がふざけて嚙みつくと、甘ったれて嬉しそうに鳴き立てた。

　この騒ぎに眼をさました老嬢は、びっくりして寝床の上に起きなおった。恋というものがこれほど勝ちほこった叫びをあげているのを、彼女は曾て聞いたことがなかった。彼女はプセットを保護すべく、いきなり寝台から跳びおりたが、肱掛椅子の上に猫がいない。

「プセットや、プセットや。ここへ来い、ここへ来い」

　いつも呼ぶとすぐに駆けて来るのだが、その晩に限って答えがない。老嬢は、手さぐりで戸が半開きになっているのを発見して、ぎょっとした。賊が忍びこんだかという恐ろしさよりも、猫が逃げてしまったのではないかを恐れたのである。

　暗がりでマッチを擦ると、小さな蒼い焔がちょろちょろと燃えた。

「どうしたんだろう……はてナ……プセットや……」

　呼びながら、そのマッチで蠟燭を点したが、同時にアッと怒りの叫びをあげた。

プセットが其室に見えないのだ。

やがて、草花の匂いのぷんぷんする庭へ出て行った老嬢は、青白い月光を浴びながら、夢中になってプセットを呼びつづけた。

屋根の上では、プセットはすっかり落ちついて、相手の牡猫の横っ腹へ肩をなすりつけていたが、そのとき如何にも馬鹿にしたような風で、ちらと老嬢の方を見たっきり、体をのばし、首をふりながら、平気で巫山戯つづけた。

翌くる朝の六時に、老嬢が弥撒に出かけるときになっても、プセットは姿を見せなかった。勤行が済むと、老嬢は例の珠数たまを数えることも忘れて、大急ぎで帰って来た。昨夜のことが気がかりなので、教会堂へ行っても上の空で起ったり膝まずいたりして、弥撒もろくろく耳に入らなかったのである。

家へ帰ってみると、プセットは椅子の上にぐっすり寝こんでいて、呼んでも耳すら立てなかった。

老嬢は嚇然となって、いきなりプセットの首っ玉をつかんで床へ叩きつけた。と、猫は驚いて一瞬間じっと竦んでいたが、やがて一つ欠伸をして、背中を盛りあげ、またしゃがんで暫く眼をぱちくりさせてから、ぐったりと腰をまげると、そのまま乱次なく睡こんでしまった。

それからというものは、老嬢はこの猫をば穢れたもののように毛嫌いした。猫が寄って来ると足で蹴っとばして、

「彼方へ行け、彼方へ行け」

と叱りつけた。

或るときは、憤りで真蒼になって、痩せた指でプセットを摘みあげてその眼をじっと睨み据えているかと思うと、だしぬけに地面へ叩きつけたりした。そればかりでなく、プセットが通り路にまごまごしていると、つかまえて、頭といわず、肩といわず、殊に横っ腹を厭というほどひっぱたいた。

彼女はこうした折檻によって一種の兇暴な、そして神聖な歓びを感ずるのであった。が、猫はそれに対して些しも反抗する気色がなかった。

そういうことが六週間もつづいた。そして老嬢は成るだけ近所の人達を避けるようにした——恰度愚かな子の噂を聞くことすらも恐れる母親のように。

ところが或る朝、常よりも激しく責め折檻をして、横っ腹を手ひどくひっぱたくと、プセットが矢庭に跳び起きて、脚をあげ、毛を逆立てたので、

「おや、わたしを引掻く気だね。こいつ奴」

と身構えをする暇もなく、猫は主人の顔を目がけて跳びつきざま、両頬へ深々と爪を立てた。

老嬢はアッという悲鳴とともに、血塗ろの顔を押えながら自分の室へ逃げこんだ。

こうなると、老嬢はもうプセットが魔もののように思われてならなかった。彼女は室に引籠ったっきり、猫の爛々たる眼を怒らせ、歯をむいている形相を見るのが恐ろしさに、戸を開けることすらも出来なんだ。

彼女は祈禱台の上に膝まずいて、呻くように呟いた。

「神さま、悪魔がこの家におります。わたしを狙っております」

夜は寝床にうずくまって頤（あご）を膝へ押しつけ、眼をかっと開いて、物音に耳を澄まし、大きく十字を切りながら間断（ひっきり）なしに、

「悪鬼（ル・デモン）、悪鬼（ル・デモン）」

と口走っていた。

が、次第に物をいう力さえ涸（か）れ涸（が）れになって、果は唇（くち）ばかり動くけれど、言葉はもう聴きとれなかった。

それから一週間目に、教会堂の牧師は、毎朝欠かさずに弥撒（ミサ）へやって来た老嬢が、この頃ぱったり顔を見せなくなったのを不審に思って、彼女の家へ訪ねてゆくと、近所の人達も戸口のところへ駆けて来て、

「何か変ったことがあったようでございますよ、牧師さま。見てあげたいと思っても、彼女（あのひと）は大変気が荒くなっているものですから、誰もよう入れないので……だが貴方なら大丈夫です」

そういいながらどんどん扉（と）を叩いたけれど、返事がない。

もう一度叩いてみたが、やはり寂然（ひっそり）としている。

「怪（おか）しいぞ」

牧師が呟きながら戸のハンドルを廻わすと、わけなく開いた。その騒ぎをききつけて近所の人々がまた大勢集まって来て、一緒にどやどやと入って行った。

家の中はよく整頓していた。食堂には朝餉（あさげ）のときの卓巾（クーヴェール）がかけたままになっていて、茶碗

の底には飲み残した少量の牛乳入り珈琲に真珠母色(しんじゅも)の上皮(うわかわ)が張っていた。蠅が砂糖の塊りの上を飛び廻り、そして白い皿には黄ばんだバタが少しばかり半溶けのまま残っていた。

「きっと寝室にいるんだわ」

一人の女がいいだしたので、皆んなが寝室へ行って戸をあけると、其室(そこ)は鎧戸を閉め窓布(リドオ)を引きおろしてあるものだから、真暗で見分けがつかない。今の女がじっと耳を傾けていたが、

「いますわ、牧師さま。そら、息づかいがするでしょう」

一人の男が踏込んで行って、窓布(リドオ)をあげて窓や鎧戸を押しあけると、室内がぱっと明るくなった。

主人(あるじ)の老嬢は、寝床の裾の方に襦袢(じゅばん)一枚で痩せた胸も露(あら)わに、髪をふり乱したままうずくまっていた。皆んなが自分を覗きこんでいるのに気づくと、彼女は血糊でべとべとに固まった顔をば両手にかくして、呻きだした。

「悪魔(サタン)、悪魔(サタン)、悪鬼(ル・デモン)」

牧師は彼女の手を執って、

「わしの顔がわからんかナ？　わしだよ、牧師だよ」

だが、老嬢はやたらに自分の額を掻きむしりながら、一段と声を張りあげた。

「悪魔(サタン)、悪鬼(ル・デモン)、悪鬼(ル・デモン)」

牧師はこの有様を見ると悲しげに首をふって、

「可憫(かわい)そうに、気が狂(ふ)れたか。信心ぶかい女(ひと)だったがなア、わからんもんじゃ。一体どうした

んだろう。御覧、自分で自分の顔をこんなに傷だらけにしている。誰か早くお医者を呼びに行っておくれ、わしがここに番をしているから」

人々は一人去り二人去りして、いつの間にか皆んな帰ってしまった。老嬢は相変らず嗄れた声で叫びつづけた。

「悪鬼、悪鬼」

牧師は食堂へ引かえすと、そこにプセットがいたので、笑顔を見せて優しく撫ってやった。猫は横っちょに臥そべって、首をもたげ眼を半開きにして喉を鳴らしながら、生れたばかりの三疋の仔猫に、薔薇色の乳房をしゃぶらせていたのであった。

小さきもの

「裁縫（おはり）は出来るの」

「少しばかり致します」

「煮焚（にたき）も出来るね」

「はい、マダム」

「毎日、朝六時からここへ来て、家の雑用と食事の仕度をしてもらいます。給金は葡萄酒代も入れて一ト月四十フランだがね、それでいいの」

「それはもう結構でございますが……ただ……」

と女中はいいかけて、遠慮がちに口ごもった。そして、抱かれてすやすやと眠っている赤ん坊から眼を離さずに、可愛くてたまらないといった風で、その子の顔へ頬ずりをしながら、

「ただ、わたしは独りぼっちでございまして、家に人手がないものですから、この赤ん坊をつれてまいってもよろしいでしょうか。おとなしい子でございます。御覧のとおり、ちっとも泣

きはしません。お台所の隅にでもおいていただけば……古い枕に寝かしておいて……ときどきわたしが乳を与ります。家に人がいないものですから、此子の面倒を見てくれ手がございませんので」

　恐る恐るこう歎願すると、マダムはすぐに反対した。

「困ったね。その子、幾歳なの」

「生れて三月でございます」

「三月の赤ん坊を此家へつれて来るって？　駄目よ、旦那さまはきっと可けないと仰しゃるわ、心配が大変だからね。怪我でもあったらどうするの。ひょっとして猫に喰いつかれるとか、それにまだ乳呑児なんだからね、大きな声を出したり、泣いたり……いいえ、駄目です。近所にでも託けたらどうだね」

「そう仰しゃらずに、マダム……」

「お気の毒だがね、此家は駄目よ」

　女中は顔をうつむけて、赤ん坊の眼の上に接吻をした。彼女はげっそりして、もう念をおして歎願する勇気もなければ、反抗心も起らなんだ。ただ非常に疲れていて、眠くて仕様がなかった。この一週間というものは、殆んど饑死をするかと思ったくらいで、こうした返事には慣れっこになっていたのだ。

　こんなときは、何か腕に覚えがあれば助かるのだが……彼女はあいにく何も知らない。仕事を探すにしても、女中の口より外にはなく、しかも赤ん坊という瘤がついているものだから、何処へ行っても拒ねられた。或るときは侮辱され、或るときは気の毒がられもしたが、拒ねられることに変りはなかった。

彼女は強いて寂しい微笑を口元に浮かべながら暇をつげた。そして当てもなく街を歩いているうちに、日はとっぷりと暮れて、店頭には燈りがついて、家々の窓が一つずつ明るくなっていった。もう夜になったと思うと、往来が妙にうら寂しく、寒げに見えた。彼女は何を考えるということもなく、何の希望もなく、只もう当てずっぽうに歩いているのであった。

火の気は無論のこと、一片の麵麭もない下宿の部屋へ帰ったって、どうすることも出来はしない。

いつの間にか河岸っぷちへ出た彼女は、途方にくれながらぼんやりとそこに突立っていた。両岸は暗くなって、その間をばセーヌ河がゆるやかに流れていた。波の囁きと、水垢の臭いと、寒さで彼女はぞっとした。

そこに眠りと安息があって、困苦の結末がつけられるではないか。と、彼女はその流れに惹きよせられるのを感じた。それは恰度、朝の起き際に、『こうして寝ていられたらどんなに楽だろう』と思うとき、その寝みだれた床に惹きつけられるのと同じ心持であった。

そのとき赤ん坊が眼をさまして、けたたましく泣きだした。すると、彼女は今考えたことが急に恐ろしくなって、駆けるような歩調でそこを立ち離れた。

暫く早足にとっとと歩いていたが、生憎小雨が降り出して来たので、抱いていた赤ん坊に風を引かせまいとして、その小さな顔を肩掛ですっぽりと包んでやった。そして、疲れきったふるえ声で一生懸命にあやした。

「ねんねんよう……ねんねんよ……坊やはいい子だ……いい子だね……」

宿の戸口を入って階段を登りかけたが、息ぐるしそうにはアはアいって、一階ごとに立ちどまりながら、それでも六階の上まで登って行った。湿っぽい欄干が凍えた手にねばりついた。やっと自分の部屋の貧しい寝台に腰をおろしたが、赤ん坊がまだ泣き止まないので、彼女は濡れた胴着をはだけて乳房を出した。

母親というものは、子供に添え乳をするところを見ると、不思議に恍惚とした眼付をして、莞爾莞爾しながら、子供の顔にやさしい接吻の雨を降らせるものだ。が、彼女は今、添え乳をはじめたと思う間もなく乳房を引こめ、悲しそうに眉をよせて唇を嚙んだ。彼女の胸は気苦労のために乳もすっかり涸れてしまっているので、赤ん坊はその萎びた乳房にしゃぶりついて、いたいけな指で絞りだそうとするけれど、乳はどうしても出ないのであった。

赤ん坊はまた泣きだした。彼女は饑じさを紛らして寝かしつけようと思って、赤ん坊を揺ぶったりあやしたり、子守唄をうたったりしながら、狭苦しい屋根部屋をあちこちと歩きはじめた。その子守唄というのは、誰に教わったともなく人が聞覚えている旧い旧い唄であった。

暫くして赤ん坊がどうやら眠ったらしいので、彼女は赤ん坊の手足をのばして、暖く包んでやってから、そうっと椅子へ腰をおろすと、涙がしきりに込みあげて来た。今度こそはいよいよ行き詰ったことをはっきりと意識した。自分で食べる麵麭もない――それは我慢が出来るとしても、子供に乳が与れなくなったのには、ほんとうに当惑した。私生児を抱えて、男から棄てられた彼女は、今さら誰に歎願してみようもなかった。何家(どこ)の戸口を叩こうという当てもなかった。

　そのうちに、ふと或る考えが浮かんで来た。『いっそこの子を保育院へ捨てよう』初めこの考えが起ったとき、彼女は反感で跳びあがった。そして、

「捨てるくらいなら、この子と一緒に死ぬるが優(ま)しだ」

とも思ったが、しかしよく考えると、先刻(さっき)だってとても自殺をするほどの勇気はなかった。あの河水(かわみず)や寂しい河岸(かし)の景色を思いだしてさえ、ぞっと身ぶるいがするのであった。

　彼女は今、筋道を立ててそのことを熟考した。

「子供は保育院へ捨てたって、そんなに不幸なことはあるまい。あすこでは衣(き)ものを暖かく着せてくれて、食べものも不自由はさせない……それでわたしも独り身になれば口すぎが出来る……今に奉公口がきまって、いい保護者でも見つかれば、またつれて戻ることも出来よう。だけど、この子と別れともない！　この頃わたしを見覚えて、顔を見ればにっこり笑うようになった。ほんとうにわたしのものになった。それだのに、これっきり手離さねばならぬとは、何という情けないことだろう」

　彼女は決心がつきかねて、一晩中泣き沈んでいた。

　朝になって、赤ん坊は眼をさますとすぐに乳を欲しがった。彼女は赤ん坊のくなくなになった頸筋や、黄ばんで干乾(ひから)びた皮膚を見ると、もはや自分の力ではこの子を育ててゆけないと思った。

で、彼女はついに赤ん坊を抱いて出かけて行ったが、途中で三、四回も方角を訊かねばならなかったほど頭がぼんやりしていた。外には雨が降っていた。赤ん坊は饑と疲れで根気がつきて、母親の肩にうとうとと眠った。母親は保育院へつくと、少しの躊躇もなく、つかつかと入って行った。

「何の用かね」

　係りの役員から問われると、彼女ははっと夢から覚めたような風で、

「子供のことでお願いにまいりました」

「託けるんだね？　よろしい、その子をこっちへお出し」

　係りの人は、赤ん坊の姓名や年齢を記入してから、装飾も何もない殺風景な室へ彼女をつれて行った。

「此室で三十分間休息して、その間によく考えて、子供をおいて行くかつれて帰るかをきめなさい」

　戸がしまって、独りぼっちになると、彼女は初めて自分のやろうとしたことがはっきりと判った。昨晩の痼癖がまたむらむらと起って来た。皮を剝がれ肉を絞られる思いで、今にも狂気いになりそうな気がした。

「こうなれば、乞食もしよう、身も売ろう。何が何でもあの子を手離してなるものか」

　しかし、やがて、それは無分別な考えに過ぎないということに気づいた。もう二日自分の手許におけば、赤ん坊は死んでしまうにちがいないのだ。

戸口が再び開いたとき、彼女は、古い絹紐の端につけて頸にかけていたメタルを外しながら、

「どうぞ、これをあの子につけておいて下さい」

そういって、メタルを媬母（ほぼ）の手に託（あず）けた。それから元気のない足どりでよろけながら、振りむきもしずにそこを立ち去った。

昨日のように、街から街とさまよい歩いたが、眼がくらんで幾度も人に衝突（つきあた）った。

「あの女は酔っぱらってるんだよ」

と人々はいった。彼女はもう街の物音も耳に入らなかった。一度馭者から『こらっ』とこっ酷（ぴど）く怒鳴られ、びっくりして顔をあげると、頸筋へ馬の鼻息がかかっているのであった。

彼女は跳びあがって歩道の方へ避けながら、低声（こごえ）で詫（わび）をいった。

「あら、御免なさい」

彼女は夢中で、何もわからなかった。赤ん坊を奪（と）られて空っぽになった両の腕は、重たげにだらりと垂れていた。

或る公園の中で、乳母達が赤ん坊に乳房をふくませたり、子供等が砂いじりをやっている前に彼女は立ちどまった。そして長いことそこに佇（た）って、莞爾莞爾（にこにこ）して子供等の遊びに見とれていたが、ふと気がつくと、眼をかくして逃げるようにそこを駆けだした。

やがて夜がやって来た。街燈の火口（ひぐち）が霧にぼやけて豆ランプのように小さく見えていた。彼女はそのときに思いだした。

「昨日の今時分はあの子を抱いて、ぴったりと胸に引きつけて、頬ずりをしていたっけ……今

はもう手離してしまった。捨ててしまった。何だか夢のような気がする。これから部屋へ帰って……独りぼっちで、あの子の物を片づけなければならぬのか……ああ厭だ厭だ、何て情けないこったろう」

これまでも左様だったが、これからも度々見せつけられねばならぬ世間の子持ち女というものに対して、彼女は一種の嫉妬と反感がむらむらと起って来た。そればかりでなく、今のさき彼女が公園で遊びに見惚れた、あの無邪気な子供等までも憎らしく思われるのであった。

昨日の謙遜と悲歎、伏し眼がちに哀願したあのしおらしい女——それはまったく別人のようであった。彼女は今、

「自分が子供を捨てた」

ということは思わないで、

「保育院に子供を奪られた」

と考えこんだ。

保育院だなんて、あの人達は人情も何もあったものじゃない。規則が酷すぎる。あの人達は、母親が子供を手離すということは、自分の乳房やお腹をむしり取られるのと同じだっていうことを知らないんだ——そう考えると、彼女は堪らなくなって、しくしく泣きながら、爪で顔中を掻きむしった。

やがて、とある四つ角へさしかかると、彼女は怪訝そうに立ちどまって、指を一本あげて唇を半開きにしたまま、じっと聞き耳を聳てた。

四辺(あたり)を見まわすと、或る家の戸口の前に何だか白いものがうごめいている。屈みこんで手をさしのべたが、それがやはり悲しそうに泣きつづけているので、彼女はその白いものを抱きあげた。

それはほんの赤ん坊——彼女のよりもっと小さな赤ん坊であった。抱いて胸におしつけると、泣き声が少し落ちついて来た。彼女はその赤ん坊をごく静かに揺(ゆす)ぶりながら、ぼんやり見とれていると、ふいに、今までの憤(いか)りも憎しみも一つの涯(かぎ)りない温情の中へ溶けこんで行った。と、嬉しさ悲しさがまた一時にこみあげて来て、すすり泣きをしながら、矢鱈むしょうにその小さな頬っぺたへ接吻をした。

それから足早にそこをすり抜け、赤ん坊を泣き止ませようとして、昨日わが子にしたと同じように低声(こごえ)でくりかえした。

「ねんねんよう……ねんねんよ……坊やはいい子だ……いい子だね……」

彼女はその赤ん坊をあやしながら宿の方へ帰って行った。

情状酌量

フランソアズは倅が捕縛されたということを新聞で読んでぎょっとした。けれど、初めのうちはとても真実と思えなかった。それはあまりに途方もない出来事であったから。

可愛い倅はごく内気な律儀者で、こないだの復活祭の休暇には、彼女の許へ帰省していた。そして隊へ帰って行ってからまだ一月と経たぬのに、その者が賊を働いた上に殺人罪を犯したということがどうして信じられよう。

倅が兵隊服を着て、あのまん丸な若々しい顔に人懐っこい微笑をうかべながら佇っている姿が、今もまざまざと見えるようだ。そして別れ際に、彼が、皺くちゃの頰ぺたに接吻をしてくれたっけ――そんなことを思いだすと、彼女は平和な、幸福な記憶で胸が一杯になるのだ。

「きっと何かの間違だわ。人違いなんだよ」

彼女は肩をすぼめて独りごとをいった。

だが、新聞では『兵卒の犯罪』という大標題（みだし）の下（もと）に仰々しく書き立てている。それは兵営内に起った怪事件で、しかもその犯人として、伜の名が判然（はっきり）と掲げられているではないか。

彼女は当惑して椅子にうずくまった。眼鏡を額にはねあげて、両手をかたく握り、唇をふるわせて独りごとをいいながら、老ぼれた飼犬が、寂然（ひっそり）と暖かい台所の開け放した戸口に寝そべっている姿をば、きょとんとした眼つきで見るともなしに見ていたが、やがてその視線を懸け時計の方へうつした。時計はチクタクと緩（ゆっ）たり重々しい音で時を刻んでいた。

そのとき誰か木戸を入って来る気配に、彼女はびっくりして、

「誰方（どなた）」

と声をかけた。

近所の女がやって来たのであった。

フランソアズは、自分の心配事に感づかれては大変だとおもって、すぐにこんなことをいった。

「わたし、好い気持で居眠りをしていたのよ。ほんとうに暖かくなりましたねえ」

そして、いつもの無口にも似合わず立てつづけに饒舌（おしゃべり）をした。問いをかけられるのが恐ろしいものだから、成るだけ相手に口を開かせないようにするのだ。そのくせ、この女（ひと）は伜の事件を知っていはしないか、ということが絶えず気がかりだった。

そのうちに話題も種切れになったので、仕様事（しょうこと）なしに黙りこんでしまった。すると近所の女は変な顔をして、

「息子さんから暫く音信がないんでしょう」

「ちょいちょい手紙をくれますよ……今朝もね、お前さん……」

と答えたものの、どんな手紙が来たということは云わなんだ。が、彼女はふと考えた。どうかして倅の潔白を確かめたい。慰めてほしい。新聞が間違っているんだ。倅がこんなことを仕出来す筈がない――という自分の考えに合槌がうってもらいたい――そうした欲求がむらむらっと起って来た。

で、彼女は新聞をひろげて、

「お前さん此紙を読んで?……奇態なこともあるもんですね」

左りげなくいったつもりだが、声が咽喉にからみついて、眼には涙が一杯こみ上げて来た。

「わたしも随分鈍馬ね。初めてこれを読んだときは、もう吃驚して、どうしたらいいか解らなかったのよ。何て馬鹿でしょうね」

それでも、相手が何ともいってくれないので、

「ねえ、変じゃありませんか。ほんとうに途方もないことだ」

「まったく変ね、同じ聯隊に同じ姓名の兵卒が二人いるなんて」

そういってくれたので、フランソアズ婆さんは急に元気づいて来た。

「そうそう、わたしも左様おもったの。同じ姓名の兵卒が二人あって、そして犯人はうちの倅じゃない……」

「兵隊屋敷のことはわたしにも解りませんがね」と近所の女はいった。「ただね、お訊きしよ

うとおもって来たのよ。そりゃ同名異人であれば結構ですがね、若しかそれがお前さん許の息子さんだったら、桶屋さんに入った泥坊も多分あの人じゃないかなんて、村では噂をしているのよ。桶屋さんで三百フランのお金を盗られた一件ね。あれは恰度こちらの息子さんが復活祭の休暇で帰っていたときのことなんだからね」

それを聞くと、フランソアズ婆さんはすっくと起ちあがった。死人のように蒼ざめて、両の拳をかたく握りしめていた。

「ひどいことを云ったものね、飛んでもない……そ、そんなことがあるもんですか……よくも云えたものだ……一体何の怨みがあって、わたし達にそんな濡れ衣を着せるんだね……ああ、あの子が可憫そうだ……わたしは、ど、どうしてもこの証明を立てなければならない」

云うより早く、彼女は木履も穿かずに、上草履を突かけたままで不意に外へ飛びだすと、駆けるようにして真直に停車場のある町の方へ行った。

町へ着くと、恰度十一時が鳴っていた。彼女はすぐ汽車に乗った。が、心は少しも休まらないで、却って不安を増すばかりであった。『倅にそんなことがあるものか』という考えは何時の間にか消えてしまって、『若しか事実だったら……』と、そればかりが気づかわれた。

途中の焦燥しさは、まるで際涯もない旅をしている気持であった。畑や村が車窓をかすめて後へ後へと消え、沿道の電線は、鞦韆からでも眺めるように、目まぐるしく高まったり陥ちこんだりした。

やがて目的地へつくと、今度は、事実を聴かされる時があまりに早く来たような気がして、却って身ぶるいを感じた。そして停車場を出ると、ひとりでに込みあげて来る祈禱の文句に、自分の祈願をも綯いまぜて一心に唱えはじめた。

「おお、お慈悲ぶかい聖母さま、あなた様はこんな事件の起るっていうことを、決して決してお許しになりますまい……今にあなた様の御前に、御礼のお禱りを捧げることの出来まするように……」

兵営の厳めしい鉄門をくぐって、掃除の行きとどいた広庭を歩いてゆくと、やがて四角い営舎が幾つもつづいているところへ出た。恰度夕暮の休憩時間だったので、兵士等は、入口の階段に腰をかけて何か無駄話しに花を咲かせていた。

フランソアズは倅から教わって、兵営内の種々の階級のことをよく心得ていたので、一人の軍曹の前へ行って叮嚀に問いかけた。

「軍曹様、少々物をお訊ねしとうございます。わたしは、あの……」

と云いかけてちょっと躊躇った。内心の不安を気取られては大変だと思ったのだ。

「実は倅のことにつきまして。倅はジュール・ミションと申します。第三中隊でございますが、若しや彼が……いいえ、彼と面会が出来ますでしょうか」

と強いて笑顔をつくって、

「わたしは彼の母親でございます……母親でも面会が出来ないと仰しゃるんですか？　それはまた何故……彼は何処におりますでしょうか。それとも病気ででも？……では、何故会えないでしょう……はい知っております……いいえ、それは存じません……捕まって……警察に……

でなくって、あの、営倉に？」
がっかりして両手に顔をうずめ、
「おお、さては真実であったか。エエ口惜しい」
彼女はよろめきながら、そこを立ち去った。それから営倉へ行って訊くと、倅は独房に入れられているということであった。独房と聞けばいよいよ恐ろしくなった。たった独りで厳重に監禁されている倅の様子を想像すると、堪らなく悲しかった。

とにかく町の弁護士に頼んだらよかろうと勧められるまま、彼女はふらふらと兵営を出て、或る弁護士の許へ行って、その人から事件の内容をすっかり話してもらった。聴くと、倅の犯行はもう疑う余地もない。人殺しをやって金を盗ったことは明らかである。彼の敷布団の下から六百フランに近い金が発見されたので、包みきれなくなって、すっかり罪状を自白したということだ。

フランソアズは散々泣いて、一目でもいいから倅に会わせてと願ったけれど、素よりそうしたことの許さるべき筈もなく、がっかりして村へ帰って行った。

倅の事件はもう村中に知れわたっていた。それで彼女は、村人から顔を見られたり物をいわれたりするのが恐ろしいものだから、夜中に密とわが家へ帰った。

一旦家へ帰ると、今度は人を恐れて縁の下へもぐりこんだ宿無し犬のように、一歩も外へ出ようとしない。戸口は締めきり、窓には鎧戸をおろし、そして毎朝、新聞屋が戸の隙間から挿しこんでゆく新聞をば、彼女はふるえながら読んだ。

新聞には倅の罪状が詳しく連載され、なお余罪があるということまでも載ていた。その記事によれば、証人として召喚された人達は、桶屋の金を盗ったのも倅の仕業であると申し立てたらしい。しかし倅は何ぼ何でも、わが村で賊を働くような男ではない――それだけは、誰が何といっても濡れ衣だ――初め彼女は堅くそう信じていた。けれども、終いにはそれさえ危っかしくなって来た。

それから一月経って、彼女はまた弁護士のところへ行った。が、この度は面会の手続などを強請まなかった。そうかといって、夢々わが子に愛想づかしをしたというのではないが、只もう気恥かしさで一杯だった。

「倅はどうなるでしょうか。先生のお力で死刑だけは免れるように、どうぞお助けをねがいます」

「お気の毒だが、死刑らしいね。尤も何か酌量されるような情状でもあれば、助からぬとも限らんが」

「情状って云いますと、そりゃ何ういうことでございましょう」

「それは判事の眼から見て、罪が軽くなるような事情をいうのさ。例えば、或る男が他人の金品を盗んだとする。しかしそれが、貧乏でわが子が饑死するというような場合であったとすれば、裁判官もその事情を酌んで幾らか罪を軽くする。それを情状酌量というのだよ。だが今度の事件ではそうした事情もなし、おまけに初犯でもない。前にも一度窃盗をやったことがある。尤も当人は、前のは自分の仕事でないといっているがな。ああ、いいともいいとも、出来るだけの尽力はしてあげるよ」

フランソアズは、そのままわが家へ帰ったが、こんなに疲びれて、こんなにがっかりしたことはなかった。

初めて聞いた『情状酌量』という語を考えると、何だか気になって、居ても起ってもいられない。裁判官に刑を軽くして貰えるような巧い口実をば、何処から手繰りだしたらいいだろう？　生憎そんな口実は一つも思いつかぬ。頭にうかぶものは、わが子の犯した恐ろしい罪業ばかりだ。どうしたって死刑を免れるということは出来そうもない。

そのうちに、とうとう公判の日がやって来た。フランソアズはまた町へ出かけて行った。それは刑場への最後の歩みにもひとしかった。汽車に乗るとまずあらゆる聖者の御名を呼びかけてはお禱りをささげたが、その間にも例の『情状酌量』という語が、絶えずその単純な頭にひびいていた。そして彼女は幾度もそれをくりかえした『情状酌量、情状酌量』と。

裁判所へ行くと、他の証人達とともに、暗い、陰気くさい控室に暫く待たされた。人々は彼女の姿を見ると急に声を落して、ひそひそと何か囁き合った。やがて順番が来ると、彼女はふらふらする歩調で、法廷の証人席へ入って行ったが、暗い控室から急に明るみへ出たので、眼をパチクリさせながらも、すぐに被告席にいるわが子の姿を認めた。彼は藍色の太い縞目のあるハンケチに顔を押しあてて、続けざまにはげしく歔欷げていた。その哀れな姿を一目見るとフランソアズは堪らなくなって、いきなり起ち上って、正面に裁判官の方へ向き直った。

彼女は自から申請して証人となったのであるが、さて、一体何を申立てようとて法廷へ出て来たのか、自分にも判らなくなってしまった。

　実はこの事件については全く事情を知らなかったし、今さら云うべきこともないのであった。そんなら、何故法廷へなど出て来たのか。他に理由とてもないが、彼女は犯人の母親だから出て来たのだ。犯人を産み落して乳をやって、可愛がって育てあげたその母親だから。

　彼女は訊問に対しては、大抵簡単な身振りか、不器用な言葉で答えた。法廷は水を打ったように寂然となった。人々の同情は、この黒衣を着て面窶れのした百姓婆さんに集まった。

「被告はお前の実子か」

　判事が問うと、

「はい」

「お前は被告の素行上の欠点について、何か気づいたことはないか」

「何もございません」

「被告はこれまでに、朋輩から何か悪い感化をうけたというようなことはないか」

「悪い友達など一人もございません。この子の死んだ父親というのは、誰からでも好かれ、また敬まわれておりまして、至って厳格な人でございましたから、なかなかこの子が悪い友達をこしらえるどころではございませぬ。また、わたしとしても、悪いことは黙って見ていられない性分でございまして、子供の躾は、それは八釜しくいたしたつもりでございます」

「うむ……左もあろう左もあろう……」

　判事はうなずいていたが、やがて被告の方に向って、

「被告、お前は両親が律儀者であることを十分承知しておったな。その両親の好い評判をお前は利用したのじゃろう。そして殊更、母親の許に帰省しておった際に、一回窃盗を働いたのであろう。それ故、このような律儀者の子にお前のごとき悪人があろうとは、村の者も気づかなかったのじゃ。たとえ罪人でも場合によっては『自分ばかり悪いのではなく、周囲の感化をうけて遂に罪を犯した』と申し立てることも出来るものじゃ。いいか。しかしお前は、そうした申し開きも立つまいがな」

フランソアズはそれを聞くと、心中に何か非常な決心を堅めたらしく、小さな眼が涙の底から異様に輝いて、じっと首をうな垂れていた。と、彼女は突然に確かりした声でいいだした。

「お許し下さい、判事様。もう白状しなければなりません。倅奴が大それたことをいたしまして、大罪でございます……けれども倅ばかりが悪いのではございませぬ……たった今わたしは、身に疚しいことがないと申し上げましたけれど、実は嘘を申しましたので、村の桶屋から三百フランの金を盗ったのは、このわたしでございます……恰度ジュールが復活祭の休暇で帰っていたものですから、彼にそのことを打開けますと、彼は可憫そうに……まだ若いだけに……大そう狼狽てて、それは大変だ、お母が他人から後ろ指を差されることになっては困る……一図にそう考えこんだものと見えまして……その後彼が他人様のお金に手をかけたのも、つまりそのお金でもってわたしの盗んだ金を返して、わたしの罪を救いたいばっかりに致したことでございます……ところが彼は忍びこんだとき、生憎騒がれたものですから、眼がくらんで、殺す了見もなく斬りつけたのでございましょう」

ここまで陳(の)べると、呼吸(いき)切れがしてちょっと黙りこんだ。それから一段と微かな声で後をつづけた。

「わたしは、初めに虚偽(いつわり)を申しました。ほんとうに罪深い女でございます。彼(あれ)に悪い手本を見せたのは、このわたし奴(め)でございます。何卒(どうぞ)わたしを罪にして下さい……そして彼(あれ)のためには『情状酌量』をお願いいたします……重々悪うございました、判事様」

フランソアズはこう云い終ると、一そう叮嚀にお辞儀をした。肩をおとし、顔を俯むけ、消えも入りたき風情であった。

裁判の結果は、無期懲役という判決が下って、倅は辛(から)くも死刑を免れることが出来た。あわれな母親は、それ以来、村中から除(の)け者にされてしまった。

彼女は間もなく重患でどっと床就(とこづ)いたが、誰一人真身(しんみ)に介抱をしてくれる者もなく、あわれ寂しく死んで行った。すると村の人々は、型ばかりの念仏を唱えて、遺骸は厄介払いでもするようにさっさと墓地の片隅へ埋(うず)めてしまった。そこは、村の墓地のうちでも一番かけ離れた隅っこのところで、どんなに天気の好い日でも、お寺の本堂や鐘楼の影さえも射さないような場所であった。

この説話(はなし)は、私が偶々(たまたま)彼女の墓の傍(そば)で、人から聴かされたのである。

墓といっても、雨風に打たれた、黒木の質素な十字架が一本建っているばかりで、それに、朽ちかけた珠数だまの環(わ)が一筋、よじれてところどころばらばらになったまま懸っていた。そしてその十字架の表面には、次の文字がはっきりと読まれた。

フランソアズ・ミション之墓
彼女ノ一子ヲ審ケル判事　建之

集金掛

ラヴノオは、同じ銀行に十年間も集金掛を勤めていて、模範行員と呼ばれた男であった。塵ほどの失策もなければ、只の一度だって間違った帳記けを発見されたこともなかった。係累のない独り者で、やたらに友達をつくりもしなければ、カッフェなんかに出入りするという噂も聞かぬ。それに色恋の沙汰もなく、只もう満足してその分を守っているようであった。

「そんなに大金を扱っていると、さぞ誘惑を感じるでしょうね」

人がそんなことを訊くと、

「なアに、自分の所有でないから金だと思いやしません」

と彼は落ちついて答えるのであった。

近隣の人達も彼は確かな男だというので、何かの時には意見を求めたり、口をきいてもらったりするくらいだった。

ところが、彼は或る集金日に出て行ったまま、夜になっても帰って来ない。誰もこの男に不正があろうとは思わないが、ひょっとすると、悪漢の手にかかったのではないかと心配しだした。警察の方で、その日彼が立ち廻った先を調べてみると、一々几帳面に手形を出してはその金額を受取り、最後にモンルージュ門附近の取引銀行へ廻ったのが晩の七時頃で、そのときは、二十万フラン以上の金が財布に入っていたということがわかった。

さて、それから何うなったか行き方が知れない。城壁附近の空地や、その辺に散在している小舎、物置などを隈なく捜したけれど無効であった。なお念のために、各地方や国境の各駅へも電報を打った。

が、銀行の重役だの警察側の見当では、賊が金を奪った上に彼を殺害して、屍体を大河へ投げ棄てたものと見た。若干の確かな手がかりもあった。それによれば、常習的強盗団が前々から企らんでやった仕事ということは、殆んど疑う余地がなかった。

この事件は、翌くる日になって、巴里の各新聞を賑わした。ところが、その記事を読んで『どんなもんだい』と肩を聳やかしたのは、当のラヴノオであった。

敏捷な警察の探偵犬もついに探しあぐんだとき、彼れラヴノオは、外ブールヴァルからセーヌ河の河岸っぷちへ出て、とある橋の下へ忍びこんだ。そして夜前からそこへ隠しておいた通常服に着かえて、二十万フランの金を衣嚢にしのばせ、脱ぎすてた制服はグルグル巻きにして、大きな石を結びつけて大河へ投りこんだ。それから無難に市内へ舞いもどって来て、その晩は或る旅館に泊ってぐっすり寝こんだ。

かくて彼は、たった数時間で立派な賊になってしまったのだ。

その勢いに乗じて国境から高飛びでもしそうなものだが、彼はなかなか怜悧な男だから、二、三百キロメートルぐらい突駛ったところで、どうせ憲兵に捕まるということをよく知っていた。妄想で当てずっぽうな楽観などはしない。どのみち逮げられることは判りきっていたからである。

　そればかりでなく、彼は一つの奇抜な計画をもっていたのだ。

　夜が明けると、彼はかの二十万フランの紙幣をば大きな紙袋に入れて、五所も封印を施し、それを持って或る公証人の許へ行った。

「伺ったのは外でもありませんが、実はこの包みなんです。中味は有価証券ですがね、私は今度遠い旅へ出なければならぬので、何時帰れるかわかりませんが、とにかく私が帰って来るまで、この財産を保管して頂きたいんです。そういうことがお願い出来ましょうか」

「ええ、ようござんす。只今預り証をあげます」

　しかしラヴノオは、考えてみると、預り証など貰ったって置きどころに困る。その預り証を他人に託けておくことも出来ない。といってそんな書類を身につけていると、それが手がかりになって、肝腎の金を没収されるだろう。この思いもかけぬ障碍に彼は少なからずまごついたが、やがて左あらぬ態でいった。

「私は独り者で、友人も親戚もないんです。それに、今度の旅は相当に危険が伴っているので、預り証などいただいても紛失したりしては可けませんから、とにかく品物だけ金庫へ保管しておいて下さい。私が帰って来れば、貴方なり貴方の後継者なりに、自分の姓名をいって返して貰います」

「だが、それでは……」

「いや、『本人が名乗って受取りに来た場合に限り引渡すこと』と包装（つつみ）に書いておいて下さい。無事に帰ったら取りに来ます」

「よろしい。それで御姓名（なまえ）は？」

「ジュヴェルジェ……アンリ・ジュヴェルジェって云います」

すらすらと出鱈目な姓名（なまえ）をいってのけた。

彼は公証人の門を出ると、初めてほっとした。これで筋書の第一巻は予定どおりに行った。いつ何時手錠をかけられたって差支がないのだ。贓品（ぞうひん）へはもう誰の手もとどかないんだ。

彼は冷静に熟考して、これだけの処置をしたのである。刑期が終ってから、この預け物を受取ればいいのだ。誰も妨げる者があるまい。牢屋で四、五年辛抱をすれば、あとは金持ちになれる。得意先をうろうろ集金などして歩くよりも、どんなに気が利いているか知れない。そのときは田舎へ隠退するんだ。知らぬ土地へ行けば、金持ちのジュヴェルジェ様で立派に通る。律儀な慈善家になりすまして平和に、円満に、余生が楽しめるわけだ——無論この財産の幾分を慈善事業にも使うつもりなのである。

それから一日待って、隠匿した紙幣の番号が全く判明していないことを確かめてから、彼は巻煙草を啣（くわ）えながら、悠々と警察へ行って自首をした。

大抵の人間は、こんな場合に何かつくり話を発明するものだが、彼は拐帯した事実をてきぱき白状した。時間が惜しいからだ。しかし裁判のときに、かの二十万フランの金をどう処分したかについては、一言も真実を吐かなかった。

「存じません。共同ベンチに眠ている間に掏られてしまいました」

これ以外は、知らぬ存ぜぬの一点張りで押通した。

従来の素行が善良だったおかげで、僅かに五年の懲役を宣告された。彼は平気でその判決を聞いた。

今年三十五歳だから、四十には、自由な金持になれるわけだ。それゆえ五年ぐらいの懲役は少しの、そして已むを得ない犠牲だと観念したのである。

入監後は、よく規則を守って、銀行に於て模範行員であったように、ここでも模範囚人といわれた。そして焦らず悲観もせずに、遅々として日数の経ってゆくのを待った。ただ健康を害ねないように一生懸命に要心した。

とうとう待ちに待った出獄の日がやって来た。

ラヴノオは、少しの貯蓄を役人から還してもらって牢屋を出たが、何を措いても公証人のところへ例の託けものを取りに行こうという考えで頭が一杯だった。で、彼は歩きながらその場面を想像してみた。

まず戸口を入ると、あの事務室へ案内されるだろう。ところで公証人はおれの顔を見覚えているか知ら。鏡が見たいものだ。随分老けて、苦労をした人相が現われているにちがいない。いや、公証人は思いだせないでまごつくことだろう。ハハア、それも時にとってのお愛嬌だ。

『どういう御用ですか』

『五年前にお預けしたものを受取りにまいりました』

『物は何でしたかな。そして御姓名は？』

『私の姓名は……』

ここまで考えると、ぐっと行きづまった。

「はて訝しいぞ。あのときの姓名を忘れるという筈はないがなア」

しきりに記憶を捜した――けれど、空っぽだ。

彼は共同ベンチに腰をおろしたが、何だか力が抜けて行きそうなので、一生懸命に気を取りなおした。

「確かりしろ確かりしろ。落ちついて……ええと、何だっけ……あの姓名の頭字は？」

夢中になって一時間も考えこんだ。記憶を絞りだそうと焦った。思いだす端緒をいろいろ捜したけれど、もう一呼吸というところまで行っていながら、結局思いだせずに時が経つばかりだった。そのくせ、その姓名が眼の前でダンスをやったり、ぐるぐる廻ったりした。姓名の文字の一つ一つが盛んにとんぼがえりをやったり、連結がったやつがちらちらして消えたりした。それがすぐにも手のとどきそうなところにいて、眼先にちらついて、今にも唇へ上りそうになっていながら、ついに思いだせなかった。

初めは単に当惑だけだったが、焦るにしたがって、非常に苦しくなって来た。熱湯のようなものが脊筋を上ったり降りたりした。筋肉がひきつってじっと坐っていられなくなった。両手はちぢこまり唇が馬鹿に乾いた。

泣きたくて堪らなかった。一方にはまた、何とかして思いださねばならぬという気がする。が、焦って注意を凝そうとすればするほど、かの姓名は遠のいて行くのであった。

彼はベンチから起ちあがって地団駄ふんで、独りごとをいった。

「焦ると駄目だ。却って可けない。うっちゃっておくと、ひとりでに思いだせるものさ」

だが、いかに平気でいようとしても、一度取憑いたその懊悩を追除けるわけには行かなんだ。往来の人の顔を見たり、店の飾窓を覗いたり、街の物音に耳を傾けたりして気を紛らそうとするけれど、一向無駄であった。見れども見えず聞けども聞えずで、頭の中は絶えず例の大問題に悩まされていた。

「何だっけ、何だっけ」

そうして当てもなく歩いているうちに、とっぷりと日が暮れてしまって、次第に夜が更けていった。街は寂然となって往来も杜絶えた。

彼は疲れきって、とある旅館へ飛びこんだが、室がきまると着のみ着のまま寝床へふんぞりかえって、数時間頭をひねったけれど、どうしても思いだせないで藻掻いているうちに、暁け方になって正体もなく眠こんだ。

目が覚めたときは、陽が高々と昇っていた。寝床の中で久しぶりにのうのうと手足を伸ばしたら、いい気持だった。が、ふと姓名のことを考えると、また悩みがはじまった。

「何だっけ、何だっけ」

おまけにもう一つの新らしい感情が、その悩ましい心に蔓こりだした。それは一種の不安――かの姓名が永久に思いだせなかったら何うしようという不安だ。

彼は跳びおきて旅館を出て、かの公証人の事務所の辺を、何時間という間当てもなく歩き廻った。

やがて又その日も暮れてしまった。彼は両手で頭を押えて呻いた。

「ああ、おれは狂人になりそうだ」

今恐ろしい懸念が彼の頭を占領していた。というのは、彼が公証人に預けた二十万フランという紙幣は、勿論不正手段で取ったものだが、どうもそれがふいになりそうだ。その金が欲しさに五年間懲役をつとめて来たのに、今その金に手を触れることも出来ぬとは何という情ないことだろう。紙幣は彼を待っている。だが一語――たった一語思いだせないために、越えがたい鉄壁がその間を隔ててしまったのだ。

彼は、理智が静止らない秤のようにふらついている気持がして、拳骨で自分の頭をがんがん叩いた。酔漢のようによろけて街燈の柱に突当ったり、歩道の止め石に躓いたりした。こうなると、煩悶だの懊悩だのという程度を通りこして、もはや全存在――身も魂もあげて狂乱してしまったので、とても思いだせる気づかいはなかった。妄想で何者かが耳元にせせら笑いをしているのが聞えた。往来の人がみな自分を指さしているような気がした。

彼はずんずん歩調を速めて、やがて驀直に駆けだした。幾度も人に衝突した。そこが往来だということも忘れてしまったのだ。彼はむしろ突き仆されるか、轢かれるかして死んでしまいたかった。

「何だっけ、何だっけ」

何時の間にかセーヌ河岸へ出ると、その濁った緑色の水面には星影がきらきらと映っていた。

彼はすすり泣きをしながら呟いた。

「何だっけ。ああ、あの姓名、あの姓名」

彼は、河岸の段々を水際へ降りて行った。そして熱る顔や手を冷そうとすると、ひどく呼吸が喘んでいた矢先なので、そのまますするすると河面へ引きずりこまれた。咄嗟に、熱い眼がかくれ、耳がかくれ、とうとう全身落ちこんでしまった。辷ってゆくのを感じながら、岸が嶮しいものだから取りつくことが出来ず、見る見るすっぽりと陥りこんだ。

総身冷い水に浸るとぞっとして、矢鱈むしょうに藻掻きながら、腕を突きだし顔を擡げたが、一度すっぽり沈んで、間もなくひょいと水面へ顔が出た。と突然満身の努力とともに、眼を皿のようにして叫んだ。

「あっ、思いだした、助けてくれい……ジュヴェルジェだった……ジュヴェル……」

あいにく、河岸には人っ子一人通らなかった。漣がぽちゃぽちゃ橋柱にくだけていたが、今彼が沈みぎわに思いだした姓名は、その寂然と暗い橋裏のアーチに空しく反響した。気だるそうに起伏起伏している河面には、河岸の白い灯や、紅い火がちらちらとダンスをやっていた。

そこのところだけ微かにさわぎ立った波は、一しきり繋船場の護岸をたたいていたが、やがて、すべてが元の静寂にたちかえった。

父

最後の一耘の土を墓穴へかぶせてしまって、お終いの挨拶がすむと、父子はゆったりした歩調で家の方へ帰って行ったが、その一歩一歩がひどく大儀そうであった。二人とも無言で歩いていた。長い混雑の後に起るくたびれが急に出てきて、物をいうさえもおっくうだった。

家へ帰ってみると、柩に供えた花の香気が、まだそこいらに残っていた。この数日来、多数の人の出入りやら悲歎やらで込合っていたが、今は家の中が静閑とがらんどうになって、妙に改たまった感じがするのであった。

年老った女中が一足先きに戻って、後片付をすましていた。父子は、まるで長旅からでも帰って来たような気がした。そのくせ、帰りつくなりほっとして『ああ自分の家ほどいいところがない』というような、晴れ晴れした気持にはなれなかった。

しかし家の中の体裁は、前と少しも変ったところがなく、飼猫は例のごとく炉辺にうずくまって、ごろごろ喉を鳴らしており、そして冬の日射しが柔かく窓硝子を染めていた。

父親は炉のそばに腰をおろし、首をふって溜息をつきながら、

「可憫(かわい)そうだったな、お前のお母さんは」

そういったかと思うと、涙が一杯に湧いてきて、歎きと、街の冷たさと、室内の急な暖かさで赤くなったその好人物らしい丸顔を伝わって、はらはらと流れた。

彼は暫く黙りこんで、猫の喉鳴きや、時計のチクタクや、火皿の上に薪のはねる音を聞いていたが、何だか物足りない。それ以上にもっと何かを聞きたいような心持だ。けれどまた一方には、死んだ者は永久に死んでしまったが、自分は幸いにまだ生きているという、一種の満足に似た感じを意識しながら、倅(せがれ)の方へ話しかけた。

「お前はジュポン家の人達に会ったかい。野辺送りに来ていたがな。あの御老体も来てくれたので、ほんとうに難有(ありがた)かったよ。お前のお母さんは彼家(あすこ)の人達が大好きだったんだ。ときに、お前の友達のブレマールは来ていたかい。多分来てくれただろうが、あのように大勢になると見分けがつかんもんだな」

父親は再び吐息をついて、

「ああ、お前も可憫(かわい)そうだな」

二十五にもなったこの大きな倅のことを考えると、彼は一層やさしく、いたわるような気持になった。そして憂鬱な眼つきで、薪の燃えるのをじっと見つめていた。

倅は父親のそばに黙然と坐っていた。

そのとき、老女中が音もなく戸をあけて、静かに入って来た。

「御両人さま、そう沈んでばかりいらしては困りますね、御夕食を召上らなければいけませんし」

父子は顔をあげた。

なるほど有理なことだ。食事をせねばならぬ。生活は元どおりにつづけてゆかねばならぬ。気持よい空腹を感じながら、心づくしの食卓につくことが楽しみだった以前とはちがって、今のは、単に胃腑が空っぽになった動物のひもじさに過ぎないけれど、とにかく腹は空っていた。が、場合が場合なので、腹が空ったというようなことを明らさまにいいだしかねていたのであった。

今女中から注意されて、父子は顔を見合った。広すぎてさびしくなった食卓に、父子二人がはじめて差向いで食事をしてみたくもあったが、お互いにそれが却って寂しさを増しはせぬかという懸念もあったのだ。

父親はまたも涙ぐんで、

「そうそう、有理だ、すぐ準備をしてくれ。ジャンや、お前も一緒に食べるがいい」

倅はうなずいて起ちあがると、

「僕は着替えをして来ます」

足は機械的に母親の室の方へふらふらと行って、戸のハンドルに手をかけたとき、老女中がそっと追かけて来て、低声でいった。

「ジャン様、貴方にお渡しするものがございます。お母様のお手紙ですがね、恰度八日前に、御病気がもういけないということが御自分でおわかりになると直ぐお書きになったので、お亡くなりになってからお渡しするようにという、お云附でございました。これがそのお手紙でございます」

ジャンは怪訝そうに立ちどまって、女中の顔を見た。女中は手紙をもった手先がふるえて、妙にためらいながらジャンの様子を窺うようにしていた。ジャンは何だか只ならぬ秘密、もしくは非常に悲しいことを、今自分が知るのだと覚った。

「手紙をこっちへお出し」

その手紙をひっ奪るようにして母親の室へ入ると、夢中で戸をしめきって鍵をかけた。

寝台の蒲団がひっそりと平らで、寝台幕がひろく開けしぼったままになっていて、暖炉には火の気がなく、すべての調度も几帳面に取片づけられて、いかにも不用になった室らしく寂しい感じがした。

彼は暫くそこに突立って、今女中から受取った手紙をいじくりながら、少し皺になった封筒の文字を見つめていた。その文字は常より幾らか乱れてはいたけれど、なつかしい母親の筆跡にちがいなかった。

窓にはすっかり窓掛をおろしてあったが、その隙間から、女中が隣りの室で忙しげに食卓の仕度をしている跫音が聞えた。

彼は封を切って、読みはじめた。

可愛いジャンへ――

永のお別れをせねばならぬ時が、いよいよ間近になったようです。わたしは恐れも、未練もなく、安心してこの世に暇をつげます。お前が一人前の男になって、もう久しくわたしの補助なしに生活しているのを見とどけたからです。わたしは、母親として最上の勤めをして来たと信じているけれど、わたし達の間には、わたしがこれまで打ちあけかねた、一つの大きな秘密があります。そしてそれは、是非お前に知っておいて貰わねばならぬことなのです。

お前が誰よりも尊敬してあんなに慕っていた母親、お前の幼少の時からあらゆる面倒を見てあげて、大人になってからは親身の相談相手であったお前の母親は、実は大変に重い罪を犯しているのです。何を隠そう、お前は自分で『お父さん』と呼んでいる人の子ではありません。

わたしは一生にたった一度、深い深い恋に陥ちたことがあります。そして、そのことをこれまで告白しなかったのが、わたしの一等わるい落度でした。お前の父親――ほんとうの父親はまだ生きています。お前の成人するのを見まもっていて、そしてお前を愛しているのです。お前ももう一人前の男になったのだから、今、人生の一大事を自分できめなければなりません。お前にその気があれば、これからまったく別の生活をすることも出来ます。わたしに欠けていた勇気をお前が出してくれるなら、お前は明日からでも金持ちになれるのです。

わたしは今、卑劣なことをお前に勧めている——それは自分にもよくわかっているけれど、一生涯方針を誤ったわたしとしては、死ぬる間際にこうすることも已むを得ないのです。わたしはこれまでに、寧そお前をつれて此家を出ようと考えたことが幾度だったか知れませんが、思いきってそれを実行することが出来ませんでした。お前のお父さんがわたしを疑るとか、叱り飛ばすとか、そうした一寸したはずみがあったら、わたしも家出をする勇気が出たでしょうけれど、お前のお父さんは只の一度もそんなことをなさらぬばかりでなく、お父さんのお心には一点の暗影もなかったのです……

ジャンはふと読み方を止めた。思いもかけぬこの告白で呆気にとられたのであった。母は絶えずその良人を欺いていたのだ。長年の間虚偽の生活をやり通したのだ。彼女はこれっぱかりも自分の秘密を、またそれについての悔恨を気取られることなしに、談したり笑ったりして来たのであった。

して見ると、世間の女のそうした罪を悉く憎んで、あらゆる誇りも歓びも尊敬もすべて『母親』という語のうちに概括めていた彼れジャンは、この家で養育されたにも拘らず、実は一個の侵入者に外ならぬのであった。そして彼は、いつも変らぬ親切と温情の権化だった好人物の父親に対して、生きた侮辱であったのだ。

彼は、幼少の記憶をはっきりと思いうかべた。小さな子供だった頃、父の手にぶら下って街を歩いた自分の姿が眼に見えるようだ。可成り大きくなってから一度大病にかかって、何ケ月かの間生死の境を彷徨うたときなんか、父が枕辺に坐って、笑顔を見せようとしながら却って涙ぐんでいたのを思いだす。その後父は事業に失敗したが、その時分のことを思えば一層難有くなる。それは、ジャンが寝床へもぐりこんでから、ふと耳にした親達の会話なんだが、そのとき母は落ちつきはらっていたけれど、父はひどく亢奮してこんなことをいった。

「おれはどうしても盛りかえして見せるぞ。煙草も禁めよう、カッフェや倶楽部へも行くまい。服装だっておれは贅沢すぎる。とにかく子供には不自由をさせたかアないな。なアに、直きに楽になるさ。おれさえすべての方面に経済をすれば、子供は感づくまい。小さい者は先きへ行って苦労せねばならないんだから、今から憂目を見せるということは余りに残酷だよ」

こうした好人物を、母は欺いていたのであった。

ジャンは椅子へ倒れて、両手に顔をうずめた。彼はたった今読んだ手紙の文句を思いだした。『お前ももう一人前の男になったのだから、今、人生の一大事を自分できめなければなりません』と。

その通りだ。ぐずぐずしている場合でない。金銭上の考えはまるっきり念頭にないが、母親に欠けた勇気を奮いおこすということが問題なのだ。

彼はいっそ何も云わずに此家を出て行きたいと思った。二度と帰らぬ決心で何所か遠い遠いところへ行ってしまいたかった。そうするとこの恥辱が自分とともに去るわけだ。こうした秘密を知った以上は、父親と食卓に向き合って、『可愛い倅』と呼びかけ、『可憫そうなお母さんの思い出』を語る父の言葉をば、どうして顔を赤らめずに聞かれよう。

ジャンは屹然肚をきめた。けれどしくしく泣いていた。

「ああ、お母さん、お母さん、あなたは何ということをしたんです！……」

平和な家庭生活もこれを限りだ。神聖な記憶のかかっている家へ毎日帰って来るという楽しみも、これっきりだ。虚偽をつづけてゆくことは厭だし、それは許されることでもなかった。

身じろきもしずに悲しい思いにひたっていると、食堂の方で父の話し声がする。

「可憫そうに、倅はひどく沈鬱でいるようだな。母親の室へ行ったのか、まアうっちゃってお け……何だか家の様子が変って、おれも急に老けたような気がする。でも倅がいるので大助かりさ。彼は優しい子だから、おれを見棄てはしないよ」

ジャンはふと顔をあげたが、堅く唇を嚙んでいた。彼は父の話し声を聞いているうちに、考えが別の方向へ走っていった。彼の決めた方針は可成り困難であるばかりでなく、それでは自分の義務が明瞭にならないような気がして来た。

「おれを見棄てはしない……」

そういって彼を信頼している人――寂しく年老いてゆくこの可憫そうな人をば、このまま置き去りにすることが出来るものか。家出をするということが、果して、多年渝らぬこの父の恩愛と努力と克己に酬いる唯一の道であろうか。

しかし彼はこの父の子でない。してみると、此家の軒下にべんべんと止まっているということはあまりに図々しく、且つ容しがたいことなのだ。直ちに決心をしなければならぬ。ぐずぐずしたら後でどうすることも出来なくなるだろう。

ジャンは母親の手紙をしかと握っていた。彼はもう一度それに眼をやった。

……お前のお父さんがわたしを疑るとか、叱り飛ばすとか、そうした一寸したはずみがあったら、わたしも家出をする勇気が出たでしょうけれど、お前のお父さんは只の一度もそんなことをなさらぬばかりでなく、お父さんのお心には一点の暗影もなかったのです……

そのとき、食堂の方で再た父親の話し声がした。

「うむ、おれは家内と二十七年も連れ添うたがな、彼女はまったく一点の暗影もない女だったよ」

恰度同じ語だ。同じ文句だ。

ジャンは手紙のつづきを読んだ。

それで、わたしは今こそお前のほんとうの父親の名前を打ちあけます。それは……

恰度その頁の切れ目だったが、ジャンはここまで読むと、書簡紙が手先でぶるぶるとふるえた。一寸裏をかえせば、その男の名がジャンの眼に、いや心の奥底へ永久に鏤りつけられるだろう。そうするともう万事休矣だ。

と、食堂の方から父の声で、

「ジャンや、早く来ないと、御馳走が待ちくたびれているぞ」

ジャンは天を仰いで、一瞬間瞑目した。それからマッチをすって手紙に火をつけた。彼はそれのするすると燃えてゆくのを見つめていたが、爪に火がつきそうになったので、ぱっと指を離した。手紙は黒い、四角な灰になって床へ落ちた。僅かに残っていた白い隅も直きに燃えてしまった。もう何もない。

やがて食堂の戸口から覗いてみると、人の好い父親は、そこに突立ったなりで倅の来るのを待ちかねていた。

相変らず温情に充ちたやさしい顔をして、瞼に涙を一杯ためて両手がかすかにふるえている父親の容子を見ると、ジャンはいきなり飛んで行って、幼い子供のような仕草でその曲りかけた肩へしがみついた。

それは、この世で二度と逢えない骨肉に向ってするような熱烈な抱擁だった。そして泣きじゃくりでもしているような涙声で彼はいった。

「お父さんだ、僕の大切な大切なお父さんだ」

十時五十分の急行

「今日お発ちだそうですね、ムッシュウ」

と跛（ちんば）の男が私に問いかけた。

「ああ、月曜の朝にマルセイユへついていないと、都合がわるいからね。十時五十分の急行でリオン停車場から発とうと思っている。あの急行がいいよ。だが鉄道のことは君の方が詳しいわけなんだね、君は病気になる前までＰ・Ｌ・Ｍ（巴里（パリ）・リオン・地中海鉄道会社）に勤（で）ていたそうだから」

すると彼は眼を閉じたが、急に顔が蒼ざめて来て、

「ええ、知っていますとも。知り過ぎるほど知っています」

眼瞼（まぶた）の下に涙さえうかべて、ちょっと黙りこんでから附け加えた。

「あの列車のことなら、私以上に詳しい者がありますまい」

もうその職業（しごと）にかえれなくなったことを悲観しているらしいので、私は思わず同情していっ

た。

「面白い仕事だったろうね。何しろ頭の要る結構な仕事だ」

彼は身ぶるいした。不随になったその体がはげしく引きつり、そして眼には或る恐怖の色をうかべながら、

「大違いですよ、ムッシュウ。結構どころか、恐ろしい生命がけの仕事なんです。思いだしてさえ慄然として魘されるくらいです。余計なおせっかいをするようだが、あの列車だけはお止めなさい。他の列車ならどれにお乗りになろうと介意いませんがね、あの十時五十分の急行だけはお止めなさい」

「何故」私は笑いながらいった。「君は迷信家なんだね」

「迷信じゃありませんが、千八百九十四年の七月二十四日の大惨事のときに、私は恰度あの列車を運転していたのです。そのお話をするとよくお解りになりましょう。

その日、私達は定刻にリオン停車場を発て、約三時間駛りました。馬鹿に熱くるしい日で、速力のはやいにも拘らず、汽罐台へ来る風が息づまるようでした。それに大気が妙に重く、蒸暑くて、今にもあらしがやって来そうな気勢でした。

空が、突然電燈を消したように真暗になって、星影一つありませんでした。月も隠れて、ときどき凄い稲妻がぴかりと来たかと思うと、そのあとがインキを流したような真の闇です。

私は火夫へ声をかけました。

『どうしたって逃れっこはないね。今に豪雨が来るぜ』

『早く降ればいい。こう蒸されちゃ遣りきれたもんじゃない。だがこんな晩には、シグナルをしっかり睨んでいないと危いですよ』

『大丈夫だ、はっきり見えるよ』

　雷鳴がひどいので、車輪の響きも排汽の音も聞えません。雨はまだ降らないけれど、あらしがだんだん近づいていました。いや、私達は真直にあらしの方へ突進しているのです。まるで、あらしを追かけている恰好でした。

　狂人のように突駛しっている鋼鉄の怪物に乗って、大あらしの真只中へ投げこまれたとき、少しは変な気がしたって、決して臆病ということは出来ますまい。

　直ぐ眼の前で、稲妻が大地をつん裂いたかと思うと、雷鳴ががらがらっとやって来ました。それが続けざまで、余りに凄いものだから、私は思わず眼をつぶって、がっくりと膝を折りました。

　数秒間そうしているうち突然に耳ががんと鳴って、頸筋を強か打たれたと思ったら、それっきり気絶してしまいました。

　やがて正気にかえったときは、まだ膝まずいて、汽鑵台の仕切へぐったりと倚りかかっていました。何だか百マイルも駆けて来たような感じがしました。

　起ちあがろうとしたけれど、駄目です。折れ曲った両脚がもう利かなくなっています。転ぶ拍子に何処ぞ挫いたのでしょう。そのくせ痛くも何ともないが、手を突張って起上りたくも、両方の腕がだらりとぶら垂っています。

私は異様な感じに囚われて、ただ呆然としていました。手や脚が他人のもののようで、もはや自由がきかないばかりでなく、まるで風に吹きまくられている私の作業服同様、生命のないものになってしまって、それに私は、えたいの知れぬ或る力に圧迫されているようで、眼を開けることすらも出来ませんでした。

列車は最大速力で駛っていました。あらしはなお暴れ狂うていたが、そのときは少しく穏かになって遠のいたようでした。その代り雨が降りだしました。鋼鉄にしぶきの砕ける音がして、顔に温い雨粒を感じました。

私は突然に身内が弛んだようになって、少し疲れていながら、気分ははっきりして来ました。その場所と、仕事のことに気づくと同時に、ハッと現実にかえりました。何事が起って、何故体が痙攣ったかは呑込めないが、とにかく自分じゃ起てそうもないので、抱き起して貰おうと思って火夫を呼びました。

が、返事がありません。

全速力が出ているときは、汽鑵台の音響がはげしいものですから、私は声を張りあげました。

『フランソア。おい、フランソア、手を貸してくれ』

やはり返事がない。と、私は何といっていいかわからないが、眼を開けると同時に或る恐ろしい懸念でアッと叫びました。正しく恐怖の叫びで、しかもそれには十分の理由がありました。

汽鑵台が空っぽで、火夫の姿が見えないのです。

はっと思った瞬間に、はっきりと了解めました。われわれは落雷にうたれたので、火夫は即死して線路に墜落し、私はそのまま体が痺れてしまったに違いないのです。
いや、迚も、ムッシュウ。仮りに私が大学者であって、どんな語を列ねたからって、あのときの恐怖を適切に云い現わすことは出来ません。私を補助ける役目である火夫が魔法にでもかかったように消えて失くなり、私の背後には、二百名からの旅客が、狂速力で確実に死の方へ驀進しているということを夢にも知らずに、平和に眠ったり談したりしている。しかも、その列車の機関士たる私はもう全身不随で、腕が自由を失っているので、何として見ようもないのです。

私は体の利かないくせに、頭が鋭敏に働いて来ました。まず、行く手につづいている線路がはっきりと見える。列車は、月光にきらきらするその線路の上を非常な速力で突進しています。私は平生痲痺していた速力の感じが、そのとき急に鋭くなりました。

列車が或る小さな駅を電光のごとく通過した瞬間に、私は、信号手が哨舎の中で、電号機の傍に居眠りをしているのをちらと認めました。と、車体が転車台の上で一、二度揺ぶれ、鋼鉄板がガッタンガッタン鳴って、縦横に交錯した線路が急に広くなったり狭まったりして、或る切通し線へ入ったと思うと、また闇の中を駛りはじめました。

間もなくトンネルへさしかかると、列車はまるで猛り狂うた疾風のごとくその中へ突入したが、忽ちそこを突きぬけて、再びひらけた線路へ出ました。ところがその時です、私が、列車が何の地点を駛っているかということに気づいたのは。そして到底脱線の外はないとあきらめました。二分後には急カーヴへかかる筈で、しかもその狂おしい速力では、どうしたって其処で転覆を免かれなかったのです。

ところが天祐でしたね。その急カーヴで機関車が全列車諸(もろ)ともに傾斜すると、レールが車輪の方へ猛烈に盛り上ったものだから、案外にも無事にそこを通過しました。

第一の懸念だったこの急カーヴを無難に通過したので、私はほっとしました。あとは、燃料の欠乏で火が消えると、機関がひとりでに止まるだろう。そうすると車掌が汽鑵台の方へ様子を見に来る。私が詳しく事情を話せば、車掌は列車の後前(あとさき)へ濃霧信号を出してくれる。それでわれわれは救われるわけです。

だが、そうした気休めは長くつづきませんでした。やがてもう一つの駅を通過したが、そのときこそ慄然(ぞっ)としました。そこに停車信号が掲(かか)っているのが見えて、しかも私の列車がその故障線へ飛込んでしまったのです。

そのとき私が発狂しなかったのが、不思議なくらいです。一時間七十マイルという狂速力で驀進しているとき、行く手に故障があると知った機関士の心持をお察し下さい。

私は自分にいいました。『今停車しなければ、おればかりでなく、全列車が粉微塵だ。その恐ろしい事故を防ぐために、おれは一寸した動作をすればいい。僅か二呎(フィト)前に見えている槓杆(レヴァ)を握りさえすればいいのだ。しかしおれにはそれだけの簡単な動作も出来やしない。じっとして災難を見ていなければならぬ。それが死より百倍も辛いことだ。衝突の対象物が目の前に、次第に大きくなって来るのを見つめながら、それに向って驀進するこの苦痛――』

私は眼をつぶろうとしたけれど駄目でした。で、我れにもあらず行く手を見据えていました。

私はすべてを見ました。障碍物の現われぬ前から、それの何であるかを察しました。果して推測どおり、その線を塞いでいたのは破損した列車でした。その真黒な影と後燈が見えていました。私の列車はそれに向ってぐんぐん近づいて行く。刻々に迫って行く。私は声を限りに叫びました。

『助けてくれい、止めてくれい』

しかし誰に聞えましょう？　間隔がぐんぐん減って行きます。私は感覚のほかは死人も同様だったのです。生きている部分といえば、夜闇の中であらゆる物の見える不気味な視力と、囂囂たる車輪の響きにも拘らずあらゆる物音の聞える耳と、もう一つ、総崩れの味方を盛りかえすべく必死に号令する大将のように怒鳴りつづけている、狂おしい意思があるばかりでした。

障碍物は急速に接近しました……五百ヤード……三百ヤード……人影が慌だしく線路を駆け廻る……たった百ヤード……アッという間に、もうお終い……轟然たる音響……死屍累々……壊滅！

その惨状は、現場を見た人でなければ迚もわかりません。

私は正気にかえったときは、崩れた車台の下敷になっていました。苦しそうに救いを求める叫び声が空に充ち充ちて、カンテラを提げた人や、怪我人を抱えた人が右往左往に馳せちがっていました。そうして夥しい叫喚と、呻吟と、哀泣。

私はそれ等のすべてを目に見、耳に聞きながら、ただ呆然としていました。考える力を失ったのです。勿論救けを呼びもしませんでした。

しかも私はそのとき、唇に触れるほど近く頭上におっかぶさった二枚の板片の間から、ぽっちりと静かに澄みきった蒼穹を眺めていました。そして不思議なことに、その蒼穹に小さな美しい星が一つきらきらとふるえているのを見て、爽やかな気持がしたのを覚えています」

ピストルの蠱惑

一時間前までおれは囚人だった。しかも大変な囚人だ。外聞だの刑期だのという問題ではなく、すんでのことに、この首が飛ぶところであったのだ。斬首台（ギヨツチーヌ）を夢に見て魘（うな）されたことも幾度だかしれない。そんなときは思わずぞっとして、もしやあの庖丁の細い刃の痕がついていはせぬかと、冷汗の滲んだねばねばする手で、そっと頸筋を撫でてみるのだった。弥次馬の立騒ぐ声までも聞えるような気がして、ぶるぶるっと身ぶるいがした。『死刑にしろ、死刑にしろ』という嗄（しゃが）れた叫び声が耳底でがんがん鳴った。

しかし今はすべてが終った。おれは釈放されて、自分の住室（へや）へ帰って来たのだ。そしてもう一度市街の雑鬧（ざっとう）や、店屋の明るい電飾が見られる軀（からだ）になったのである。今夜は久しぶりにゆっくりと晩餐を使おう。暖炉のそばで好きな煙草も喫（の）めるし、それに、暖かい自分の寝床でのうのうと眠れるのだ。

だが、おれはこうして辛（やっ）と無罪放免になったばかりなのに、今この瞬間ほど、自分を痛切に罪人だと感じたことはない。

　裁判官がどう踏みちがえて、おれの正体が捉めなかったのか、不思議でたまらない。おれは徹底的にあらゆる事実を否定することに熱中しつづけたので、頭がぼうっとしてしまった。もう少し頭がはっきりして来たら、是非とも事の真相を書かねばならぬ。おれはこの真実をば、過去三ケ月の間、巧みに且つ意地わるく隠しとおして、終いには、殆んど自分の嘘を自分で信ずるくらいまで漕ぎつけたのであった。

　ところが何を隠そう、おれが殺人者なんだ。あの女を殺したのは、このおれなんだ。

　何故殺す気になったのか。だれにもわからない。何だってあんなことを仕出来したのか、自分にもまるで合点がゆかぬ。

　おれはあの女に惚れていたのではないから、嫉妬が原因でないことは確かだ。といって物盗りのためでもなかった。裕福なおれは、彼女の屍体から発見された数フランの金なんかに目がくらむわけはないのだ。左ればといって、憤怒の果に殺したのでもなかった。

　あのときおれ達両人はこの室にいたのであった。彼女はあの鏡のそばに立っていたし、おれは恰度今坐っている場所に坐っていた。おれが本に読みふけっていると、彼女は話しかけた。

「外へ出ましょうよ。ボア公園へ散歩に出かけようじゃありませんか」

「僕は疲れているから駄目だ。家にいる方がいい」

　とおれは顔もあげないで拒ねつけた。

　彼女は行こう行こうとせがんだけれど、おれはどこまでも厭だと頑張った。それでも執拗くせがむので、おれはその声が癪にさわって来た。彼女はいかにも腹立たしそうな物のいい方をして、おれの不精を皮肉ったり、冷笑(わらっ)たり、軽蔑して肩をゆすぶったりした。

おれは数回彼女を黙らせようとした。

「静かにしてくれないか。頼むから静かにしてくれ」

だが、女は平気で饒舌(おしゃべり)をつづけた。おれは起(た)ちあがって室(へや)の中を歩きはじめた。そうして歩き廻っているうちに、ふと暖炉棚の上に、小型のピストルが載っているのが眼に止まった。それは、おれが夜分いつでも衣嚢(かくし)へ入れておくピストルなのだ。

おれは機械的にそのピストルを手に取ったが、その瞬間に一種の変な気持に囚われた。まだがみがみいっている情婦の声が、何とも形容の出来ない程度にまでおれを焦々(いらいら)させた。しかし癪にさわったのは、口汚ない文句ではなくて声であった。そうだ、あの声だ。あの場合彼女がよしんば意味のない言葉をしゃべくっていたとしても、或は美くしい詩を朗読していたとしても、おれはまったく同一の憤(いか)りを感じたにちがいない。

おれは静かにしていたかった。ひたすらに完全な休息が欲しいのであった。しかし何故、どうしておれの心がそうした沈黙に対する已みがたい欲求と結びついたのか。またその欲求が、手にもったピストルと何(ど)うして結びついたのか。おれにもわからない。何でもおれはその兇器を振りまわしているうちに、ふと引金をひいたと思うと、女が声も立てずに斃(たお)れてしまったのだ。おれの覚えているのはそれだけだ。

いったい咄嗟に人を殺したいというような考えは、ほんの気まぐれな幻想に過ぎないもので、胸にひらめくが早いか直ぐに消えてしまうものだが、あの時に限って、その奇怪な幻想が心にこびりついて、恰度真綿の中へギザギザな爪を突こんだように、焦れば焦るほど搦みつくのであった。

おれはピストルを卓子の上においた。が、どうしてもそれを見ずにはいられない。顔を背けようとするけれど、視線はおのずからその方へひきつけられた。

ピストルはおれの前にあった。象牙の柄がついて銃身のきらきらする奴がおれの前にあった。おれは二、三度手をのべたり引こめたりしたが、欲望は結局意思よりも強かった。おれはどうしてもその物に手を触れ、それを攫まねばならなかった。

われわれが或る種の危険に直面したときに襲いかかる誘惑というものは、実に不可解なものだ。おれは今でも記憶えているが、或る日ビュット・ショーモン公園へ遊びに出かけて、俗に『自殺者の橋』と呼ばれているところへさしかかると、おれは一生懸命にその欄干にしがみついた。そうしないと、自分で不意に跳び込みそうで、危くて仕様がなかったのである。また汽車に乗って、一つの車室に自分一人っきりのことも数回あったが、そんなときは、警報器が引きたくて狂気になりそうだった。あの警報器にぶら垂っているニッケルの握り玉がおれを誘惑するのだ。それは『どうぞ私を引いて下さい』とせがんでいるように見えた。そういうことは途方もない行為で、罰を喰うか、多額の科料を課せられると知りながら、どうしても制しきれないのだ。だが幸いなことに、そんなときいつも偶然にその列車が停車したり、他の列車とすれちがったりして考えを外らしてくれたから助かったようなものの、左もなければ、おれはきっとあの誘惑に屈伏しただろう。

　さて事件のあったあの晩にも、今いったような抵抗しがたい衝動に駆られたのである。おれの手も眼も、もはや意思(こころ)どおりにはならなくなっていた。おれはまるで他人のように自分自身を眺め、そして結果がどうなろうとも、自分の行動に盲従する外はなかった。

　そのとき、女はまだ饒舌(しゃべ)っていたのであったか、それとも沈黙していたかは判然(はっきり)しないが、何でも、おれはピストルを持ったままつかつかと女の方へ行って、手首を彼女の額の高さにまであげて引金をひくと、鞭鳴りのような鋭い音がして、女の右の眼の下に、ぽっちりとごく小さな赤いマークが出来た。と思うと、彼女はまるで紐がとけた袴(はかま)のように、へなへなと床に崩折れてしまった。おれの覚えているのはそれだけで、あとは夢中だった。

　やがてはっとして正気にかえると、狂おしい恐怖がおれを支配した。おれは狂人(きちがい)のように室(へや)中を駆けまわった。そして犠牲者を見ようともしないで、或る臆病な本能から、戸をあけるが早いか、

「大変だ、自殺だ」

　と叫びながら階段を駆けおりた。

　最初人々は、女がまったく自殺したものと信じた。が、後に専門家が検(しら)べて、自殺にしては甚(はなは)だ怪しいということを発見すると同時に、おれは逮捕された。さアそれから裁判が長びいた。おれが一言自白すれば何もかも判明するんだが、

「何も申し上げることがありません」

の一点張りで押し通した。ところが裁判官なんてものは、晩かれ早かれ、何かしら動機を見附けだして犯行を解釈してくれるものなので、おれはいい塩梅(あんばい)に釈放されたのである。

おれは今すべてを冷静に批判すると、虚偽の供述を押通したことが必ずしも悪いといえないような気がする。よしんば、今ここに書いている通りに申し立てたとしても、陪審官達は果しておれを信じただろうか。無罪にしてくれただろうか。おれはやはり頑張っていいことをしたと思う。変な風にとると、真実だって嘘と見られることが幾らもあるんだから。

ああ、おれはもう自由な体になって、こんな難有(ありがた)いことはない。何処へでも勝手に出歩くことが出来るのだ。

窓から街が見える。人家も、青い樹木も見えている。

あの騒ぎを起したのは、恰度この室(へや)だ。人々はもうおれを此室(ここ)には住まわせまいとしたけれど、おれはどこまでも頑張って帰って来たのだ。おれは幽霊なんか恐れはしない。それにこの告白書だって他で書くよりも此室(ここ)で書く方がいいんだ。何でも過去の事件は、それの起った場所へ行けばもっとも如実に思いだせるものなのだ。

とにかく、この告白書によっておれの心はすっかり解放された。魂(たましい)が洗ったようにきれいになった。

この上は、今まで取憑いていた夢魔を忘れるように心掛けよう。おれは、何処ぞ巴里(パリ)から懸(かけ)隔(はな)れた田舎に隠れて暮そう。世間は直(じ)きにおれの姓名(なまえ)すらも忘れるだろう。おれはすっかり別人になって、新たに百姓になりきって生活しよう。そして今までの自分というものを全然忘れてしまおう。

　さてここに一つ、何を措いても処分せねばならぬ品物がある。それは、今朝法廷で下戻されたこのピストルだ。どうも此品がさまざまなことを厭にはっきりと思いださせるので困る。早速これを処分しよう。武器の要るときはまた他のピストルを買えばいいんだ。

　ピストルは今おれが書きものをしている傍にころがっているんだが、こいつを見ると腹が立つ。だが何て小さなピストルだろう。綺麗なものだ。まるで玩具か装飾品のようだ。これが害になるとはどうしたって思えない。

　おれは今そのピストルを手に取った。ごく軽くて、滑々して、いい手触りだ。冷やりとして……少し気味がわるい……何だか神秘な感じのするこの眠っている兇器は、短刀なんかとちがって、危険が外に顕われていない。短刀なら鋭利な刃わたりを見ても、切先に触ってもすぐにその危険がわかるのだ。それでピストルは使おうと思えばすぐにも……だから、おれはこんなものを持っていてはいけないんだ……明日早速売りとばそう……それよりも無代で呉れてやろう……いやそれも可かん。いっそ捨ててしまおう。

　だが、なぜ捨てねばならぬのか。おれはあまり熱心に見つめるから悪いのだ。暫く見ないでいたらいいではないか。しかしどうも見ずにはいられない。それは黙せる証人のように、そこに横わっている。まったく厭なもんだ。すぐに処分してしまおう。

　おれはこうして書きつづけているが、ピストルは依然としておれの前に横わっている。

自殺をする奴等は、きっとこんな風に坐って、最後の願望を書き遺すにちがいない。そのときの心持はどんなだろう。おれは判然とわかるような気がする。初めは誰だってピストルを真正面に見る勇気もあるまいが、一度決心がつくと、おそらくそのピストルから眼が離せなくなって、魅せられたようにじっとそれを見つめるだろう。

いったい自殺なんて、そんなに勇気が要るものか知ら。

一等辛いことは――動作は簡単だが、こう手をのべてピストルを握れば、鉄の肌が冷々として――

いや、何ともありやしない、おれは今、ピストルを左手に握っているんだ……銃身をこう顳顬へあてる……この感じは決してわるいものじゃない……少し冷りとするだけだ……が、鋼鉄は肌の温もりで生温くなって来る……

いや、これが一等恐ろしい瞬間ではあるまい……辛いことは何といったって、引金をひく刹那だろう……それは、魂いがこの肉体を離れようという最後の時なんだから。

しかしそれだって分るもんか……案外平気かも知れんぞ……一度魔力にかかると、否応なしにずるずると誘いこまれるものだ。

その気持がはっきりとわかる……おれは何だか、この世のものでないような気がして来た……もう何の感覚もない……えたいの知れない者がおれを呼んでいる……ああ其奴がおれを引きずりこんでおれを押しつつんでしまった……おれは今引金をひく……

二人の母親

「坊ちゃん、いくつ？」

通りがかりの老紳士が問いかけると、

「四つ」

砂いじりに夢中になっていた男の子が答えた。

「名前は何ていうの」

「ジャン」

「苗字は？」

「ジャン」

「それだけじゃ、わからないね」老紳士は莞爾（にっこり）して、「ジャンという名前の子供は沢山いるからね。お父さんの苗字は何というの」

「僕、ジャンていうのよ」

と子供は無邪気に紳士の顔を見あげた。

そのとき、傍の共同椅子で縫ものをしていた一人の女が、仕事を膝の上へおきながら、

「この子はジャンという名前でございますの。苗字はございません」

言葉の調子が悲しそうで、何となく愁いに窶れた顔をしていた。

老紳士は気の毒になって、ちょっと帽子をあげて詫言をいうと、彼女は首をふって、

「いいえ、どういたしまして……坊や、此処へいらっしゃい」

子供を傍へひきよせ、頭を軽く撫でて額にキスをしてやってから、

「さア、彼方へ行ってお遊び、少し駆けて御覧」そういって再び仕事を取りあげながら、「何といっても、子供は活潑に駆け廻るのが、体のために一等でございますのね」

「それはそうですとも。失礼ですが、あなたのお子さんですか」

女は黙ってうなずいた。

老紳士は駆けてゆく子供をじっと見送っていたが、

「よく似ておられますね」

女はかすかに手先がふるえた。と思うと針の手を休めて、

「ほんとうに似ているでしょうか」

「ええ、あなたに似て可愛い坊ちゃんです。もっとも、あのくらいのときは漠然と似ている場合が多いので、細かい特徴になると、お父さんと較べてみなければわかりませんがね」

女は如何にもといったようにもう一度うなずいて、それから沁々と語りだした。

「実は彼がわたしの子かどうか、わかりませんのです。こう申しますと、そんな馬鹿なことがあるものかと仰しゃるか知れませんが、事実ですから仕方がありません。何もかも運命でございます。ときどき、わたしは彼が父親かわたしかに似ている点を見つけだそうとして、しげしげとあの小さな顔を見つめますの。また時としては、そんな迷った考えは断然捨ててしまわねばならぬと思いまして、じっと眼をつぶることもございます。

あの子は千九百十八年の四月に、産科病院で生れました。恰度戦争の真最中で、独逸の軍隊が遠くから巴里を砲撃しているときでした。わたしの外にもう一人産婦が同じ産室に入っておりましたが、その二人が殆んど同じ時刻に、どちらも男の子を産みおとして、間もなく、敵の砲弾がわたし達の寝台のすぐ傍で破裂したものですから、それはひどい騒ぎでございました。

産科病院では、お産がありますとすぐに、母親の寝台の番号を書いたものを赤ん坊の腕へまきつけることになっています。そうしませんと、生れたての赤ん坊は大てい同じで、見わけがつかなくなるからです。ところがわたし達の場合は、今申したように、お産の後始末もつかないうちに砲弾が破裂して、それがために、其処にいた産婆と生れた赤ん坊の一人が即死してしまったのです。

わたしたち産婦は二人とも気が遠くなっていたものですから、痛みも疲れも夢中で、敵弾が破裂したことは微かに覚えていますけれど、その恐ろしい実況はまるっきり知りませんでした。病院では、今にも天井が陥ちそうになったので、大急ぎでわたし達を安全な場所へ搬びだしてくれたそうですが、わたし達が正気にかえったときは、赤ん坊は一人っきりで、しかも腕に番号がついていないものですから、わたしの子か、それともう一人の産婦の子か、誰にもわかりません。わたしの赤ん坊は、たしかに右の方の欄の中に寝かしてあって、砲弾は左の方で破裂したんですから、死ぬわけがないと思いますが、もう一人の産婦も同じようなことを云い張るので、結局わけがわからなくなってしまいました。何分にも主任の産婆が即死してしまったので、外の看護婦達には実際の事情がわかりませんでした。

わたし達はそれについて訊問をうけましたが、証拠となるべきものは何もありません。それはもう赤ん坊はわたしの子にちがいないのです。わたしは堅く信じています。けれど、信ずるというだけでは証拠になりません。もう一人の産婦も、やはりわたしと同じように信じているのです。

その当座、わたし達は夜も昼も泣きの涙で暮らしました。それにもう一つ悲しいことには、わたし達はそのとき、二人とも寡婦になっていました。何方も、良人が戦争に出て戦死したのです。それで頼りになるのは子供だけなんでございますから、わたし達は、死んだ赤ん坊が可憫そうだといっては泣き、生き残った赤ん坊が判らないといっては泣きました」

彼女は涙をふいて、

「ジャンや、遠くへ行くんじゃないよ。そこに遊んでおいで、いい子だね」

子供の方へ声をかけたが、またそぞろに遣る瀬ない気持になって、話のつづきを語った。

「わたし達二人の産婦は知らない仲でしたから、碌々談話もしませんでした。お互いに何か盗まれたような気がして、睨み合っていたのです。看護婦は、わたし達が自暴になって無分別な真似でもしはしないかという心配から、成るたけわたし達に赤ん坊を抱かせないようにしました。実際、わたし達はどんなことでもしかねないような荒んだ気持になっていたので、看護婦が要心したのも無理がないと思います。そうしているうちに病院でも持てあまして、赤ん坊を寧そ孤児院へやってしまおうという話がはじまりました。

　さアそれを聞くとわたし達はびっくりして、たった一ト目でいいから見せて下さい、触らせて下さい、キスをさせて下さい……そして最後には、何がどうあろうとも、わたし達の傍へおいて下さいと歎願しました。それで、赤ん坊は結局わたし達の手に残されることになりました。

　赤ん坊は、初めは只もう、ぎゃアぎゃア泣いてばかりいました。やがて欄の中へ入れると、きょろきょろわたし達両女の顔を見ているようでした。赤ん坊はそのときまだ判然と眼が利きはしませんが、わたし達の思い做しでそんな風に見えたのです。とにかく、赤ん坊が大変幸福そうに見えたものですから、わたし達両女もやっと安心して、お互いに口を利くようになりました……尤も、初めはごく慎ましく『難有うございます、奥様』とか『御免あそばせ、奥様』といったような風でしたが、だんだん赤ん坊の話になりますと、自分の子供のことをいっているような調子で、親身に語り合いました。

　床上げをした日に、お互いに容貌を見合って、年齢をくらべてみましたが、何方もめっきり老けたようでした。結局、わたし達はもう、世間の女のようにはなれないということを悟りましたので、赤ん坊を両女の所有にして育ててゆこうと相談しました。それで、あの子は彼女とわたしの共同の子供なのです。出産証明書にも『父不明――母不明』と記入されています。

わたし達は、子供をつれて病院を出ますと、共同で一つの部屋を借りて住まうことになりました。わたし達は今は同じ勤め先に働いていますが、一人は子供のお守りをしなければなりませんので、交代で一日おきに出勤しています。子供は両女（ふたり）に同じように懐（なつ）いていて、よくいうことをききます。わたし達も、今はそれを不自然と思わぬようになりました。子供は何も知らずに、一つのキスの代りに二つのキスをうけています。あの子は幸福でございます」

「それで、あなた方はどうですかね」

「わたし達？」女は両手を堅く握って、溜息をつきながら、「お察し下さい、貴方（ムッシュウ）。お互いに口へ出してはいいませんが、それはもう、しょっちゅう、あの小さな顔の中に何か昔の思い出がありはせぬかと探しています。どうかすると突然（だしぬけ）に『この眼は良人（あのひと）の眼付に似ている。口元といい、頭の恰好といい、そっくりだ』そんなような想像に囚われることがあります。夜寝床へ入ってからも、彼（あれ）が誰の子か永久にわかりそうもないのを、ひそかに歎きます。もっともそれが判明（はっきり）すると、却って恐ろしいことかも知れません。そしてあの子がもっと大きくなったら、何ぞ新らしい証拠——例えば声とか性癖（くせ）とか、動作とか、死んだ良人（おっと）の血をうけている争われない証拠が出て来はせぬかと、待ちもうけていますけれど、よしんばそうした証拠が出て来たって、わたし達はお互いに何も云いだせないでしょう。何故って、両女（ふたり）で育ててみますと、彼子（あれ）が可愛くて可愛くて、お互いに手離せるものでもなし、片一方が独り占めにするということも出来ないようになってしまったのでございます」

いつの間にか日が暮れかけて、四辺（あたり）が仄（ほの）ぐらくなって来た。と、並木の向うからもう一人の女がやって来た。彼女も打萎れた侘しそうな風をしていたが、その姿をちらと見ると前の女が子供の方へ声をかけた。

「ジャンや、母ちゃんが帰って来たよ」

「そう、母ちゃん」

　子供は木製の玩具の鋤をもって起ちあがった。

　それから、今来た女の方へとっとと駆けて行って、

「お帰んなさい、母ちゃん」

　と活潑な声でいった。

　やがて二人の女はその子を中に挿んで、両方から小さな手をひきながら公園を出て、彼等の住室の方へ帰って行った。

蕩児ミロン

若くもなければ美人でもないあの女に、ミロンがどうしてあんなに惚(のぼ)せたのか、それは誰にもわからぬ謎であった。

ミロンはそれ以来、親友にも疎(うと)くなり、始終彼を見かけた場所へも、ぱったり顔を見せなくなった。そればかりでなく、彼は芸術のためという真摯(まじめ)な態度を棄ててしまって、下らない糊口(くちすぎ)的の絵を描きだした。

或るとき旧友の一人が彼を諌(いさ)めた。

「君は馬鹿だな、ミロン。君はこの頃下らん仕事ばかりやっているものだから、腕が荒(すさ)ぶのだ、芸が堕落するんだ」

するとミロンは肩を怒らして、

「馬鹿を云え」

とせせら笑った。それでも友人はミロンのゆたかな天分を賞めて、彼が以前(もと)大いに画壇に名

を成そうと意気込んでいた時分のことを云いだして飽くまで反省させようとすると、ミロンはあべこべに向っ腹を立てて、

「天分が何だい、盛名が何だい、笑わしやがらア。おれなんか、そんなものにあこがれていた時分はな、屋根裏にくすぶって、一日一食しか食えなかったんだ。そのくせ『彼奴はきっと大家になるぜ』なんて人がいってくれたもんさ。今は誰もそんなことをいう奴がない代りに、飯はたらふく食ってるんだ。おれは暢気で幸福だよ。素的に幸福だよ」

こう云いすてて、さっさと行ってしまった。だが、友人の姿が見えなくなると、彼はそこいらのカッフェへ飛びこんで、空っぽになった酒杯を前に、何時間もぼんやりと考えこんでいるのであった。

ミロンは嘘をいったのだ。彼は決して幸福ではなかった。初めのうちは恋愛で夢中になって、何もかも忘れていた。新生活に必要な金をこしらえるために、つまらない小品画や新聞雑誌の挿絵などをむやみと描きなぐった。が、あまり厭な気持がするときは、

「なアに、おれだって今に真面目な製作をはじめるんだ」

そう思って僅かに自分を慰めた。しかし時が経つにつれて、その決心もおとろえて殆んど臆病にさえなった。今では胸のそこに憂鬱な悔恨がきざして来て、ひそかに自分の腑甲斐なさを恥じているのだが、恋ゆえにだんだん深間へ引きずられてゆくのを、どうすることも出来なかった。

そのうちに借金がどんどん嵩んで来て、債権者からは責められる。それがために情婦と喧嘩

がはじまる。そんなことで苦しまぎれに、彼はとうとう不正手形を振りだした。

初めどうにかして金をこしらえて、その手形を落すつもりであったけれども、生憎(あいにく)仕払日の前日になっても金の工面がつかないものだから、彼は途方にくれてついに夜逃げをした。人目につかぬように、まず一人で出発した。情婦(おんな)も後からやって来る約束だった。彼はその約束を信じきっていたので、その晩隠れ場所へつくと、殆んど何の煩悶もなくぐっすり眠(ね)こんだ。

翌くる日は女からの手紙を待ちわびていると、晩になって『ユカレヌ』という簡単な電報が一本とどいただけであった。

彼は茫然自失した。女がこんな電報を書くわけがないと思ったが、しかしよく考えると格別腹を立てることもなかった。

「彼女(あれ)が来ないのも無理がない。おれはお尋ね者なんだからなア」

そう思って、彼はあきらめた。

失恋の痛みとともに、理想に向ってひたすら精進した頃の自分をふりかえって、今の堕落した姿にひき較べると、彼はまるで迷子になった子供のようにげっそりして、何ともいえない遣(や)る瀬なさがこみあげて来るのであった。いっそ巴里(パリ)へ引返して、自首して、潔よく刑罰をうけようかとも思った。

彼は己れを恥じて涙におぼれるほど泣いた。

自分のような男は、社会から葬られるのが当然である。けれども法廷、監獄——そんなことを考えるとさすがに気おくれがした。巧みに蹤跡をくらましておれば、そうした恥辱から遁(のが)れることが出来そうにも思われたからである。

しかし何故そんなことが気になるのか。妻や、両親や、友人や、その他尊敬する人々に累(わざわい)を及ぼしてならぬ場合とか、有名な人物であって名声(なまえ)が惜しいという場合なら格別だが、無係累で無名の彼が何でそんなことを思い煩う必要があろう。

彼は一枚の新聞を取りあげて、何心(なにごころ)なく読んでゆくうちに、さっと顔色を変えた。『ミロン画伯の失踪』という大標題(みだし)のもとに、長々しい記事が載(で)ているではないか。

彼は幾度もその記事を読みかえした後で、ふと考えた。会計係が公金を拐帯したの、偽(に)せ金使いが捕まったのということは、毎日のように起る事件で、人が殆んど注意を払いはしない。それだのに、おれが夜逃げをしたことを世間が大問題にしている。官憲はおれの行方を捜している。そして新聞がこの記事に多くの紙面を割(さ)いただけ、それだけおれの天才は社会から認められているのだ。してみると、おれは無名の一画家ではない。いつの間にか問題にされていい人物になっていたのだ――

そこまで考えると、急に入監ということが恐ろしくなって来た。恥と、恐怖と、自尊心で懊悩煩悶した。それから彼は幾日かを室(へや)に閉じこもって、もしや窓下へ警官がやって来はせぬかと、路地を通る跫音(あしおと)にも気をくばった。新聞も毎日熱心に注意して読んだ。

ところが『ミロン画伯失踪』の記事は、やがて一面から二面へ、二面から三面へと移されたが、彼の名がまったく出ない日が二日つづいて、その後三、四度ちょっぴり余聞のような雑報が載て、それっきりぱったりと杜絶えてしまった。もう彼の噂をする者もなく、警察でも捜査を止めたらしい。

彼は虎口をのがれた思いがした。もう何処へでも出歩ける体になった。漸とのことで自由を得たのである。

しかしそれにも拘わらず、彼は実に遣る瀬ない孤独を感じた。

やがて貧苦がやって来た。彼は仕事を探しはじめた。だが一体何をやったらいいのか。油絵、挿絵――いや迂闊りそんなものを描いたら大変だ。自分の画風が看破されて、忽ち足がつくだろう。

けれども糊口のためには、何か仕事をやって金を得なければならぬ。そこでまず教師の口を探したけれど、駄目だった。何処か事務所へ勤めようとしても、身元証明書が得られぬのでそれも出来なんだ。それで已むを得ずあらゆる種類の端た仕事に働いた。恐ろしく惨な筋肉労働さえもやった。服は破けて、汚点だらけになり、容貌はじじむさくなって、髪にも髭にもめっきり白髪がふえた。

「おれはもう駄目だ。いっそ自殺をしよう」

悲愴な決心をしたことも幾度だったか知れないが、いよいよという時になるとさすがに気おくれがした。

しかも心は絶えず昔をふりかえって、あの小さな画室で途方もなく大きな理想をえがいていた時分のことを思いだすと、何となく胸の底から希望らしいものが頭をもたげて来るのであった。

こうして歳月は流れて行ったが、どうにかして昔の自分に立ちかえるか、左もなくばもう一人の自分を創り出したいという、已みがたい欲求に囚われるようになった。そこで彼は更に辛苦を重ねた。食うものも食わずに、或るときは野天に寝たりして、零砕な金を蓄えはじめた。そうして一銭一銭と積んでゆくうちに、それが漸く少しばかり纏まった額に達した。そこで彼は白壁にでも、卓子の隅にでも手当りしだいに絵を描きはじめた。そうなると、眼に入るものが悉く絵になって見えると、不思議にも若々しい活気が旺然と盛りかえして来た。そこで彼は白壁にでも、卓子の隅にでも手当りしだいに絵を描きはじめた。そうなると、眼に入るものが悉く絵になって見えるのであった。そしてふところに百フランという金が溜まると、彼はいきなり汽車に乗りこんで、仏蘭西へ——巴里へ帰って来た。出奔してから十五年目で彼は帰ったのだ。

誰が彼を思いだそう。殆んど白髪になった頭と、長い頤髯と、脊が弓なりに曲った彼の姿を見て、誰が昔のミロンを認めよう。

彼は初め怖けて滅多に外出もしなかったが、追々と大胆になって来て、時たま美術店の前へ素見しに出かけたりした。その飾り窓に陳んでいる絵の中には、彼の修業当時から有名だった諸大家のほかに知らない新進大家の作もまじっていた。彼はそれらの絵をじっと見くらべていたが、曾て自分の技倆を誇ったことのない男だけれど、そのとき初めて確信を得たもののように、独りごとをいった。

「おれなら、もっと巧く描けるぞ」

彼は早速画布を一枚と、絵具と絵筆とを買って来て、旅宿の室で描きはじめた。

まるで長患いから癒（なお）りかけた患者のように、危っかしい手つきでふるえながら絵筆をはこんでいたが、やがてそれが仕上がると、一日一杯その絵を眺めながら考えた。

「いったい巧いのか、拙（まず）いのか」

彼はその出来栄えについて判断に迷った。が、思いきってロリオ——という出鱈目な名前で落款（らっかん）をした。それからその絵を小腋（こわき）にかかえて、或る美術店へ出かけて行った。

「僕は絵師（えかき）なんだがね、貧乏で困っているので、絵を一枚買ってくれませんか」

「誰方（どなた）の御作ですか」

「ぼ、僕が描いたのです」

「先生の御姓名（なまえ）は？」

「ロリオ」

「へえ、お気の毒ですが、只今は誰方（どなた）のもお断りしておりますので」

ミロンは蒼くなった。そしてぐっと唾をのみこんで、画布（トワール）を突きつけながら、

「見るだけでもいいから、見てくれたまえ」

美術商はちらとその絵をのぞいて、つかつかと前へ寄って来たが、一目見るとびっくりして、

「うむ、これは偉い」

とすぐに仲間の者を呼んで、

「おい、此絵（これ）を御覧。どうだい」

仲間はその画布（トワール）を手に取って眺めていたが、低声（こごえ）で、

「拙かアないね」

「拙くないどころか、素晴らしいもんだ」

「その爺さんが描いたのかい」

「そうだよ」

二人は暖炉棚の前で絵に見入りながら、ひそひそ話をはじめた。

「素的なもんだね、実に素的だ」

「誰に似ているかわかるだろう。尤もこの方がずんと偉いんだがね。そら、あの小品にそっくりじゃないか、放蕩者のミロンのさ」

戸口の隅のところでじっと待っていたミロンは、それを聞くと起ちあがって、

「な、何だって？」

「いや、放蕩者といったのは、先生のことじゃありません」美術商は笑いながら、「今、絵のお噂をしていたんですがね、先生の絵はミロンという画家の作によく似ていますよ」

「え、ミロンに似ているかね、ミロンに」

彼は不思議そうに自分の本名をくりかえした。

「ええ、此店にもミロンの小品が一つありますがね、先生はあの画家を御存じないんでしょう」

「知ってるよ」

「先生の絵は筆法といい、画趣といい、ミロンにそっくりですよ。もっとも先生の方がずんと

巧いんです。商売柄こんなことを正直にいっちゃ可けませんがね」

「いや、僕のが好いということもないさ」

とミロンは店先に懸っているその小品の方へ眼をうつしながら、いった。

「どういたしまして、先生は立派に腕が出来ていらっしゃるけれど、ミロンなんかは、ただ器用に描きなぐったというだけのもんです。較べものになりやしません。ですから先生、どんどんお描きになって私共へもっていらっしゃい。先生の御作なら何枚でもお引受けして、片っ端から捌いてお目にかけます。それで二ケ月もしたら人が先生の絵に目をつけはじめます。そして二年の後には一流の大家です。そのときはミロンなんか世間から忘られてしまいますよ」

ミロンは聞いているうちに、顔が蒼ざめた。昔ならそうした讃辞を喜んだでもあろうが、今の彼にとっては、それは苦痛の種であった。彼が心ひそかに愛慕していたのは、ミロンという昔の自分に外ならなかった。わが身でありながら二度と名乗ることの出来ないミロンが恋しいのであった。ロリオなんて奴が成功しようと、名を挙げようと、彼にとって何の意義があろう。ロリオは彼の本名でない。否、ロリオという者は彼の本尊であるミロンを蹴落そうとする赤の他人で、しかもそのミロンという名を永久に抹殺しようとしている恐ろしい競争者なのだ。

美術商はなおくどくどと巧い話をつづけたが、ミロンはもう聞きともなかった。てんで耳を傾けてもいないんだ。彼は想像した——客がミロンの絵を買いに来ると、この男はロリオの絵をば客の前へ突きだしてしたり顔にいうだろう。

『ミロンなんかよりもずっと好いのがあります。まア御覧なすって下さい』

ミロンはそれを思うと堪らなかった。彼は恰かも果敢なく失った恋を歎くような心持で、自分自身を弔った。

「ところで先生、いか程御入用なんですか」

訊かれて、ミロンは悲しげに眼をあげたが、相手の言葉が呑みこめないような風であった。

「御承知のとおり、初めっから十分の報酬を差あげるということは出来ません。半年や一年の間は、何といっても惰勢でミロンの方がロリオよりも売れましょう。新らしい作家のを売りだそうとすれば、顧客に対しても当分の間宣伝ということが必要なんですからね。その代りにその後はもう、ミロンなんか影も形もなくなってしまいますよ」

画家は相変らず黙りこんでいた。美術商は、報酬が少いから相手が躊躇っているのだろうと推量したので、

「それでは、うんと奮発して……」

といいかけると、ミロンは手をふって、

「いや、僕は時機を待とう。また来るよ」

「左様ですか。でも絵はおいて行って下さい。飾り窓の目立つところへ、ミロンのと入れ替えておきましょう」

「厭だ」

「無茶を仰しゃらないで、よく考えて御覧なさい。こんないい機会を遁すなんて、随分御損なお話じゃありませんか。実際、私どもが今貴方にしてあげるくらいに優待したら、ミロンだっ

てあんな馬鹿な真似をしないで、ずっと巴里にいられたでしょうよ、夜逃げなんかしなくてもね」

「それは左様かもしれんが」

とミロンはつぶやいた。

「ですから諾といって下さい。彼はふるえていた。わざわざお持ちになった絵をまたもって帰るなんて、あんまり子供らしいじゃありませんか」

「折角だけれど、返してくれたまえ」

「だがそれは……」

「返してくれたまえ」

ミロンは嗄がれ声で頑張った。眼はもの凄く光っていた。

「残念なこった。私どもは、先生をミロンよりも有名な大家にしてあげるつもりなんですよ」

「それは左様かもしれんが」

ミロンはもう一度低声でそういって、其店を立ち出でた。

日はとっぷりと暮れていた。

足早に街を急ぐ人々は、ぼんやりしているミロンを突きとばしてぐんぐん行き過ぎた。

それは湿々した陰鬱な晩であった。恰度十五年前に夜逃げをしたときもこんな晩であったことを、ミロンは思いだした。

彼は絵をかかえたまま歩道の上にぼんやり突立っていたが、何を思ったかその絵を高々と振りあげると、折しも車道を向うから驀進して来た馬車の前へぽんと投り(ほう)だした。

「何か落ちましたぜ」

誰かが注意すると、

「ええ、難有う(ありがとう)、知っています。何でもないんです」

その瞬間、額縁が馬蹄に蹂み(ふ)にじられ、車輪がその上を轢き過ぎた。殆んど音もしないくらいだったが、馬車の通った跡を見ると、ずたずたに破けた画布(トワール)が泥の中へ減り(め)こんで、灰色の断片が少しばかり、紙屑でも捨てたように残っているだけであった。

ミロンは踵(きびす)をかえして、再びかの美術店の飾り窓の前へやって来た。夜霧のために燈火(あかり)がぼやけていたけれど、飾り窓の中には、以前に描いた彼の小品が目立つ場所にかけられ、金色の枠に『ミロン』という彼の本名がはっきりと読まれた。彼はやさしくも熱心な眼ざしでじっとその絵をうち眺めた。

過ぎ去った日の思い出や、現在(いま)の境涯など、そこはかとなく心にうかんで来た。涙が一ト雫ほろりと頰を伝わった。

「哀れな老人(ポーヴル・ヴィウ)」

こう独語(ひとりごと)をいって、やがて鋪道を濡れ光らせている小雨のなかを、彼はとぼとぼと帰って行った。

自責

扉(と)が開いたけれど、私は廊下に立ちどまってもじもじしていると、

「此室(こちら)でございます」

私を迎えに来て其家(そこ)まで案内してくれた婆さんが、こういって再び促したので、私は思いきって入って行った。

室内(なか)はいやにうす暗くて、初めは低い蓋(かさ)をかぶせたランプの外(ほか)何も見えなかったが、だんだん眼が慣れて来るにしたがって、一箇の人影がぼんやりと壁にうつっているのを認めた。その影はじっとして動かなかった。何しろ痛ましく痩せおとろえて、殆んど骨と皮ばかりになって、顔なども尖々(とげとげ)しく見えた。

石油の臭(にお)いとエーテルらしい臭(にお)いが私の鼻をついた。しんとした死の国のような静寂(しじま)の中で、屋根のスレートを叩いている雨と、煙突に風のうなる音が聞えるだけであった。

「先生」

婆さんは寝台へ屈みこむようにして静かに声をかけたが、そのときに寝台がやっと私の眼にも見えて来たのであった。

「先生、貴方が会いたいと仰しゃったお方をお伴れしました」

するど影の主はあわてて半身起きあがって、

「ありがとう、マダム。もういいです、帰って下さい」

かすかな声である。

やがて、婆さんが扉を締めて出て行ったのを聞きすましてから、その声が改めて私に挨拶をした。

「こっちへお寄り下さい、貴方、私は眼が霞んで物の見分けもつかぬ上に、耳鳴りがしてお話もよく聞き取れません。どうぞ、ずっと傍へいらして下さい、そこに椅子がありましょう。お呼び立てして大変失礼でしたが、実は、是非貴方にお話ししなければならぬことがありますので」

彼は私の方へ顔をさしのべて眼をぎろりと見張った。そして震えながら覚束ない声で、

「貴方はジェルヌーさんですね。検事のジェルヌーさんでしょう」

と念をおした。

「そうです」

私が肯ずくと、安心したようにほっと溜息をして、

「これで、私もいよいよ告白が出来ることになりました」

とその年老いた病人は語りだした。

「先刻あげた手紙にはプリエと署名しましたが、あれは私の本名ではありません。御覧のとおり、私はもう死神に取憑かれているので、人相も変ってしまったでしょうが、幾らか昔の面影が残っているなら、おぼろげにも見覚えがおありでしょう。然しそれはまア何うでもいいです。

随分古いことですが、私はもと検事を勤めておりました。その頃は前途有望の法官という評判をとったもので、私も大いに名を成そうという考えから、自分の才能を現わす機会をねらっていると、巡回裁判で、或る事件が私にその機会を与えてくれました。それは或る小さな町に起った殺人事件です。巴里でならさほど注意を惹く事件でもないが、町が小さいだけに大変な騒ぎでした。

私は法廷で判事がその告訴状を読み上げるのを聴いた時から、これはなかなかの難事件だと思いました。犯行については詳細な調査が遂げられたけれど、犯人が自白をしないので、屢々自白から惹出される決定的事実というものが欠けていました。そればかりでなく、犯人と目ざされて法廷へ引出された男は、死物狂いに抗弁をしたものです。それがために法廷では、すべての人々の心持が疑惑から同情の方へ移って行きました。御承知のとおり、暗黙の間に満廷に行きわたる同情というものは、非常に力強いものなのです。

しかしそうした感情は、必ずしも法官を動かすには足りません。私は出来るだけ有力な証拠を挙げて、反証を片っ端から打ち破して行きました。被告の生活状態を洗いざらい暴露して、その弱点と素行とを指摘しました。私は陪審官に向って、恰度猟犬が猟師を獲物の方へ引張ってゆくように、犯行についてまざまざと目に見るごとき説明を与え、結局被告を真犯人であると断定しました。弁護士は極力私の論告を反駁したけれど無効でした。私は無論死刑を要求したので、その通りに判決が下りました。

つまり私は、自分の雄弁という自負心によって、被告に対して持っても然るべき同情というものを押えつけてしまったのです。で、その死刑の宣告は法の勝利であると同時に、私にとっては大いなる個人的凱歌でもあったわけです。

ところが死刑執行当日の朝になって、私は再びその男を見ました。私は牢役人が彼を寝床から呼び起したり、死刑の準備をしたりするのに立会っていたが、何だか底の知れない表情を湛えたその囚人の顔を見ると、私は突然に或る悩みを感じました。その時の細々のことまでも、今なお鮮やかに私の記憶に残っています。彼は少しも悪びれずに、役人のするがままに腕を縛られ脚枷をかけられました。私はその顔を見るに堪えませんでした。何故なら、彼は人間を超越した冷静な眼付でじっと私を見つめていたからです。

彼はいよいよ監房から斬首台の前へ引出されたとき、

『私は潔白だ！　無実の罪だ！』

と二度怒鳴りました。シッシッといって彼を黙らせようとした群衆が、却って黙りこんでしまいました。彼は私の方へ向き直って、

『私の死様をよく見届けて下さい、見ておく価値がありますよ』

傲然とそう云い放ってから、教誨師と弁護士とを抱擁しました。そして人手も借りずに独り

でぐんぐん斬首台へ登って行って、斧の下る刹那を泰然と待っていました。私にはそんな風に見えました。私は脱帽してそこに立っていたけれど、もう目がくらんで何が何だか分りませんでした。

　死刑が済んでからも、私は暫くの間頭が混乱して、何かわけのわからぬ懊悩でぼんやりしていました。何だか漠然と、その死んだ男が私に取憑いているような気がしてなりませんでした。

『初めは誰でもそういう感じがするものだよ』

と同僚が慰めてくれるので、なるほどそんなものかと思いました。が、時が経つにしたがって、その懊悩の理由がはっきりと解って来ました。それは確かに或る『疑い』から来ているのです。そしてそれに気づいたときから、私は心の平和というものが失われてしまいました。

　裁判官が苟にも一人の人間を死刑に処した後の気持は、貴方も十分に御承知でしょう。誰だって『あれが万一無実の罪であったら何うしよう』と惑わぬわけにはゆかぬのです。そこで私は全力をあげてそうした考えと闘いました。無実の罪だなんてそんな馬鹿なことがあるものか、おれの方が正しいんだと、強いて自から信ずるように努めました。

　私は自分の理性と、正常な感情とに訴えました。が、理性は常に『あの事件を裁断するについて何の実証があっただろうか』という疑惑のために押えつけられるのでした。しかも犯人の最期の有様を考えると、あの冷静に冴えた眼付が私の目前にちらつき、あの落ちつき払った声が聞えます。誰かが私に向ってこんなことを云いました。

『あの犯人は実によく抗弁したね。あれで無罪にならないのが不思議だ。僕は正直にいうが、君の弁論を聴くまでは、てっきり無罪だと思ったよ』

それを聞くと、私は再び斬首台の幻影（まぼろし）に悩まされるようになりました。

陪審官のそれにも優る傍聴席の疑惑――それをば発止（はっし）と打ち静めてしまったのは、私の功名心と雄弁の魅力であったのです。あの男を殺した者はたった一人の、この私なのです。もしも彼が潔白であったとすれば、その潔白な彼を死刑に処したという奇怪な罪悪の責任は、当然私が一人で負わなければなりません。

さアこうなって来ると、何かしら申開きを立てるとか、良心の苛責を免れる方法を講じない以上は、とても安心が出来ません。で、私はこうした悩ましい懐疑から脱却するために、ごく内密に事件の再調査をはじめました。

一件書類やノートを調べている間は、私の確信は前と変りませんでした。が、それ等は要するに私のノート、私の書類に外ならぬので――即ち私の偏頗（へんぱ）な感情と、囚われた野心と、遮二無二彼を罪に陥（おと）そうとする私の必要からつくり上げたものなのです。そこで、更に他の方法を考え、法廷に於て被告に対して発せられた訊問や、その答弁や、証人達の証言などを調べました。なお当時曖昧であった点を明白にするために、犯罪の行われた家と、その附近の街とを、見取図や地図について丹念に検（しら）べ、犯人が使用したという兇器を手に取っても見たし、裁判のときに気づかなかったり、却下されたりした他の証人にも一々会って談話（はなし）を聴いたりして、何遍となく繰りかえして調べた結果、ついにその男が無罪であったという結論に達しました。

ところが皮肉なことに、その頃急に昇級の辞令が私に下りました。それは即ち横車を押した代価であって、私にとっては恥の上塗りに外ならぬのです。

私は臆病でした。堂々と理由を述べることが出来ないので突然に曖昧な辞表を出したまま、旅に出てしまいました。しかし何んなに遠くへ行っても『忘却』というものが私を待っていてはくれませんでした。煩悶が何処までもついて廻ります。それで、何等かの方法によって自分の罪過を償いたいということが、私の唯一の願望になりました。しかしかの男は刑場の露と消えてしまったし、それに彼は元来浮浪人だったので、私の賠償をうけてくれる家族も親戚もありませんでした。

こうなると、私としては、自己の過失を社会に向って告白することが唯一の正しい道なのですが、生憎私にはそれだけの勇気がありませんでした。同僚の憤慨と侮蔑を恐れたのです。

そこで最後に、この罪過を償う方法として、世間の困難している人々、殊に罪ある人々を救護するために、自分のあらゆる財産を捧げようと決心しました。私などは人間を刑罰から免かれしむべく、最も粉骨砕身せねばならぬ男なのです。それで私は、あらゆる世俗的栄華をふり捨て、安易と逸楽を却け、身を休める暇もないまで奔走しました。それ以来友人知己から全く遠ざかって、孤独な生活をつづけたせいか、私はめっきり老こみました。そして自分の生計費をば極端に切りつめて、最近四、五ケ月この屋根裏へ来て暮らしているうちに、計らずも病気に取りつかれました。私はここでこのまま死にたいと思います。で、貴方に折入ってお願いしたいことは……」

老人の声は次第に微かになった。私はその言葉を聴きわけるために、震える唇をじっと見守っていなければならなかった。

「私は、この話を自分と共に葬ってしまいたくはありません。どうぞ貴方から法官諸君に伝えて下さい。そうすると、裁判官というものは法によって公平に審(さば)かねばならぬもので、何でもかでも人を処罰する目的で法廷へ出るものではないという教訓にもなりましょう。なお、検事たる者が求刑をする際には、こうした誤審の恐ろしさをも考えて貰いたいのです」

「きっとお望みどおりに伝えます」

と私が請合(うけあ)った。

老人は顔が鉛色に変って、手先がふるえて呼吸が切迫して来た。

「もう一つのお願いは、私の財産——不幸な人達に分けきれなかった金が幾らかその抽斗の中に残っています。私が死んだあとで彼等に施して下さい。私の名前を出さずに、今から三十年前に私の誤審によって死刑になった男の名——ラナイユという名によって施して下さい」

「え、ラナイユですって？　それは私が弁護した被告ではありませんか。私はその時分弁護士だったので」

老人はうなずいた。

「そうです。だから特に貴方にお出(い)でを願ったので——この告白を是非貴方に聞いて頂きたかったのです。私は元検事のドルーです」

彼はそういって、天に向って両手をさしのべるような身振りをやって、

「ラナイユ、ラナイユ……」

と口の中でかすかに繰返した。

私はこの瀕死の老人の無残な有様を見ると、堪(たま)らなくなって叫んだ。

「検事殿、検事殿、あのラナイユという奴はやはり真犯人でしたよ。彼はそのことを死刑執行の日に告白しました。あの日断首台の下で私を抱擁したときに残らず打開(うちあ)けたのです」

私は思わず職業上の秘密を洩らしてしまった。しかし老人は枕の上に俯伏せになって、はや縡切(ことき)れていた。

私はこれを思いだすごとに、かの殉教者が、私のあの言葉を聞取ってから死んで行っただろうと信ずるように努めている。

誤　診

「先生」

とその男はいった。

「僕に結核があるかどうか、御診察の上で、包みかくしのないところを仰しゃって下さい。大丈夫ですよ、僕は確かりしています。どんな診断を聞かされたって平気なもんです。第一、先生はぶちまけていって下さる義務があります。それに、僕は自分の病状を知っておく権利があると思う。ですから是非聞かして頂きたいんです」

ドクトルは一寸ためらったが、肱掛椅子を退らかして、火の燃えさかっている暖炉の棚へ倚りかかりながら、

「承知しました、着物をお脱ぎなさい」

そして患者が服を脱いでいる間に、問いをかけた。

「衰弱を感じますか。寝汗はどうです……朝、明け方にはげしい咳が出るようなことがありま

せんか……御両親はお達者ですか。うむ、何病でお亡くなりでしたかね……」

患者はやがて上半身だけ裸になって、

「さア仕度が出来ました」

ドクトルは打診をはじめた。患者はその打診音の一つも聞きもらすまいと踵をそろえ、両腕をさげ頤をつき出して、耳を澄ました。ひっそりとした室の中にその指の音が鈍い音調でひびいた。

それから長い念入りな聴診をやったが、それが済むと、ドクトルは笑いながら軽く男の肩をたたいていった。

「着物をきてよろしい。貴方はえらい神経家ですね。だが保証します、何処も何ともない。些とも悪いところはない……どうだね、これで満足しましたか」

服を着かけていたかの男は、両腕をあげたまま、シャツの前穴から顔を出したところだったが、薄笑いをうかべながら屹度ドクトルを睨みつけて、

「えええええ、大満足」

彼はそれっきり黙って着物を着てしまったが、ドクトルが卓子に向って処方を書いているのを見ると、

「そんなものは要りません」

と手真似で制めて、かくしから取りだした一ルイの金貨を卓子の隅においた。それから彼は坐りこんで語りだした。声は少しふるえを帯びていた。

「さてお話がある。外でもありませんが、今から一年前に一人の患者がここへやって来て、僕が今いったように、ぶちまけて真実のことを教えて下さいとお願いしたんです。そのとき貴方は診て下さったが――随分ぞんざいな診察でした――そしてその患者に、結核でしかも非常に手重いと宣告しましたね。いや弁解しなさんな、僕は嘘はいわない。それから貴方は、結婚も可けないし、子供は尚更生んでならんと云ったではありませんか」

「左様かなア、私は思い出せないが」とドクトルはつぶやいた。「そんなことがあったかも知れん。何しろ大勢の患者なんだから。しかし貴方は何でそんなことを問題にするのかね」

「何を隠そう僕がその患者だったのです。独り者といったのは嘘で、僕はすでに妻子をもった一家の主人でした。あのとき僕が帰ったあとで、貴方は僕のことなんか考えても見なかったんでしょう。貴方から見れば僕なんかは、毎年肺病で死んでゆく何千という惨めな患者の一人に過ぎないんだ。しかしそのおかげで、僕は実に恐ろしいことになったのです」

彼は手でちょっと涙を払って、語りつづけた。

「あの日家へ帰ると、妻や小さな娘たちが待っていました。冬の寒い時であったにも拘らず、家の内は愉快でした。暖炉には火がかんかん燃えていて、室には暖かい幸福と優しさが溢れていました。あの日までの僕は、帰宅の時刻――愛する者達に取り囲まれて骨休めをする時刻が来ると、心が勇み立ったものです。妻の接吻も、子供達の抱擁も、ほんとうに嬉しかった。で、僕はその時刻を待ちかねて家へ帰って来ると、その瞬間に、どんな心配も仕事の疲れもからりと忘れるのでした。ところがあの晩は、妻が僕に唇をのべたとき僕は撞きのけました。小さな娘達が僕へ搦まろうとして駆けて来ると、それをも押しのけました——貴方が僕の心に蒔いた種が芽生えて来たのです。

僕達は晩餐の卓子についたが、食事中僕は心配な顔を見せまいとして一生懸命に努めました。しかし僕は悲しかった。この者達は直きに僕と死別れねばならん。後には貧しい家庭が残る。そして娘達は父親なしで寂しく育つだろう——そんなことを思うと、この胸がはり裂けるようでした。

どうせ助からないにしても、他の病人だと、後に残る者達を心ゆくまで抱擁して、彼等の面影をあの世へまでもってゆけるという慰藉があります。ところが僕の場合は、人に近づくということが非常に危険なのです。『死』を背負ってるんですからね。生きながら生木を割くように人から隔てられて、もはや他人の歓びに加わる資格を失ったのです。

寝床へ入る時間になると、子供等はいつものように『お寝み』の挨拶をするために抱きついて来たが、僕は彼等を押しのけました。僕の口——この恐ろしい口を彼等に触れてはならぬのです。

子供等が寝たあとで、僕も寝室へ入りました。家の中も、街も、次第にひっそりと更けわたりました。僕は電燈を消して、妻の傍へ身を横えたけれど、なかなか眠れない。妻のすやすやと寝んでいる平和な寝息が聞えていました。

眼が冴えるままに、悲しいことを思いつづけていると、時の経つのが馬鹿にまだるっこしいものです。僕は両手で胸を押えて、指先で肺の悪い部分を探しあてようとしました。けれど、痛くも苦しくもない。で、貴方の診断が出鱈目じゃないかと疑ったくらいです。ついには貴方が間違ったんだと信じきって、専らそれに望みをかけました。まったく、そうした無茶な考えも起したくなるんです。

『僕が結核だなんて、そんなことがあるものか。もう一度外のお医者に診て貰おう』と僕は決心しました。

と、突然次の部屋で咳入る声がしたので、僕はぎょっとしました。咳は子供部屋から再びひびいて来たが、それは乾いた、鋭い咳で、しまいにごほんごほんとやりだしました。僕は恐ろしくなって、妻の方へ手をのべたけれど、眼を覚まさせるのも気の毒なので、そのまま耳を澄ましていると、咳はまた起りました。僕は起きて子供部屋へ行ってみると、そこには仄ぐらい燈火が点いていて、彼等はめいめいの寝床に寝んでいたが、長女の顔がぼうっと赤くなってるので、触ってみると熱があるようです。それで僕は彼女の上にかがんで、様子を窺っていると、彼女は数回咳をして、苦しそうに寝がえりをうちました。それからなおときどき咳がつづきました。僕はやがて自分の寝床へかえったが、枕につくと同時に、或る恐ろしい考えが浮んで来ました。あの娘も僕と同じ結核だ。てっきりそれに違いないと思いました」

かの男は膝の上で拳骨を堅め、少し前へのしかかるようにして、詰るような口吻で後をつづけた。

「貴方はあのとき、御自分の診断がどういう結果を与えるかを考えもしなかったでしょう。ところが、その翌くる日が堪らないんです。僕は娘の病気を妻に告げるも気の毒だし、お医者を招ぶ勇気もありませんでした。お医者の診断（みたて）は大てい察しがついたし、またそうした宣告を聞かされるのが辛かったのです。僕は臆病と恥かしさで、それっきりになっていました。けれども心は休まらない。もう伝染なんかの問題ではない。もっともっと恐ろしい妖怪（ばけもの）が僕の前に立ち現われたのです。それは遺伝という奴です。子供等は僕の眼付や毛色を遺伝したと同じく、僕の病気をも遺伝したにちがいない。仮りにその忌まわしい法則から免れたとしても、彼等に接近していた僕が、すでに病気を感染させてしまったのです。

なに、想像に過ぎないって？　冗談いっちゃいけません。貴方がたお医者達が、新聞雑誌だの講演会に意見を発表して、無学な公衆に向ってそうした智識を吹きこんで来たではありませんか。僕はそのとき、前々から読んだり聴いたりしたことが、記憶に沸きかえったのです。妻や娘等が次々に衰弱して、健気にも病苦と闘いつつ、最後にのっぴきならぬ臨終（おわり）がやって来る。僕はそれを眺めていなければなるまい。彼等の痩せ衰えてゆく顔や体に、病気の進行をありありと見せられるでしょう。しかもどんな科学の力だって、この避けがたいものを救うことは出来んのです。

ところでお聴きなさい。人は或る場合には、避けがたいとわかっている苦痛ならそれを除いてやる義務がある。また人は自分でこしらえたものを解体する権利がある。肉体の苦悩（くるしみ）をうけるばかりでどうせ助かる見込のない者なら、その生存を止めて、楽にしてやる権利がある。僕は煩悶の結果、こう信ずるようになりました。つまり運命の神の代理に立って、そうした苦患（くげん）から彼等を救うてやろうとしたのです。

貴方はふるえていますね。先きを聞くのが恐ろしいんだね？……そうです、僕はこの手で妻子を殺しました。ああ殺したとも。わかりましたか。皆んな毒殺してやったのです。迅速に、手際よくやっつけたもんだから、誰も感づいた者はありません。

初めは僕も一緒に死ぬる考えだったが、しかし、僕は自から罰をうけねばならぬと思いました。尤もその罰は、彼等を殺したためにうけるのではありません。殺したことは正当だと信ずるからです。それよりも寧ろ、彼等を生んだがためにです。僕は彼等を生の重荷から救い、苦患から自由にしてやった代りに、今度は僕がその重荷と苦患を一身に背負って、死物ぐるいの生涯を送ろう。おそらくそれ以上に大きな贖罪がなかろうと決心しました。ところが不思議じゃありませんか。妻子が死んでから数週間経って、僕は元気が出て来たんです。胸の痛みが去って、血痰も止まりました。食慾が旺んになって、肉がついて来ました。そうです、僕は肥りはじめたのです。

最初、これは何か微妙な作用で病勢がちょっと停滞したに過ぎないので、後に一層はげしく盛りかえして来るだろうと思っていました。ところが数ケ月後には、僕は全快を認めなければなりませんでした。まったくけろりと癒ったんです。一体どうしたんでしょう。病気が癒ったのか、それとも僕は最初から結核ではなかったかも分らん。こうした漠然たる疑いが、しだいにはっきりと頭にうかんで来ました。この恐ろしい意味がお判りですかね？　つまり僕が結核患者だったら、自分のやったことは正当だが、結核患者でなかったとすれば、僕は理由もなく、徒らに人殺しをやったということになります。

僕はそれを確かめるために、一年間待ってみました。その間に、僕は病気をぶりかえさせようとして、あらゆる不摂生をやりました。しかしどうしても駄目でした。そこで僕は、たしかに貴方が間違っていた、しかもひどい誤診であったということを確信すると同時に、悲しくなりました。曾て泣いたことのない僕も、それからというものは、極端に涙もろい男になりました。ああ僕は生涯を誤った。罪もない者達を殺した。そして、永久に悲歎の涙にくれなければならなくなったのです。これも皆んな貴方の誤診のお蔭です。それで今日は、貴方の口から、誤診したということを告白させるためにやって来たんです」

彼は起ちあがって、腕ぐみをして、

「ところが、貴方は迂闊それを告白してしまったんだ。貴方は先刻僕を診察して『何ともない、何ともない』といったときに僕の眼付を見なかった。ええ確かに見なかった。もしも僕の眼付を一目見たなら、貴方はふるえ上ったにちがいない。何故なら、これから僕が云おうとすることを、あの時すでに察しただろうから……」

するとドクトルは真蒼になって、どもりどもりいった。

「そりゃ私だって誤りがないとは云えない。近頃の医学界では、この結核という考えが煩さく何にでも附纏うようになったものだから、我々もついそれに釣りこまれて、一過性の、偶発性のラッセルでも、誤って結核と解釈することがある。私が間違ったかも知れない、いかなる名医だって誤診ということは免れないんだから。ドレもう一度拝見しましょう」

そのとき男はからからと凄い笑い方をして、

「もう一度だって？　人を馬鹿にしちゃいけない。切先（きっさき）へ飛びこんだ上は、今さら体（たい）をかわそうたって駄目だよ。何処も何ともないと貴方が明言したではないか。僕は何ともないのだ。今度は僕が無条件で貴方の言葉を承認しよう。

　しかし貴方のおかげで僕は人殺しをやったんだ。貴方は共犯者だ。なに、意識しない共犯だって？　そんなことがあるもんか。貴方が首脳（セルヴォ）で、僕は手先（ブラ）だったのさ。『正義の裁判（さばき）は唯一にして不変なり』っていうから、僕――『神経家（ネルヴー）』の僕が審（さば）いて、判決を下して、そして刑罰を行ってやろう。貴方が先きだ、それから僕だ」

　轟然二発の銃声がひびいた。召使が駆けつけたときは、二人は仰（あお）のけに倒れて縡切（ことき）れていた。

　脳漿と鮮血が卓子（テーブル）へはねて、その上にあった、

　　臭（しゅう）剝（ぼつ）　一五・〇
　　蒸　水　………

と書きかけた処方箋にも、一点の紅い汚点（しみ）が附着していた。

見開いた眼

寝床に仰向きになっていたその死人は、実に物凄い形相だった。
体はもう硬直していたが、頭髪は逆立ち、口を歪め、唇は上反って、両手で喉を掻きむしる恰好をしていた。そして小さなランプが一つ点っている薄暗い室の中に、なお生けるがごとくかっと見開いた両眼には、最後に何か恐ろしいものを目撃した恐怖の跡が、まざまざと残っていた。

その傍で、警部や警察医や刑事達に取囲まれた一人の下男が、不気味な屍体を見まいとして、自分の顔へ手を翳しながら、話をつづけた。

「十一時頃だったと思います。旦那様はもうお臥みでしたが、私は自分の部屋へ退ろうとしていると、叫び声がしました。ハイ、たしかに叫び声です。私はいきなり階段を駆け登って、旦那様のこのお室の戸を叩きましたが、御返事がないものですから、室内へ入って御様子を見ると、思わず後退りをして大声で助けを呼びました。ところが、そのとき、ランプのあたりに二個の人影がちらついたのを認めました。で、私は飛ぶように階段を降りて、庭を突切って、お届けに行ったんですが、その間に誰も此室から逃げ出せる筈がありません。何故って、私は戸口を二重鍵で締めておきましたし、どの窓も厳重な格子付になっておりますので」

「うむ、お前の考えで怪しいと思う者がないかね。その人影っていうのは、判然と見たんじゃないのか」

　下男は漠然たる身振りをやって、少しもじもじしながら、言葉をつづけた。

「実は、こうなんです——二年前から小間使が一人住込んでおりまして、つまりお妾ですが、旦那様は六十四で、その女はまだ若いものですから、とうとうお気に入りになって、鍵を預るといったようなわけで、いずれ遺産を相続するだろうなんて噂もありました。それだのに、その女は夜分に男を引入れたりなんかしまして……私達もこれまでは秘密にしておきましたが、どうも警察の方がお出になった上は、何もかも申し上げないわけに行きません……それで先刻私が見た人影というのも、実はその男女だったのでございます」

「それは重大なことだぞ。間違いがあるまいな」

「わかっております」

　下男はきっぱりと答えた。

「よしっ、その小間使をつれて来い」

　小間使は寝乱れ姿の髪も整えずに、ふるえる手先で下着の襟をかき合せながら入って来たが、

「わたしは何も存じません」

と問われぬ前から、はや涙ぐんで弁解した。

「ドクトル、屍体を検案して下さい、成るだけ動かさんようにしてね」

警部は警察医にそういってから、女の方へふり向いて、

「お前を呼びにやったとき、お前は何処にいたのだ」

「わたしの部屋におりました」

「お前だけか」

「あら……」

それは全く自然に出た調子であった。

寸時皆が黙りこんだ。と、女は俄かに歯の根も合わぬほどがたがたふるえだした。

「何故怖がるんだ。何がそんなに怖いのか」

彼女は頤で屍体の方を指して、

「あれ、あれ……旦那様が……わたしを睨んで……」

「なアんだ、馬鹿馬鹿しい。確かりしろ。ところで、お前はこの人のお妾だったそうだな」

彼女はちぢこまって、両手を喉へあてたまま、死人の眼をじっと見つめたが、

「わたしはもう、怖くて見ていられません」

「お前も、情夫も――お前には他に情夫がある筈だ――この人が大変な金満家っていうことを知っていただろう」

「存じません。それに、わたしは情夫なんかございません」

「今夜此家(ここ)へ忍びこんだ男は何人(だれ)だい」

「存じません」

「お前は先刻(さっき)誰と一緒に階段を逃げたのか」

「存じません」

「そんなら、今この室(へや)の外で二人の警官に捕まっている男は何者(なん)だい」

「相済みません……わたしは嘘を申しました」彼女は首をうな垂れて、口ごもりながらいった。

「けれども、その外のことは何も存じません」

　そのとき警察医が、

「ちょっと此処(ここ)へ」

と警部に声をかけた。

　女はまたふるえだし、両手に顔を押しかくして、

「おお怖わ……旦那様が、わたしを睨んでいます……どうぞ、わたしを彼方(あっち)へつれて行って下さい……」

　警察医は屍体にかがみこんで指で触りながら、低声(こごえ)でいった。

「何でもなさそうです。別段に変った点もありません。暴行をうけたらしい形跡は全然ないし、擦過傷すらもないんですからね」

「そんなら毒殺かな」

「毒殺といっても、暴力による毒殺なら、やはり一種の暴行ですよ。何故って、毒を嚥下させ

るためには、喉を引絞めるとか、鼻を押えなければならないもので、随（したが）ってそこに何か徴（しるし）が残らねばならんわけです。鼻の上に爪痕があるとか、掻き痕（きず）とか、頸を絞めつけた痕（あと）とか、とにかく、そうした痕跡がなければならんわけです」

「そんなら、死因をどう説明しますか」

「まず脈管閉塞か、心臓痲痺か、でなければ動脈瘤破裂でしょうな」

「つまり自然死なんですか」

「勿論そうです」

「だが併（しか）し……」

そのとき、まだ両手に顔をかくしていた女が、一層はげしく喚き立てた。

「彼方（あっち）へつれて行って下さい……旦那様が、わたしを睨んで……おお怖わ……」

「だが併（しか）し」警部は低声（こごえ）になって、「この女が怖がるのも無理がありませんよ。死人を御覧なさい。いったい自然死で、こんな物凄い顔になりましょうか。不気味な死人には慣れっこになっているわしでさえ、真正面（まとも）に見られんくらいですからね。わしは、ピストルで脳天を射抜いた奴も見たし、脳漿が血潮に浸っている部屋へ踏みこんだり、女子供の惨殺された屍体だの、松火（たいまつ）のように燃えながら死んだ焼死者も見たが、この死人のような物凄い顔は、見たことも想像したこともありません。どうです、この眼、この表情、そしてこの開いた口は。貴方が何といったって、自然死でこんなひどい形相になるとは思えないんですがね」

「おお怖わ……わたしを睨んで……」

と女は相変らず口走っていた。

「それに、この女は狂気でもないのに、こんな風です。お聴きなさい、『わたしを睨んでいる』なんて喚いています。そら、まるで魔攻か、歌曲の折返しでも唱えているような調子じゃありませんか。犯罪者はよくこれをやりますよ。被害者の傍へ引きだすと、彼等はきっとこんなことを口走るもんです。自分で殺した者が断末魔の形相や姿勢のままで死んでいるのを見たら、そりゃ堪らんでしょう。とにかく、わしを信じて下さい、間違いっこありませんよ」

警部はちょっと黙りこんで、女から死人の方へ視線をうつした。死人の眼は相変らず不可思議な闇を見すえていた。

女は間断なしに例の忌わしい歎願をくりかえした。

「彼方へつれて行って下さい……わたしを睨んでいます……彼方へつれて行って下さい……」

しかし誰もそれに取合おうとしなかった。

警部はまた声をひそめて、

「ああドクトル、解った、解った。そこで最後の叫びが何のためで、何故暴行の痕跡が残らないかを説明しましょう。まず、女が情夫と二人で此室へ忍びこんだことは、疑う余地がありませんね。彼等は主人が眠っていると思ってそっと戸を開けました。その目的が物盗りであったか、殺人であったかは審問の上で判りましょう。ところが主人はその時まだ眠らずに半醒していたんです。ランプが消されていなかったのが何よりの証拠です。つまり主人は、戸の蔭から、多分兇器を所持した不気味な二箇の人影が室内へ忍びこんだのを見て、きゃっと声を立てたの

「もう我慢が出来ません……」女はか細い声で呻いた。「もう可けない……わたしを睨んでです」

「……」

「この女を彼方へ連れだしましょうか」

一人の刑事が訊くと、警部は、

「いや、此奴狂言がうまいんだ。こっちへ連れて来い、寝台の頭へ。そうそう、そこなら死人の顔が見えまい。死人は寝がえりを打ちはしないからな……どうだ、これで気が落ちついたか。もう怖い顔が見えんぞ」

女はほっと溜息をして、それっきり例の歎願をやめた。

そこで警部は説明をつづけた。

「今もいったように、老人は恐怖の叫びをあげたのです。殺されかけたのでなければ、夜中にそんな消魂しい声を立てるわけがないんですよ。ところが忍びこんだ二人は、その叫び声にぎょっとして階段の方へ逃げだしたがそのときに、下男が二人の姿を認めたのです。だから文字通りに殺人が行われたのではないが、主人は彼等が手を下す前に、恐怖のために死んだのです。医学上から見て貴方の御意見はどうですか」

「それは、医学上あり得ないことではない。大方そんなことに違いないと思いますがね、たった一つ腑におちない点があります。屍体を御覧なさい、首を縮めたなりで正面を向いていますね。そしてこの視線を辿ると、まっすぐに寝台の裾の方を睨んでいます。ところが、犯人等が入って来たという戸口は別の側にあって、三メートル以上も右へ片寄っているじゃありませんか。そこで死人のかっと開いている眼は、果してその戸口を見ていますかね、どうです」

「それで？」

警部が問いかえしたとき、人々はきゃっという叫び声を聞いた。見ると、女が突然に鯱こばって、口を歪めて両手で喉を掻きむしりながら、はや呼吸を引取るところだった。人々は彼女が仰向けに打倒れるのを恐れて早速抱きとめたが、彼女は首を縮め、眼玉をかっと剝いて前方を凝視したまま、体はもう硬ばっていた。

下男はふるえあがって、

「不思議ですね、今のこの女の叫び声は旦那様のと酷似でございました」

すると寝台の裾の方に立っていた誰かが、ふと主人の死顔と女の死顔とを見くらべて、

「この二人の死人は、眼付が酷似ですね……ひょっとすると、死際に同じものを見たんじゃないでしょうか」

「おお君のいうとおりだ。此女に罪はない」

と女の屍体を運ぼうとして胴中を抱えていたドクトルが、だしぬけに叫んだ。

「そら、いたぞ、いたぞ……老人の見たものが……そして、この女の見たものが……」

羽毛布団の下から、真黒なものがむくむくと姿を現わした。それは一疋の大蜘蛛だった。腹のふくれた、背の盛りあがった、恐ろしく巨大なその天鵞絨色の生物が、逞ましい毛むくじゃらな肢を毛布にふん張って、寂然した沈黙にかさこそと音を立てながら、死人の不気味な顔へ

のっそりと這いあがって来たのであった。

無駄骨

そのジャン・ゴオテという男は、見たところ、ちっとも危険な犯罪者らしくなかった。年齢はちょっと見当がつかないが、弱そうな小柄の青年で、何だか子供の時分から病身で悩んで来たという風であった。ときどきそそっかしく鼻へあてる近眼鏡の蔭にさまよう眼付なんか、ほんとうに静かで柔和だった。叱られて怖々している子供といった方が適当なくらいで、これが人殺しをした青年とはどうしても思えなかった。

ところが彼は実際、人殺しをやったのである。そして犯行後数時間目に逮げられたのだが、警官から肩を押えられると同時に、何等悪びれた風もなく、自分が犯人であることをまっすぐに自白してしまって、しかしそれ以来、頑固に口を噤んでいたのであった。

「おい」予審判事が或る日彼を詰問した。「お前は被害者と全然無関係で、また、その家から何も盗まぬと云ったな。そんなら何のために彼を殺害したのか」

「別段に理由はありません」

「いや何か理由があっただろう。やたらに他人の家へ入りこんで人を殺すということは出来るものでない。いったい、何のためにあんなことをやったのか」

「目的もなくやっつけたのです」

「いや、あの男は、お前に対して何か不都合なことでもしたんだろう」

青年はもじもじして眼を伏せて、曖昧な身振りをしながら、

「左様じゃないんです」

口の中で呟いていたが、何を思ったのか急に調子をかえて、

「ええ実は、出鱈目にやったことではなくて、理由があったのですが、最初に否定したものですから、つい云いそびれてしまいました。そればかりでなく、有態に申しあげにくい事情がありましたので——

実は、私は私生児でございます。母は貧苦のために非常な苦労をして私を育ててくれました。あの時分のことを思いますとほんとうに惨めなもので、私たち母子は、涙の乾く隙とてもありませんでした。学校へ行くと皆が私を『父なし児』だといって弄りものにします。私はわけが解りませんでしたが家へ帰って母に訊きますと、母は両手を顔にあてて泣くものですから、子供心にもそれはきっと悲しいことにちがいないと思って、それっきり父なし児という言葉は口にしませんでした。

母は身の上話や愚痴っぽいことは、ついぞ一度も云ったことがなく、黙って死んで行きました。母が亡くなったとき、私は十四でございました。

たった十四で、私は独りぼっちになったのです。親戚は無論のこと、友達というものもありません。そんなわけで、私は自分で生活を立てる前から、もう世の中というものが厭になっていました。

しかし実をいうと、初めはそれほど辛くもありませんでした。私は或る家に奉公に出まして、食べものも寝床も与えられ、ときどきは着ぶるしの着物なども貰っていました。

それから六年経って、二十歳の時から一本立ちで生活することになりますと、初めて貧乏の辛さが解って来ました。私は或る問屋の記帳係に雇われましたが、一ケ月百フランという薄給で二年間も辛抱しました。

勤め人となれば、服装も相当に小綺麗な、しゃれたものを着なければならぬのです。それで、服代を浮ばせるためには、食べものを節約して、一日一食で我慢しなければなりませんでした。而もほんの少しばかり食べるのです。ときどき、往来をあるきながら眩暈がして、頭がぼうとして、今にも倒れそうになるものですから、人家の壁などに倚りかかって漸と体を支えました。空腹の故だったのです。

ところが或る朝店へ出勤しますと、主人が申しますには、

『どうもお前の仕事っぷりが気に喰わん。お前はこの頃ときどき間違った帳記けをやる。つまり仕事に身を入れていないからだ。それに、いったい服装がだらしない。わしはそれも気に入らぬ。うちの店に勤める者は第一に服装からしてきちんとしていてくれなくては困る』

と、主人は生地の綻びた私の上衣の裏に触ってみて、

『こんなものを着て店へ出て来る奴があるもんか』

云いわけをしても、主人は聴きません。

『何をいうんだい。着物なんかは、少し気をつけると幾らも小綺麗にしていられるものだ』

とがみがみ云います。店員達が私の小言をいわれている傍を行ったり来たりしています。その小言を彼等に聞かれはしないか——そう思うと私は血が逆上するのを覚えました。

その日は、まるっきり物を食べませんでした。胃の腑が空っぽになると頭の方が鋭敏に働きます。帳記けをしながらもほろほろと涙を流しました。饑と恥で止め度なく泣きましたが、そのとき不図、たとえ母が死んでも父親というものがある。私は全然独りぼっちになったのではないということに気附きました。

そう思うと何となく力強くなりました。それで、結局、父親を訪ねよう、会って事情を愬えたなら父親は金持ちだから助けてくれるにちがいない——そんな風に決心しました。

翌くる日、私は父親の許へ訪ねて行きました。そのときは、彼に対してほんとうに優しい心持が私の胸に湧きおこっていたのでした。

父親は小柄で脊が曲って、蒼白い顔をした、足元も覚束ない老人です。長患いでひどく衰弱していました。彼は私が入って行くと、いきなり、

『お前は何者だ。何の用でやって来たのか』

その無愛想な声をきいて私はぞっと寒気がしました。それでも吃り吃り訪問の趣意を話しはじめると、彼は身ぶるいしながら慌てて、

『しっ、声が高い。もっと低声でいえ。人に聴かれると困るじゃないか』

彼は出来るだけ早く話を切りあげたい風でした。そして私を戸口から押し出して、

『住所書きをおいて行け。お前のために何うしたらいいかを考えよう。よしよし、考えておく。わしは病気で会えないが、手紙をやるぞ』

何だか曖昧な挨拶です。それで、私は千々に乱れた胸を一生懸命に落ちつけようと努めながら、宿へ帰って来ました。

その後まる一週間待ったけれど、返事がありません。といって、私は再び訪ねもしませんでした。老人の気を顛倒させることを恐れたのと、何ぼ何でも私を見殺しにすることはあるまいと信じたからです。

しかし私は、訪問する代りに、父親の家のあたりをぶらつきました。そして、秘密を気づかれないように要慎しながら、近所の人にそれとなく様子を訊ねると、

『ふむ、あの人ですか。どういう御用か知らんが、何かお頼みの筋ならまア止した方がいいでしょうよ。鋪石よりも冷い人ですからね。だがあの人もああして金を蓄めこんだが、もう長いことはありますまい。この頃はめっきり弱って、自分で自分の体をもて余しているっていいますからね』

『でも、あの人には親戚とか、親しい友人がありましょう』

『友人なんか一人だってありはしない。若しかしたら仏蘭西の何処かの隅に、甥の子供とでもいうような遠縁の者がないとも限らないが、彼はそんな者にビタ一文だって遺産など遣るもの

ですか。財産はみんな、十五年も彼家の家政婦をやっているとかいう、あの女に捲きあげられるでしょうよ。あの女は先からそんなことを吹聴していますからね。彼は「おれは銅貨一つだって親戚などにやりはしない。死んだあとで親戚のふところを肥すなんて馬鹿なことは厭だから、そっくりお前に与れてやる」と常々あの女にいっているそうです。だから、あの女はそりゃ熱心に家の利益を計っていますよ』

この話を聞くと、私は急に父親が憎らしくて堪らなくなりました。私が貧苦と闘って、不幸な目に遭っているのも、元はといえば、みんな父親のせいなんですから。

私はそこを立ち去ると、当てもなく街をぶらつきました。疲労もわすれて、頭の中が癇癪で煮えくりかえるようです。どれだけ長く歩いたかわかりませんが、兎に角歩いているうちに、空腹でぶっ倒れそうになりました。それで城壁の近所――たしかあの辺であったと思います――の安飲食店に入りました。

貧しい食事を済まして勘定を払ったあとは、財布が空っぽで一銭も残っていません。月末の給料日までの六日間を何うして暮らしたらいいだろう――そんな考えに耽りながら衣嚢へ手をやると、ふと指先に触れたのは麵麭を切るときに使うナイフです。刃わたりの長い薄刃で鋭利なナイフです。私は機械的にそのナイフの柄を堅く握りました。

判事殿、私は決して弁解のため、又は自分の罪を軽くするために、こんなことを申しあげるのではありませんが、実際、そのナイフを所持しているということに気付くと、急に気が変ってしまったのです。私はその柄を握り、刃先を指で試してみました。それから何処をどう歩いたのか、夢中で自分も知らないうちに、父親の住まっている建物の前に立っていました。

私はその際に、自分の行動を考えてもみなかったし、また、如何に恐ろしい考えだって思い止まろうという気はありませんでした。いや、取止め（とりとめ）て何も考えてなんかいなかったようです。唯、悠々と躊躇（ためら）わずに、玄関の呼鈴（ベル）を鳴らすと、やがて門が開きました。瓦斯（ガス）は消えていました。私は門番に出鱈目な姓名（なまえ）をいって、二階へ上って行きました。

階段を登りきって立ちどまったとき、初めて漠然と、自分の歩調の狂気じみていることに気づきました。戸口の呼鈴（ベル）を鳴らしたって、夜分あんな時刻に戸を開けて貰えないことは分りきっています。

といって、声でも立てようものなら、忽ち近所合壁（がっぺき）の弥次馬が飛びだして来て、私を階段から突き落すでしょう。

私は衣嚢（かくし）へ手をやると、恰度自分の室（へや）の鍵が入っていたので、それを取りだしてそっと鍵穴にあててみました。と、鍵は音もなく入って行きました。泥坊がするように忍びやかに鍵を廻わすと、たしかに手ごたえがありました。偶然にも鍵が役立ったので、我れながらびっくりしました。数秒間暗がりに突立っていたが、そのとき初めて、自分が何のためにそこへやって来たかを考えてみました。

ふと、戸の隙間から廊下の敷ものの上に一条（すじ）の燈火（あかり）が射しているのを見て、私はごく静かに戸を開けました。

父親は、私が忍びこんだのも知らずに、卓子（テーブル）に向って一心に何かやっている風でした。

卓子の上には、緑色の蓋のかかった電燈が一つ点いていて、その部分だけが明るいけれど、部屋中が一体にぼんやりと暗影っていました。

父親は何か書きものをやっているようだが、私の方からは、彼の禿げ頭と、痩せた肩が見えるだけです。私は息を殺して爪立ちをしてそうっと忍んで行くと、彼は一枚の大きな紙に向って、熱心に何か認めているのです。肩ごしに覗いてみると、『遺言状』と標題をおいて、その下に三行、細かい文字で何か書きつけてあります。

その瞬間に、先刻近所の人に聞いた噂が、さっと私の頭に閃めきました。そして、私の母の地位を横取りした貪慾な雇婆と父親の関係が、はっきりと解ったように思いました。

『さては、財産を全部雇い婆にくれるんだな』

と思うと、私は頭尖から水を浴びたようにぞっとしました。実子たる私が死ぬほど饑に迫って、寒さに震えてここに立っている。しかるに、その父である彼は今、無造作に忌わしい遺言状を完成しようとしている。それが出来上ってしまえば、もう取りかえしのつかぬことになる。そうすると、哀れ一銭一厘たりとも私の手には入らない。そして、父の財産はすべてあの強慾ばりの雇い婆に与えられるのだ。彼女は、父親の死ぬ日を待ちかねているんだ。実に怪しからん――そう思って更にその紙を覗いてみると、

余ノ財産即チ動産並ニ不動産ノ全部ヲ……

そこまで読んで、私は思わず歯ぎしりをしました。と、彼はびっくり跳び上って、私の顔を見るとアッと叫びながら、その遺言状を私に見せまいとして、本能的に両手でかくしてしまい

ました。

ナイフは私の手に握られていた。私はそれを振り上げるが早いか、彼の襟くび目がけて欛も透れと突き立てました。

私はやがて自分のしたことに気がつくと、急に恐ろしくなって、駆けだしました……その後のことは判事殿御存じのとおりでございます」

青年は陳べ終ると、近眼鏡をはずして涙を拭いた。汗の雫が顔を伝わり、歯の根ががたがたふるえた。

判事はじっとその様子に眼をつけていたが、やがて、どす黯い血痕の附着した一枚の紙をひろげて、

「お前は、この遺言状の後の方を読まなかったのだな」

青年は黙って首をふった。

「そんなら、読み上げるから、聴くがいい。(遺言状——余ノ財産即チ動産並ニ不動産ノ全部ヲ我ガ子ジャン・ゴオテニ与ウ。尚オ、余ハ無情ナル父親タリシコトニツイテ、彼ノ寛恕ヲ乞ウ。余ハ全ク……)ここで杜絶れている。お前はこの遺言状を完成する時を彼に与えなかったのだ」

すると殺人者はバネ仕掛の人形のように跳びあがって、あんぐりと口を開き、狂気じみた目附をして、

「何ですって。わが子に……こ、この私に財産を……」

吃(ども)り吃りそういったが、暫くじっと押黙ってから、今度はゲラゲラ笑いだした。そしてむやみと自分の頭を叩いて体を左右にゆすぶりながら、

「〆(しめ)たっ、金持ちになったぞ。おれは金持ちになったぞ」

と途方もなく大きな声で怒鳴った。哀れ気が狂(ふ)れたのである。

空家

錠をこじあけて屋内（なか）へ入ると、彼はその扉（と）を要心ぶかく締めきって、じっと耳を澄ました。

この家が空家（あきや）であることは前から知っていたが、今入ってみると、寂然（ひっそり）していてカタとの物音もないのと、あやめも分かぬ真の闇に、一種異様な気味わるさを感じた。一体、今夜のように、人がいてくれなければいいという願望（ねがい）と、そうした静寂の不気味さを同時に感じたということは、彼としてはこれまでに曾（かつ）てない経験であった。

やがて手探りで扉（と）の閂（かんぬき）をおろすと、少し安心して、衣嚢（かくし）から小さな懐中電燈を出して四辺（あたり）を照らしたが、闇を貫くその燈影（ほかげ）は、胸の動悸に震えてちらちらした。

彼は強いて勇気を出して、

「なアに、自分の家にいる心持さ」

独りごとをいってにっと笑いながら、抜き足さし足で食堂の方へ入って行った。

其室（そこ）は、すべてのものが几帳面に整頓されていた。食卓（テーブル）にぴったりとつけて四脚の椅子が置かれ、更にもう一脚の椅子が、少し離れて、沢々しい箝木の床に影を落し、そして何処ともなく煙草と果実の匂いが仄かに残っていた。

側棚の抽斗をあけると、銀の食器が順序よく置き並べてあった。

「こんなものでも無いよりは優しだ」

そう思って、それらの銀器を衣嚢へねじこんだが、動くとそのフォークやナイフががちゃがちゃ鳴るものだから、空家で聞き手がないと知りつつも、その音のする度にどぎまぎした。そして今度は、琺瑯や、銀製の果実庖丁などの入っている函には手も触れずに、

「こんなものは、おれの目的じゃないんだ」

自分の気怯れを弁護でもするように、ぶつぶついって、つま立ちをしてその棚を離れた。

しかし相変らず躊躇いがちに、衣嚢の中で重い銀器を手探りながら、食卓のところに立ちどまって戸口から隣りの小室の方を覗きこんだが、厚い窓掛がおろしてあって真暗で何も見えなかった。彼は満身の勇気を奮いおこして、柄にもないこの気怯れに打克とうとした。そして結局夜遊びから自宅へ帰って来た男のような、気安い歩調でつかつかと隣室へ入って行った。と、不思議にも今までの恐怖心が忽然消えてしまった。

古い櫃の上に枝付燭台が一つ載っているのを見ると、すぐにマッチを摺って蠟燭に火をつけてから、改めて室内の様子を見廻わした。壁には油絵や、金縁の写真などが懸けられ、床には家具やピヤノが置いてあって、暖炉棚の下からは、燃え滓や煤の臭いがぷんと来た。彼は卓上の書類を摘んでみたり、銀の置き物をちょっと持ちあげて重さを量ったりした。そしてもう一

度室内を見廻わしてから、枝付燭台を卓子（テーブル）の上へおいてふっと吹き消すと、奥の寝室の方の戸をあけた。

彼は少しもまごついた風がなかった。というのは、四、五日前に、貸家になっていた此家（ここ）の間取りを見るふりをして、家具調度や、それらの置かれた位置をすっかり見とどけておいたのである。

職業的に慣れた彼の目で一ト目見ると、屋主の老人が重要書類を入れてある用箪笥や、金が蔵（しま）ってあるに相違ない櫃の在りどころや、その他寝台が凹間（くぼみ）の中にあること、硝子戸のついた抽斗沢山の大きな衣裳戸棚にも、相当金目のものが入っているらしいということまで、残らず見極わめることが出来たのだ。

暗がりをば手探りで、椅子に躓（つま）ずきもしずに、用箪笥の方へまっすぐに歩いて行った。やがてその用箪笥へ手がとどくと、頂上から正面を撫でおろして、錠のところに左手の指を一本あてておいて、右手で衣嚢（かくし）の鍵束をさぐった。

そのとき彼はちょっと慌て気味になっていた。といっても、暗さと静寂（しじま）に対するあの不思議な恐怖が盛りかえして来たのではない。彼は今、賭博者が切り札を出す前に忙（せわ）しく指先でいじくらずにいられないような焦（もど）かしさを感じているのだ。

この用箪笥の中には何が入っているだろうか……財産権利書か……それとも紙幣か……どのくらい入っているだろう……どんな幸運がこの板一枚の蔭に彼を待っているだろうか。

だが生憎（あいにく）、鍵束が容易に衣嚢（かくし）から抜けて来ない。先刻（さっき）銀器を取りこむときに、そそっかしく叩きこんだので、それが衣嚢の中で鍵束とこんぐらかってしまったのだ。で、彼はやたらに衣嚢を掻き廻わしているうちに、匙が鍵輪へ喰いこみ、フォークの尖は折れ曲って、上衣の裏をとおして肌を引掻くという騒ぎだ。焦れば焦るほどへまに行く。

彼は床を踏み鳴らし、口小言をいったり、歯を喰いしばったりして力一杯鍵束を引抜いた拍子に、糸がぷっつりと切れて、錆び鉄鎖のような音響とともに、鍵も銀器も一しょくたになって床に散乱した。彼はまた焦りだした。もう一息というところまで来ていながら、ぐずぐずするうちに時が移る。正確な時刻はわからないが、入りこんでから可成り暇どったようだ。そのとき初めて時計のチクタクが耳についた。時がぐんぐん飛んでいるのだ。

彼は膝まずいて、一本の鍵を拾いあげた。

彼は膝まずいて、一本の鍵を鍵穴へさしこんで、耳を澄ましながら廻したけれど、手応えがない。そこでもう一本の鍵を拾いあげた。結局一本も役立たぬと知ったらまた癇癪が起って来た。更に第三、第四と、他の鍵を注意ぶかく試して行ったが、やはり可けない。

「面倒だ、打破しっちまえ」

懐中鉄梃を取りだし、器用な手つきで錠をねじ切ると、いきなり懐中電燈で抽斗の内部を照らしたが、彼は思わず歓びの吐息をもらした。まず眼を惹いたのは、一ト区切ずつ帯封を施した厚ぼったい紙幣束であった。そこで彼は悠々と、順序よくその紙幣束を取りあげて、一々数をよんで、それから懐中電燈で仔細に検べたり、手の甲で撫でてみたりした。

なお椅子を引きよせて、ゆっくり抽斗の中を探すと、金貨を入れた金袋が一つあって、その下に額面二万フランからの記名株券が一重詰まっていた。

「惜しいものだが、こいつは仕様がない」
で、株券だけはそのままにしておいた。獲物がきまったので、今度は金貨をば、四、五十フランだけ表面の刻字を引きくらべてから、チョッキの衣嚢へ取りこんだ。すっかりいい気持になって、慌てず騒がずという態度だ。

恰度そのとき、重い荷物を積んだ荷馬車が街を通りかかったので、その地響きのために窓硝子や簞笥の類ががたぴし鳴って、床に散らばっていた銀器までがかすかな音を立てた。

彼はその物音ではっと我れにかえったが、懐中時計を出してみると、正に四時――もうぐずぐずしてはいられない。そこで素早く金貨や紙幣を衣嚢へねじこみ、まだ何か残っていはせぬかともう一度抽斗の中を覗くと、幾らかの小貨が書類の間に散らばっていたので、彼はそれをも取りこみながら、

「これはお小遣だ」

卓子の上に、雅致ある青銅の文鎮が一つ置いてあった。株券や宝石には手をつけなかったほどの利口な男だが、今宵の記念としてこの文鎮を貰ってゆくのも悪くはあるまい――そう思って猿臂をのべた瞬間、置時計が高々と四時を打ちだした音に、彼はぎょっとして立ちすくんだ。

やがてその音が歇むと、再び威圧するような、厳かな静寂に立ちかえって、室内はたった一つの微動だも感じない。掛布の襞のほぐれる音や、乾いた木口の裂ける音――そうしたものは昼間眠っていて夜になると目ざめて来るものなんだが、それさえも今は死んだようにしんと静まりかえっている。その静寂の中に聞えるものとては、ただ自分の動悸と、顳顬のあたりにず

きんずきん波打っている血の音だけだ。

　彼は再びわけの分らない不思議な恐怖に囚われた。何か只ならぬことが突発したために、こう寂然(ひっそり)となったのではないか知ら。こんなときに迂闊(うか)と身じろきをしてこの静寂を掻き乱したら大変だ、というような気もした。

　彼は懐中電燈を消して、闇の中に佇立(ちょりつ)した。それから、背を丸めて頸を前方へのばし、呼吸(いき)を殺して聞き耳を聳(た)てながら、じっと暖炉棚の方をのぞきこんだ。その棚の上では、小さな置時計があんなに判然(はっきり)と時を刻んでいたのに、今はそれさえ止まっている。そうだ、時計が止まった。単にそれだけで、何も恐ろしいことではなかったのだ。それにも拘らず、彼は背筋がぞっとした。そして何か差迫った、恐ろしい危険に脅やかされているような気がして、いきなりナイフを逆手に持ち、懐中電燈を点けながら素早く身を転(か)わした。

と、薄ぼんやりと蔭った凹(くぼ)みの間(ま)に臥(ね)ている一人の老人の顔が見えた。その老人は口を半開きにして、両眼をかっと見開いたまま彼の方を睨みつけていた。少しも恐れた気色がなく、瞬(まばた)きもしないで彼の眼中を見すえているのだ。敷布の上にひろげた手は泰然として震えだも帯びていない。夜具の間から突き出した脚も、落ちつき払ったようにじっとしていた。

　そのとき彼は、何者かが突然首を絞めに来はせぬかと思った。その蒼白い無言の敵の息吹が、今にも頬へかかりそうな気がした。

　彼は顔を動かさずに、眼球(め)だけを廻わして戸口の方を見た。紙幣束(さつ)が衣嚢(かくし)から抜けて床へころがっているけれど、それを拾う気にもなれず、寧(むし)ろそのまま逃げだしたかった。しかし老人が眠んでいるので、どうしたって戸口まで逃げられそうもない。駆けだしたら老人が声を立てるだろう。そうすると、どうせ逃げ終(おお)せるわけにゆかぬ。

で、彼は一秒間の躊躇もなく、まるで死物狂いになった獣のように、寝台へ駆け寄るが早いか、ナイフを振りあげて怒れる掛け声もろ共、老人の胸を続けざまに二度欛(つか)もとおれと突き刺した。が、老人は呻き声一つ立てないので、何の物音もなく、ただ枕が静かに床へころげて、頭がぐったりと落ちこんだ。そして、口は相変らず半開きのままで、頤(おとがい)ががっくりと胸の方へくっついた。

彼は後退(あとすざ)りをして、犠牲者の様子を覗きこんだ。小さな懐中電燈の燈(あか)りだけでは、シャツの上から刺した創口(きずぐち)がどんな風か、血が出たか何(ど)うかも見分けがつかなんだ。しかし手許狂わず正(まさ)しく心臓を突き刺した筈だ。その証拠に、犠牲者の相好が少しも変っていない。最初の一撃が狙いを過またず、ピストルの一発と同様、即座に呼吸(いき)の根を止めたらしい。

彼は自分の腕の確かさを誇りながら、

「貴様は家にいて、おれを見張っていやがったな。うむ、見たな、此奴(こいつ)め」

と憎さげに怒鳴った。しかし老人の顔面を覗くと、少しも表情が崩れていない。ひょっとすると、ナイフが夜具を透しただけで、老人は依然生きていて、皮肉にも彼を監視しているのではあるまいか。

彼は向っ腹を立てて、ナイフを振りあげるが早いか、また続けざまに老人の胸を突き刺した。そして刃(やいば)を突こむときの鈍い音響に陶酔して、止め度なく喚きながらその打撃をくりかえした。

シャツはめちゃくちゃに破れ、肉には大きな創口(きずぐち)ががっくりと開いたが、老人は泰然自若として相変らず凄まじく彼を睨みつけていた。彼はいよいよ堪(たま)らなくなって、懐中電燈を投(ほう)りだすと、今度こそは確(しか)と呼吸(いき)の根を止めようとして、頸ったまを押えつけた。

と、振りあげた右手(めて)は宙に止まり、叫びかけた呪いも唇(くち)に凍(い)てついた。というのは、老人の頸を押えた左の手先に、何とも譬(たと)えようのない不気味な冷さを感じたからである。その冷さは瀕死の人の汗ばんで痙攣している皮膚のではなくて、すでに長時間を経過した屍体の冷さであった。

空家と信じきって入って来たのに、案外にもそこに屍体が横(よこた)わっていたのだ。それで、この家が墓穴のように真暗で、いやに森閑としていたわけが漸(やっ)と呑みこめた。

何処か遠いところで時計が五時を打った。

彼は慌てふためいて帽子を引つかみ、うろ記憶(おぼえ)の祈禱の文句を口に唱えながら、もう落ちこぼれた獲物なんかには目もくれずに、転げるようにして其家(そこ)を飛びだした。

ラ・ベル・フィユ号の奇妙な航海

「好い船だろう、え？」

だしぬけに声をかけられて、ガルールはふと顔をあげた。彼は波止場に腰をかけて両脚をぶら垂げたまま、じっと考えこんでいたのであった。

で、顔をあげると、一人の見知らぬ男が、背ろから屈みこんで、向うに碇泊している帆船の方を頤でしゃくっていた。

「好い船だろう？」

「うむ」ガルールは簡単に合槌をうった。

港は、海員の同盟罷業が長びいたために、ひっそり寂れてしまって、沈滞しきった姿を呈していた。

男はガルールの頭のてっぺんから、真黒に陽炎けのした頑丈な頸筋や、広い肩や、逞ましい腕のあたりをじろじろと見た。襤褸シャツを捲りあげた二の腕に「禍の子」「自由か死か」という物凄い入墨の文字が顔を出しているのをも、彼は見逃さなかった。

と、今度はガルールが、相手の容子をじろじろと見かえした。その男も陽に炎けて筋骨逞ましく、手の甲の拇指のところに碇の入墨がしてある。そして青羅紗の広い上衣に、折目正しいズボン、金筋入り顎紐つきの帽子――これを襤褸服姿のガルールなんかに較べると、まるで段ちがいに立派な服装だ。

ガルールは横っちょにペッと唾を吐きながら起ちあがって、ズボンの裾を捲りあげて立ち去ろうとすると、男は馴々しく肩へ手をかけて、

「ねえ君、そこいらで一杯飲ろうじゃないか」

湿っぽい夕風が身に沁みる。近所の酒場では、硝子窓の外の暗をすかしながら、ちびりちびり飲っている時分だ。

ガルールは酒と聞いて鼻をひこつかせたが、

「一杯飲ろうなんて、どうしたんですか？」

「飲みたくなったからさ」

海にも灯が入った――帆船の黄色い灯や、突堤の端に碇泊している監視船の青と赤の灯が、ちろちろ瞬きはじめた。

煙のように棚びいている夜霧のために、船の帆檣も海岸の人家もぼうっとぼかされ、波止場に積まれた袋荷や函荷も霧に罩められて、その雨覆にたまった雫の珠がきらきら光っていた。

男は先に立って、海岸のうす暗い路地の方へぐんぐん歩いて行ったが、とある小さなカップ

ェの戸口を開けると、ガルールを押しこむようにして奥の方の席に導いた。

そこは、天井が薄黒く煤けて、壁のところどころに安物の石版画が貼りつけてあった。アルコールや、鰊樽や、煙草の臭いのむっと籠った室で、帳場のそばには貧弱な暖炉が燃えていた。

「酒は何がいい？」

「シトロン酒の強いやつを飲まして下さい」

酒が来ると、ガルールは、男が出してくれた煙草を捲きながら答えた。

ガルールは一息に飲みほした。男も一息に、しかし幾らか緩くり加減に飲り、不味そうに手の甲で唇を拭いて、何か考え事でもするように、洋酒の底をいじくりながら、

「一体君は、職業は何だね」

「そういうお前さんは？」

「おれかい。おれは先刻君も見たラ・ベル・フィユという二檣帆船の運転士だがね、姓名は……聞きたければ教えてもいいが」

「こうお交際を願ったからには、聞かしてもらいたいね」

「おれはモッフっていうんだが、君は？」

「私はチューブッフ（牛殺の意）」

「そんな姓名があるものか」

「でも、それで私が返事をして、用が足りたらいいでしょう」

「それはどうでもいいが、兎に角、大いに飲ろうじゃないか」

ガルールは二皿の料理を瞬く隙に平らげ、更になみなみと注いだ酒を飲み乾したが、それで漸と人心地がついたように、ほっと一息した。

次の皿には、焼豚がさも美味そうにほやほや煙を立てているが、モッフは、それを頒けるべくフォークを構え、ナイフをその肉にずぶりと突き刺したのを機会に、肝腎の話を切りだした。

「実はいい仕事があるんだが、君、一つ試ってみる気はないか」

「物によりけりですね」

といいながら、ガルールは皿の肉から眼が離せない。

「なアに、ぶらぶらしていて金になろうという仕事だよ。それはこうなんだ」とモッフは何故か声をひそめて、「おれは今もいったように、ラ・ベル・フィユ号の運転士だが、あの船は見たところ、小さくて弱そうだけれど、なかなか確かりした船だよ。あれよりもずっと立派な五本檣の帆船や大きな汽船が暴風を喰って避難港をさがしている時でも、彼船は平気なんだからね。ところで君は船に乗った経験があるかい?」

「ええ」

「遠洋かね?」

「なアに鼻っ先のレェ島へ行ったばかりでさア」

「貨物船だろうな?」

「ええ、それじゃ駄目ですかね」

と狡そうな眼付で相手の顔色を窺った。

「結構結構。どうせ腕っ節の要る仕事なんだ」

「そんなら、お前さんの船は同盟罷業(ストライキ)じゃないんですね？」

「警戒おさおさ怠りなしさ。何しろ船長は支那人を二十人ばかり雇いこんだが、其奴等(そいつ)は馬鹿に忠実で、よく働いて、僅かな給料と半人前の食物(くいもの)を充てがわれ、軍艦同様な八釜(やかま)しい規則にも、不平一つ云わずに服従しているんだ。ところが、おれは密かに彼等を語らって、船長に対して一騒動起そうという計画なんだ。あの連中は腕っ節も強いし、頭もあって確(しっ)かりした手合だが、どうだい君も仲間に入らないか」

と彼は膝を乗りだして、一段と低声(こごえ)になって、

「ところで、こうした闘いは一遍にどっと勝を占めてしまわねばならん。一騎打ちをやっていた日にはどうなるか分らないからね。それに、おれの方の一味は二十人だが、いざとなると五、六人はきっと逃げるものだ。そこで君のような強い男が十人も加勢してくれると、わけないんだがなア」

「それはいいが、お前さんは船長達を殺(やっ)つけた後で、港へ入れますか？　そこんところを何(ど)ういって弁解するつもりかね？」

するとモッフは肩をそびやかして、

「そりゃ君、仏蘭西(フランス)へ帰ることは疑問さ。しかし仏蘭西(フランス)にばかり日が照りはしないよ。大洋は万人の領域(くに)で、港に事を欠かぬ。そこでは危険も幸運も共通だ。おれ達は自由に生きようではないか。最初に着いた港で船荷を売払って、他の品物を仕入れる。ポケットに金があるうちは

陸で好き放題に遊んで、金がなくなればまた航海さ」

ガルールはもう飲食どころではなかった。彼は眼を細めて、遠い、太陽と夢幻の国へ航海する光景を、恍惚と夢見ているのであった。

「どうだい、金は使いきれないほど儲かるんだぜ。あの魔法使が一夜に建てたかと思われる、夢のような都市へ行ってみたまえ。彼等は暢気にも鞭で奴隷を使っていて、夜が昼のように華やかなんだ。永遠の春だね。それに、お伽にあるような不思議な鳥や、世にも珍らしい香料……」

モッフの話は、まるで音楽のようにガルールの耳をこそぐった。

「素的素的」ガルールはすっかり誘入れられてしまって、「その加勢の人数は私が引受けます。一週間と経たないうちに、きっと纏めてつれて来ます」

「一週間なんて、暢気なことを云っちゃ困る。明日の晩までに集めてくれないか。船は明日の夜半の満潮と同時に出帆することになっているんだ」

「そいつア早過ぎますね。だが、一つ試ってみましょう。それで、手筈はどうすればいいんですか」

「明日の今時分に船へ来てくれ。その時分にはおれの外に誰も甲板へ出ていないが、ひょっとして見付かると可けないから、目立たぬように、二、三人ずつ密とやって来たまえ。事を挙げるまでは、少しの間船艙に隠れていて貰わにゃならんが、そこはだだっ広いから、君等は鱈腹食って飲んで臥ころんでいてくれればいいので、その代り物音を立てたり、大声で饒舌ったりしては不可んよ。そして三、四日目におれが合図をしたら飛出して思う存分に働いてくれ。つまり君等は伏兵なんだ。いいか？」

「わかりました」

恰度九時が打ったので、二人は明日の再会を約して別れた。

モッフが重い歩調で波止場の方へ帰ってゆくと、ガルールは遽だしく場末の汚い街へ姿を消した。

ラ・ベル・フィユ号が出帆してから四日目のことだ。渾名チューブップフことガルール、渾名フィヌイユことマロン、渾名クールドースことシャブルトンという名うての悪漢と、その手下の破戸漢七人、都合十人の荒くれ男が、密閉された、真暗な船艙の中で、穏かならぬ語気で何かぶつぶつ論争をやりだした。

彼等は船暈でへとへとになっている上に、充がわれた食糧は、まる四日間にすっかり食い尽してしまって、今は、石のように堅くなった麺麭の皮や、腐った果物の片ら一つでも鼠と争わねばならなかった。

今、マロンが、彼等を狩集めた張本人のガルールに喰ってかかった。

「おい、お前が腕を貸せっていうから、おれ達は加勢に来たんだ。こんな穴ん中へ燻ぶりに来たんじゃねえ」

「まったくだ。酷い目に遭わせやがったな。おれ達を元へ返してくれ」

とシャブルトンも捲し立てた。

「まア左様云わずに、モッフから合図のあるまで待ってくれ」

ガルールは一生懸命宥めにかかったが、饑渇で自暴自棄になった九人の男は、そんな言葉を耳にもかけず、気色ばんでじりじりと詰め寄った。

「おいチューブップ、上へ昇って様子を見て来い。でなければ……」

と呶鳴ったのはシャブルトン、衣嚢の中でナイフを握っている気配だ。

ガルールは梯子に捉まると、黙って船艙の入口から上の方へ昇って行った。彼は仲間の威嚇に恐れたのではないが、そのとき甲板の方が妙に寂然となったわけを見とどけたいと思ったのであった。

船艙では、破戸漢どもが首をのばしてガルールの帰りを待っていたが、間もなく大濤がどっと船の横っ腹へ打衝かって船体がはげしく揺れだすと、帆檣がギイギイ鳴る。綱具が軋む。それに、暗の中を太々しく駆けずり廻る鼠の跫音。

暫くして、突然、何か巨大な物が海へ落ちこんだ物音に、彼等はぎょっとして跳びあがった。

「恐ろしく揺れるなア」

「堪ったもんじゃない」

さすがの悪漢等も、この激しい動揺が堪らなく不気味だった。彼等は海上のことは全く無経験な上に、饑でひょろひょろになっていて、しかも武器といってはナイフ一挺しか持たないので、こんなとき、訓練のとどいた三、四十人の船乗に立向われたら――と思うと慄然としないわけに行かなかった。

それから約半時間経って、ガルールが、船燈を手にして密と梯子を降りて来た。

「おい大変だぞ。此船は空船なんだ。人っ子一人居やしない」

「な、何だって？　人がいない？」

「うむ、ガラ空きだ。おれは船首も、船尾の方も、上から下まで探した。大きな声で呼んでみた。けれど誰もいやしない。舵にも、帆檣にも、甲板の何処にも、まるで人がいないんだ」

「〆たっ！　この船はおれ達の所有だ！」

誰かが頓狂な声で叫ぶと、

「万歳万歳」

皆が一しきり興奮して、矢鱈に嬉しがったが、

「馬鹿」ガルールは苦笑いをして、「おれ達の所有になったって、この中に船を動かせる奴は一人もいやしねえ」

そう云われてみると、成るほどそれは容易ならぬ問題だ。彼等は急に心細くなって、暗がりで顔は見えないけれど、互いに手を探り合った。

彼等はこの船の中に、しかも大洋の只中に捨てられたのだ。そうした不可思議と寂寞が、犇と恐ろしくなって来たのである。

或る者は自棄くそになって、途方もなく大きな声で吹鳴りだした。或る者は恐怖と饑で狂人のように髪を掻きむしっているかと思うと、或る者はまるで子供のように泣き喚いた。その中

で、

「皆、甲板へ出ようじゃないか。愚痴をいっている時じゃねえ」

と声を励ましたのはマロンだった。そして梯子へ手をかけると狂っていた者達もはっと我れにかえって、今度は先を争うて上へ昇って行った。

甲板は気味わるいほど寂然して、強風の下に船体は傾斜したまま、盛んに潮烟を浴びながら駛っていた。動揺は少し収まったけれど、それでも殆んど起っていられないくらいだった。墨を流した空の下に、怪物のような巨濤が起伏して、その大穴へ船が陥ちこんでゆくときは、今にも一呑みにされるかと思われた。

「そら来た……ほう……ほう……」

彼等はその度に声を揃えて叫んだ。

ところが、ふと、遠くの方で微かにその叫びに答えるような声がした。何だか錯覚としか思えないほど微かな声だったが、彼等はじっと耳を傾けた。けれど、もう何も聞えなかった。

ガルールは、それから夢中になって船床を探し廻った。そしてふと穴のような凹みへ首を突込むと、

「あっ、此処だ」

早速下へ跳び降りて、方々の箝板を叩き廻っているうちに、一つの戸口がすっと開くと、彼は喜びの叫びをあげながら、そこへ飛び込んだ。他の者達もつづいて入って行った。そこは奥行約二十メートル、高さ二メートルほどの可成り広い室だったが、その中央に、素足に木履を

穿いて革服を着こんだモッフが黙然と突立っていた。その姿を見ると、悪漢共は、地獄で仏に逢ったような気持でほっとした。

運転士を見つけた。これで生命は大丈夫だと思うと、ガルールは急に強気になって、

「一体どうしたんですか？」

嚇すように呶鳴りつけると、モッフは黙って、傍に並んでいる腰掛を指した。そこには、天井からぶら垂ったカンテラに照されて、十人ほどの荒くれ男が正体もなく転がっていた。

「これが乗組員の残りだよ」

「えっ、そんならあの件を実行たんですか？」

「うむ、行ったよ」とモッフは首を振りながら、「今夜八時に突発したんだ。おれの方では九時に事を挙げる予定で、それぞれ部署をきめて、艙口も開け放して、いざといえば君等に飛出して貰う手筈までつけたんだが、敵が早くも感づいたらしく、おれが自分の持場へ行こうとすると、突然に三人の奴が飛かかって来たので、『やったぞ、出会え出会え』と呶鳴ったのが事の始まりで、そのときはもう、おれの仲間は不意打を喰って梯子から突落され、綱具の中に転がっていた。まごまごしているうちに、おれは棍棒で強か頸筋を殴された。瞬間、もう駄目だと観念ったね。何しろ突然なので、君等を呼ぶどころか、衣嚢から短銃を抜く隙もなかったんだ。なお驚いたことには、仲間の半分は敵方についていたのだ。それでも我々は捨て身になって、矢鱈滅法に奮闘した。到る処で殺し合い、絞め合った。そんな死物狂いの格闘が約十五分も続いたと思ったが、ふと気がついたときは、我々十二人の者が残ったっきり、敵は皆殺られ

てしまっていたのさ。そこで、敵は海の藻屑となったのに、おれ達は生残った。大勝利だ。ソレ祝杯だというんで、まるで狂人のようになって飲んだね。で、この通り、酔倒れてしまったんだ。しかしおれだけは、船を動かす責任もあるし、君等のことも考えて、控え目に飲ったというわけさ」

　モッフは歯をむいてにっと笑いながら、拳骨で膝を叩いた。

　ガルールは苦い顔をした。自分等の手を俟たずに、その大仕事が遂行されたということが面白くないのだ。

「約束が違いますね。そんなら、我々にはもう用がないって云うんですか？」

「馬鹿な！」モッフは釘止めにした卓子の上にごろりと臥ころんで、「お互いに愛相づかしをしたのじゃなし、それに、おれ達の大目的は、まだ半ばしか遂げられていないじゃないか。印度まではまだまだ暇がかかる。その間航海を続けるのに、どうしたって人手が足りないんだから、君等にも大いにやって貰わにゃならんよ」

　モッフはやがて起き上ると、食料庫の方へ行って、戸棚から酒壜を両手に提げて来た。

「皆飲ってくれ。彼奴等がこんなに酒を残して行ったぜ」

　ガルールの連中は大いに飲ける口ながら、モッフの言葉もあるので、ごく控え目に飲んだ。実際、海はなお荒れ狂っていて、まだまだ暢気に構える時ではなかった。

　モッフはやがて真先に甲板へ駆け昇って、舵機についた。何しろ危険なので、ガルール等もそれぞれ出来るだけの働きをしなければならなかった。

夜が明けてから、酔いつぶれていた船員達が起きて来た。彼等は、ボロ服を着て青白い顔をしたガルール一味の者達を胡散そうにじろじろ睨まえていたが、

「仲間だ仲間だ」

モッフは、その一人に舵機を渡しながら、蔽かぶせるようにくりかえしたので、漸と納得したらしかった。

それから三日間ぶっ通しに海が荒れたので、船の仕事で目が廻るほど忙しかった。船体が恐ろしく揺れて、あらゆる荷物をひっくりかえした。で、ガルール等の仕事は、綱や鎖で一生懸命にその荷物を引からげることで、その合間には船員達の作業に手伝をさせられた。そうして彼等はいつの間にか、一廉の水夫らしくなって来た。

荒れが歇むと、海上は静かな凪になって、船は爽やかな風に満帆を張って、気持よく駛った。皆が思う存分に御馳走を食ったり、酒を飲んだりした。中には、優しくも五弦琴を掻き鳴らす者もあり、各自にいろいろな娯楽に興じたり、ハンモックの中で悠閑な眠りを貪ることも出来た。

そのとき船は阿弗利加沖を駛っていたが、ガルールは仏領南亜米利加はギヤーヌの徒刑場へ流された苦い経験を思いだし、マロンは阿弗利加屯田兵の営舎から脱走して営倉に叩きこまれたときの記憶を喚びおこして、心ひそかにこの海上の自由を讃美しているのであった。

ところが、日数が経つに従って、一つの已みがたい熱望が彼等を囚えた。それは陸地に対する憧憬であった。彼等は出帆以来、只一度、それも遠くからちらと陸地を見たきりなので、今

はこの単調な、四顧茫々たる海上に倦み果てたのであった。ところが、

「ソラ陸だ！　とうとう来たぞ！」

それは七週間目に、微かに陸地が見えだしたときの、モッフが思わず叫んだ勝利の声であった。

「もう印度ですか？」

マロンが問いかけると、

「馬鹿な」モッフはにやにや笑いながら、「どうして印度だなんていうんだい」

「私にゃ解りませんが……印度ならもっと遠いように思いますがね」

「下らんことを云わないで、自分の仕事をやれ。余計なことを考えては可かん」

「何時港へ入れるんですか」

「皆が精を出せば二日以内さ。怠ければ四日だ」

その日は夕方まで風を間切って進んだ。陸も、間近に見えだした。やがて運転士を乗せて先行したボートが帰っての報告によると、検疫や税関の手続上、日中に上陸しろということなので、その翌日の昼になって入港した。

「おい、大したもんじゃないか」とガルールはひどく悦に入った。「おれ達が上陸するってんで、此港じゃ大統領をお出迎えするような騒ぎをやってやがる。あの立派な服装をした奴等アまるで狂っているぜ。これに楽隊がつけば申し分なしさ」

「そら、お迎えが来た」

はしゃいでいるうちに、一隻の汽艇が横付けになって、一人の港役人が船へ上って来た。

「やア御苦労様」

モッフは、何事も起らなかったような、落ちついた風で挨拶をすると、

「いや船長、この同盟罷業じゃ、まだ四週間はお帰りがあるまいと思っていました」

するとモッフは、舷側に凭れているガルールの連中を指しながら、役人の方へ目配をして、

「ええ、ひどい同盟罷業でね。実は、この船なんかも、マルセイユではたった十人しか残らないという騒ぎだったが、僕のような海上の古狸になると、そんなことは平気なもので、早速独特の術で新規の乗組員を募集しました。非常の時は非常手段でなくっちゃね。その代り素晴らしい代物を連れて来ましたぜ。昨日運転士からお知らせしたように、彼等の中には徒刑場から脱走した罪人がいます。それは警察への御土産で、彼奴等を捕縛て下されば、僕も大助りです。用意はいいでしょうな？」

「ええ、此方もそのつもりで、汽艇に平服憲兵が待ちかまえています」

そんなこととは知らずに、傍へやって来たガルールの肩を、モッフは軽く押えて、

「御推薦したいのはこの男ですよ。まア此男が一等値打がありましょうな」と役人の方へいった。

「では、私等は上陸していいんですね？」

顔を綺麗に剃って新しい服に着替えたマロンが訊ねると、

「いいともいいとも」とモッフは上機嫌だ。

そこで、彼等は一人一人静かに舷梯（げんてい）を陸（お）りて行ったが、最後の一人が汽艇（ランチ）に納まったのを合図に、憲兵達はソレッとばかり一斉に跳びかかって、彼等に手梏（かせ）をはめてしまった。

「畜生、欺（だま）しやがったな！」

ガルールは吼（たけ）り立って、猛然身構えようとしたが、ぐいと手梏を絞めつけられる痛みに、アッといって腰掛へへたばってしまった。

「漕（だ）せ！」

役人の一声に、汽艇（ランチ）はそのまま波を蹴立てて港の方へ駛（はし）りだした。

と、船長モッフは、自分の水夫達を顧みて、いやに厳格な口調でこんなことをいった。

「彼奴（きゃつ）等が印度（インド）へ上陸したがっていたのに、このマダガスカールで捕縛させたのは少し拙（まず）かったが、といって、あの悪漢共を船へ置くわけにも行かんじゃないか……荷が港へ着いてしまった上はね！」

鬼才モリス・ルヴェル

田中早苗

僕はルヴェルが馬鹿に気に入ってしまって、この頃は大馬力で彼の提灯を持ち廻っている。「ルヴェルってそんなに好いものかね」と友人がまぜっかえすと、「いいか拙（まず）いか、これを読んでみろ」そういって、僕は彼の短篇集を叩きつける。で、その本は方々をぐるぐる駈持しているうち、可憫（かわい）そうに、それ等の友人の手垢で真黒になってしまった。

そのくせ、僕はルヴェルについて何も詳しいことを知っているのではない。先年倫敦（ロンドン）で「仏蘭西の華（レ・フラール・ド・フランス）」という叢書を企てた本屋があって、その第一篇に据ったのがモリス・ルヴェルの短篇集。それは「クライセス」と題し、「怪奇と恐怖の物語」というサブ・タイトルがついていた。実はそれを読んでからの僕のひいきだから、甚だ昨今のおなじみで極まりがわるい。

この叢書の編輯者は、ルヴェルのことを「仏蘭西（フランス）のポオ」だといって、盛んに吹聴している。尤も向うの本屋の広告上手と来たら、日本の出版社など如何に鯱鋒（しゃちほこ）立ちをしたって敵いはしない。たとえカルピスを飲んで初恋の味を味（あじわ）い得た人でも、向うの広告によって本を取寄せてがっかりしない者は少いだろう。ところが、ルヴェルの短篇集だけは一度読むと現代のポオを掘り出したという歓びは誰でも感ずることだ。向うの広告にも稀にいいのがある。

ポオの怪談を読むと、魂(たまし)いが真暗になったように慄然(ぞっ)とする。が、ルヴェルのものを読むと、更に新しい戦慄でハッとしないわけに行かぬ。

ルヴェルのは、日本文に訳して僅々二十枚にも充たぬ短いものだが、彼の短篇には、あれほど多くを考えさせる短篇を読んだことがない。山椒は小粒でもピリッと来る。彼の短篇には、メスで刺すような鋭さがある。それでいて、如何にも仏蘭西式に垢抜けがして、気がきいている。ポオほど博学でない代り、ポオのような飾り沢山なのではなく、簡潔で、真摯で、表現がはっきりしている。いや何よりも、底に万斛の涙を湛えているらしい心意気が気に入った。それがお互いの胸の奥に潜んでいる一層深い或るものへピンと響く。ひいきにならざるを得ないわけだ。

「僕の切なる願いは、物に驚きたいということだ。何故我々は驚けないだろう。僕はもっとっと大いに驚きたいのだ」と変な述懐をした男は、たしか国木田独歩の「牛肉と馬鈴薯」の主人公だったと思う。我々はふと、そうした感想に襲われることがあるものだ。自然と人生の驚異の中に生活しながら、何故、常に生々しい驚歎に興奮していることが出来ないかと。ところが我々にはまた、まったく平凡に見える日常茶飯的の物事や、行事の間に、思いもかけぬ怪異に出っ会(くわ)してハッと驚くことがある。そうした怪異を常に発見して我々を驚かせてくれるのは、非凡な鬼才に俟たねばならぬことだ。丑満時に幽霊の出る怪談なら誰にも書けるが、白昼に飛び廻る青蠅や、老ぼれた牝猫や、街頭の乞食が、何の企みもなしに、ふと怪異を行うというような話に至っては、猫にも杓子にも書けるというものではない。今まで馴らされなかった全く新しい恐怖を我々に投げつけるのが、我がルヴェルの独壇場である。

死んだ英吉利の名優アーヴィングは、犯罪文学の研究にも相当に深い造詣をもっていた人だが、熱心なルヴェルびいきの一人であった。或は英吉利に於けるルヴェル党の元締であったかも知れぬ。彼はルヴェルの短篇集に序文を三頁ほど書いている――それがまた偶然にも、この名優の絶筆であったそうで、ルヴェル党は難有がっている――彼はその序文の中で、「怪談などは舞台にかけると効果の薄くなる場合が多いけれど、肱掛椅子にでも埋って、ルヴェルの集を読むと、その凄さが犇々と迫って来る」と書いている。

本国の仏蘭西文壇に於けるルヴェルの地位はどんなものであるか、僕は知らない。通俗作家としては「レクチュール」誌などに続きものを書いたりして、十分に知られているようだが、謂わゆる文壇村（日本でいう意味の）では、一向問題にされていないらしい。尤も文壇の人気なんていうものほど当てにならぬものはない。文壇でちやほやされた流行作家のいい気になって書き遺したものが皆んな紙屑になったりする例はいくらもあることだ。ルヴェルだって今に死んだら、遽てて全集が発行されたり、文壇の馬鹿共からお祭りをされたりする幸福が来ないとも限らぬ。それは何うでもいいが、今彼をただの通俗作家として片づけてしまっているなら、あまりといえば不公平な仕打だ。他の作は暫く措き、少くともこの短篇集に於けるルヴェルは、純文芸の立場からも一顧の価値があると思う。

彼の長篇の方はそれほど好いものでないという人もある。僕は長篇は「Lombre」（暗影）

というのを一つ読んだだけだから、何ともいえないけれど、ロンブルは可成り好い作だと思った。そしてますますルヴェルが好きになった。これは実父を殺されたクロードという精神異常者が、その下手人である養父を復讐的に殺すまでの経路を書いたもので、短篇に較べると著しく暗鬱な感じのするものだ。主人公の心理描写などは実に手に入ったもので、あれほどの理解と同情をもって精神異常者を取扱うことの出来る作家は他に多くあるまい。精神病文学に熱心な杉田直樹博士に一読をお薦めしたいと思う。

アーヴィングは、ルヴェルの凄さはポオを髣髴させ、それを取扱う手法はオー・ヘンリに似通っているが、この両者に欠けた生一本な哀傷と暖かいヒューマン・タッチとはルヴェル独特のものだといっている。僕はオー・ヘンリはそんなに好きな作家でもないから、この比較は厭だ。僕の読んだ感じでは、ポオやオー・ヘンリよりも、寧ろ多くモオパッサンに似ていると思う。ルヴェル自身も可成りモオパッサンを読んだ形跡がある。「ロンブル」の中にも、主人公が三十年前に死んだ母親の愛読したモオパッサンの短篇集「月光（クレール・ド・リユーヌ）」を開いていると、幽霊（アパリシヨン）のところに栞が入れてあったというようなことが書いてある。これによってみると、ルヴェルは、多分この先輩に私淑した時代もあっただろう。

父親はアルザス出身の軍人で、長いことアルゼリア守備隊附になっていたので、ルヴェルも少年期をアルゼリアで送った。それから巴里（パリ）へ遊学して医学を研究した。彼は医師という職業から、その方面の知識と、人間に対する同情がおのずから醸成された。それが作家としての彼の非常な強味になっている。彼の作に深甚なヒューマン・タッチがある所以（わけ）だ。

学校を出て間もなく、或る病院に住込医員（ハウスサージャン）として働いていた頃、宿直の夜の閑々に小説を書きはじめた。それを認めて発表してくれたのが、アカデミシアンでその頃「ル・ジュルナル」の文芸記者だったエルジアであった。これが作家としてのルヴェルの初陣であったのである。

ルヴェルは怪談の作者にも似合わず、極めて快活な巴里ッ子肌の男だそうな。もとは活潑なスポーツマンで、あらゆる野外運動に興味をもって、方々を飛び歩いていたらしい。一九一〇年、瑞西（スイス）の山へスケートをやりに出かけて、大怪我をして、それからずっと瑞西に静養していたが、大戦と同時に軍医を志願して、野戦病院に働いたりした。

誰かが「君の作を読むと暗い特色があるけれど、実際に会ってみれば、案外愉快な人だね」と不思議がると、ルヴェルは笑って「それは左様（そう）かも知れない。陰気なものを書く作家は大抵快活で、プロフェショナルなユーモリストは却って陰鬱なものだよ」と云ったとか。

ルヴェルは今年取って四十四、五歳、漸く円熟の境に入りつつある。

彼の短篇は、どれを読んでもそれぞれの趣があって、面白い。皆光っている。医師としての見聞から来ているものの多いのが殊に目立つ。曾（かつ）て御紹介した「麻酔剤」や、医師の言葉から悲観して妻子を殺した男が何年目かにその医師を殺すという「誤診」や、哀れな病売笑婦のことを書いた「碧眼」や、早熟な性慾のこめる身を亡ぼす病青年を取扱った「接吻」などはそれだ。

これも本誌で御紹介した「或る精神異常者」「青蠅」「検事の告白」などは、まったく我々が今までに馴らされなかった新しい戦慄そのものである。

人間に対する涙ぐましい同情は、どの作にも裏つけられているけれど、「碧眼」や「情状酌量」や「雪ふる街」など、読後に沁々と懐かしく考えさせる。殊に姦夫の子を猛犬に嚙ませる「生さぬ児」に至っては、思わず熱い涙が、にじむくらいだ。

凄い特色については云うまでもあるまい。どの一つだって、凄みの伴っていないものはないのだから。而も彼には何等の誇張がない。凄い話をむやみと凄く書きさばいて「どんなもんだい」と澄ましている彼でないところが最も話せる。僕の好きなのはそこだ。

〈新青年〉大正十四年八月増刊号

「夜鳥」礼讃

小酒井不木

田中早苗氏が、ルヴェルの心酔者であり、得難き飜訳者であることは、今更言うまでもなく、氏の訳文の妙味については、本誌の読者は既に御承知のことであるから、今更茲に喋々するを要しない。今回ルヴェルの短篇傑作集「夜鳥」が瀟洒な装幀をもって、世に出たことは実にルヴェル党の一人なる私の歓喜に堪えぬところである。

はじめてルヴェルの作が「新青年」に訳載された時、それは確か大正十二年の事であったと思うが、私はそれを読んで、当時の編輯者森下雨村氏に直ちに書を寄せて、今迄にない強い感銘を受けたこと、及び若し自分が探偵小説を創作するようなことになったら、斯う言う作品を書いてみたい、と書き送った覚えがある。その当時の作品は「誰？」と今一篇、何んだったか忘れたが、その題材が何れも医学的な、言わば自分の畠のものであったから、殊に強く私の心がひかれたせいもあるが、その簡潔な書き振りが又頗る私の気に入ったのである。

それ以後、私はルヴェルの作品は、一つも見逃さなかった。そうして読めば読む程、益々愛好の念が募ったのである。それからいつだったか、森下雨村氏から、英訳短篇集を借りて、名優アーヴィングの長子H.B.Irvingがそれに序文を書き、激賞しているのを読んで、私は窃かに微笑んだのである。アーヴィングは、アマチュアの犯罪研究者として、数種の著書があり、又怪奇文学の愛好者であり、多少私とは趣味の似かよった点があって、私は彼の著書をかねて研究して居ったが、そのアーヴィングがルヴェルの愛好者であると知って、何となく嬉しさを感じた訳である。

　アーヴィングはルヴェルの作品がポーに似ていると言っているけれど、ポーほどの怪奇美は見られない。その代りポーには見られないペーソスがある。このことはアーヴィングも言っているけれど、「夜鳥」に集められた三十篇の作品の大多数は、ペーソスの溢れた作品である。ぽつりぽつり、ルヴェルの作品に接して来た人は、或時はその作品が探偵的であり、或時は怪奇的であると言う印象を与えられるが、斯うして一ところに集められた、沢山の作品を通読してみると、探偵的であり怪奇的であるという印象は背後に押除けられて、人情的であるという印象が、殊にはっきり目立ってくる。実際読み終って、ほろりとさせられる許りでなく、時には両眼に熱い涙の滲むのを覚える。このことは、何と言ってもルヴェルの作品の強味であると言わねばならぬ。そうして一方に探偵的であり、怪奇的であることは、ルヴェルが、短篇作家として全く特殊な位置を占めていることを知るのである。

　本書の出版は凡そ一年も前から著手された筈で、私はもう今に出るか出るかと首を長くして待っていたのであるが、田中氏の凝り性は、幾度か原稿を書き革め、推敲に推敲を重ねられた結果、漸くにして出版の運びに至ったのである。いかにもその苦心はどの頁を開いてみても、瞭（あきら）かに看取されるところであって、ルヴェルは実に適切な訳者を得たものと言うべきである。ルヴェル党は勿論のこと、いやしくも小説を愛好する人に、私は敢てこの一冊を推賞するものである。

（〈新青年〉昭和三年八月増刊号）

田中早苗君とモーリス・ルヴェル

甲賀三郎

畏友田中早苗君と知合になったのは、彼がルヴェルの飜訳紹介を始めてからだったか、それともその以前だったか、能く覚えていないが、兎に角、田中君とルヴェルとを離して考える事が出来ない程、彼はルヴェルに打込んでいた。田中君の飜訳で始めてルヴェルを知った文壇人も少くないと思われる。

田中君は生れながらに権門に屈せず、富貴に阿らず、清貧に苦んでいる――今の時節では孔子だって甘んじてはいられない――ような人で、そう云えば森下雨村君も富貴権勢に頭を下げないと云った概があるが、同じようでも森下君のはもし富貴権勢を与えて呉れると云えば、少し考えた末に貰うかも知れないが、田中君の方は中々容易にウンと云って貰いそうもない位の差異はある。

田中君がどうしてルヴェルに打込んだか。私はそれは田中君自身が今度出版したルヴェル集の序に書いているように、彼の作品には「溢るる許りのヒューマン・タッチがある」と云う一事が、可成大きい因子だと思う。ルヴェルの作と云えば私はいつでも蒼蠅と乞食を思い出す。殊に乞食は彼の傑れた作だと思っている。ああ云う風な突放した物の見方をしていながら、ルヴェルには不思議に皮肉がない。嫌悪や反感がない。ニヒリスチックのようで、可成情味があり、生きる事の感激もあるように思われる。

如上の点は田中君の人格のうちに一脈の共通点はありはしないかと思う。田中君は私の尊敬している友人の一人でありながら、私は可成遠慮なく物を云う。その為に往々こちらでは少しも予期していない事で、田中君の機嫌を損じる事があるらしい。田中君は時々、君は此間こうこうの事を云ったから、癪に障ってもう決して君の家には足踏みをしまいと思ったと云うような事を云う。然し、田中君は無論そんな事を直ぐ忘れて終う。そうした一時の立腹は決して田中君の偏狭から来るのでなくて、彼の品位から来る。実際彼は古武士の風格を備えていて、決して一片の好々爺ではない。が、結果はいつでも彼は人の好い伯父さんで、誰に対しても皮肉を云ったり立腹したりする人ではない。こうした一見矛盾した所、即ちルヴェルが冷い、読む者をしてぞっとさせるような物の見方をしながら、嫌悪や反感や皮肉を少しも交えないで、底にはいつでも一脈のヒューマン・タッチを備えていると云う点が、一見、狷介不羈に見えて、底に温情を湛えている田中君の性格に相通ずる所があるのではなかろうか。

ルヴェルの作は田中君も云っている通り多種多様で必ずしも、同列に論じられない点があるけれども、もしそれ田中君の傾向となると、実に嬉しくなる程一貫している。もし田中君に好きなものの飜訳を頼んだら、必ず所謂ヒューマン・タッチのある作品ばかり選んで、それが新青年と云う探偵小説を主とする雑誌に向くか向かないかを意としないだろう、又そんな事を意とした所で、編輯者の壺に嵌って、ジャーナリズムに迎合して行ける人ではない。だから田中君は不遇である。この点も又ルヴェルが異色ある作家として、比較的不遇だった所に似通っていよう。

何は兎もあれ、このルヴェル集「夜鳥」の出た事を最も喜んでいるのは田中君であろう。装幀も又決して田中君を失望せしめない清楚なもので、恐らく彼は心からこの一本を愛撫しているだろうと思う。そうした田中君の喜びは又不肖甲賀三郎の喜びでなければならない。「夜鳥」の出版に際して、ここに私は心からの喜びを述べ、同時にそうした所懐を述ぶべき機会を与えられた横溝正史君に感謝の意を表して筆を擱く。(三、六、二八)

(〈新青年〉昭和三年八月増刊号)

少年ルヴェル

江戸川乱歩

田中さんの「夜鳥」を読んで、ルヴェルの一番大きな特徴は彼の童心にあったことを感じた。ルヴェルはよくポーと比べられるが、似ていてもポーは大人で、ルヴェルは少年だという風に感じられる。色々な意味で左様である（誤解してはいけない。これはちっともルヴェルを軽蔑する意味にはならないのだ）。それが私のルヴェルを好む所以でもあり、どこかに少しばかり物足らなさを感じる所以である。

際しのない広い広い野原を、小さな子供が一人ぼっちでとぼとぼと歩いている。もう日が暮れかかって来るのに、どちらを向いても一軒の人家も見えない。とか、闇の夜の森の中をやっぱり一人ぼっちの子供が歩いている。森は深く、家路は遠い、その淋しさ、悲しさ、怖さ、という様なものが、ルヴェルの短篇の随所に漂っている。

世には、少年でなければ感じられぬ、謂わば純粋な悲しみ、純粋な恐れという様なものがある。大人は少年の様に、夜墓場を通っても怖くない。それは彼の頭の中が浮世の雑念で一杯になっていて、その様な人間生来の恐怖を感じるには、余りに不純だからである。だが、大人でも、何かの機縁で、ふと虚心になった時、浮世の物思いを忘れて、生れたままの人間になった時、少年の恐怖がサーッと身内に湧上って来るのを感じることがある。そんな時、例えば墓場を通っていても、彼は非常な恐怖に襲われるのだ。

この虚心、この少年の純な心持こそ、ある意味で、芸術家の資格の一つの要素をなすものではないかと思うが、ルヴェルの作品には、とりかえしのつかぬこと、恐怖、戦慄、悲愁等の分野に於て、この童心がいみじくも現われている。

彼は好んで、盲目、その他の片輪者、乞食、ひとりぼっちの老人、運命にさいなまれた淫売婦、無心の幼児等を取扱う。そして、孤独、暗さ、ひもじさ、寒さ、怖れ、つつましやかな悲しみ、つつましやかな喜び等を表現しようとする。だが、それらは凡て少年の感じる世界である。喜びも、悲しみも、怖れも、凡て少年の感じたそれである。そこには大人の世界がない。狂気、猜疑、邪悪、執拗、残酷、等々が、大人の複雑な心理としてではなく、純粋な少年の心持としてのみ現わされている。愛についてと同じ様に、恐怖、戦慄、悲愁等についても、純情という言葉が許されるならば、ルヴェルの作品はその恐怖、戦慄、悲愁等の純情から生れたものである。例えば彼の作品は生毛の生えた少年の皮膚の如きもので、大人の様に、毛穴も開かず、あぶらぎってもいず、人臭い体臭もないのだ。その小さな純情にある。そして、物足りなさは、大人の心持ちの複雑味、獣性、狂気を欠いていることだ。同じどん底を描いても、ルヴェルのは少年の感じたどん底である、少し方面違いだが、例えばゴルキイのは大人の感じたどん底である。その違いだ。

ルヴェルの短篇には、殆ど例外なく意外の要素が含まれている。所謂落ちがある。それがルヴェルがコント作者であり、我々の探偵畑に紹介された所以でもあろうが、そして、その落ちは悉く一粒選りの巧みなものではあるが、私が思うのに、ルヴェルの一番大きな特質は如上の「純情」にあって、落ちはその純情をいやが上にも際立たせる手段として用いられた場合が多く、それは寧ろ彼の第二番目の特質なのである。

田中さんの訳筆は誠に流麗である。私は現代の飜訳者の中でも、田中さんの様に、文章が正確で、文字が妥当で、我々年配の日本人にしっくりするリズムを持っている人は稀だと思う。田中さんの文章は実にリズミカルで、殊にそれが飜訳の文章なのだから、同氏の仕事のなげやりでないことが、よく分るのだ。一寸変なことを云うと、私は田中さんの訳文から「二人ぼっち」という言葉を発見した。「一人ぼっち」を転用したものであるが、仲々面白い表現だと記憶に残っている。

私はこれまでも、田中さんを探偵物飜訳界の先輩として尊敬しているのであるが「夜鳥」を読むと、田中さんがルヴェル飜訳者丈けにルヴェルと同じ、「純情」（先に説明した意味の恐怖その他の純情を含む）の持主であることが分って来た。そして、私は同氏に、一層ほほえましき好意をよせるのである。思当ることは、嘗て私の書いた、「火星の運河」というのを田中さんがほめてくれたことがあるが、あの小篇にはやっぱり私の少年の純情風な恐怖が含まれていたのであるから、それを同氏がほめてくれたのは、まことに故があったのである。

（〈新青年〉昭和三年八月増刊号）

私の好きな読みもの

夢野久作

こんな事を書くと文学青年じみるが、事実文学青年の古手に相違ないのだから仕方が無い。しかも五十近くになって頭の天辺がコッ禿げて来ているのに恋愛小説なんかアホらしくって読む気になれない。寝がけに読み初めた探偵小説に昂奮しちゃって翌る朝まで睡むらず、翌る日は終日胃が悪くなって砂を噛むような飯を喰う事が時々あるのだから、嬶が呆れるのも無理は無い。今頃中学校に通ったらキット落第するであろう。

ところで今まで読んだ探偵小説の中でも一番好きなのはポオとルベルである。ほかの作家は読んでいる中は面白いが、あとで他人に話して聞かせるほど記憶に残らないのにポオとルベルの中の気に入ったものだけは、大得意になって話せるくらいアタマに焦げ附いているから不思議である。二人の作品で、私の記憶に残っているものはソックリそのまま私の哲学であり、詩であり、芸術になってしまっているような気がする。どうしてこんなに惚れ込んだものかわからないが……

ポオの中でもモルグ街とかマリーロージェとか云う推理専門みたようなのは好かない。読みかけてみたことはあるが、途中でウンザリして屁古垂れてしまう。どうも本格の探偵小説は私の性に合わないらしい。もちろん本格ものを書いてみたいと思わないことは無いが、それでも読んで呉れるのは自分だけみたいな気がしてじきに筆を投げたくなるから困る。

私があくがれているのは探偵趣味で、探偵味では無いらしい。私だけの場合かも知れぬが、本格ものは読んでいると音楽趣味を理解する為にピアノの組立方とその学理を説明されてるような気がする。又本格ものを書いていると、やはりピアノの組立方を研究しているような気もちになって味気なくてしようが無い。その組立てるのが面白いのだと云う人があればソレ迄だが、私は元来ピアノそのものには面白味も感じない性分である。多少音階が違っていても、音が悪くても構わない。それを弾じている人の腕前と、その腕から出て来る音律に興味を持つようである。

こうした主張と比喩には大きな間違いがあるかも知れないが、私の気持ちは、こんな風に説明するのが一番近いような気がする。

こうした私の気持を百パーセントに満足させて呉れるのはポオとルベルである。月夜の海上の大渦に巻き込まれ損なって、一夜の中に白髪になってしまった青年の話。絞め殺した友人の心臓に耳を当てて鼓動音が消えて無くなってから床下に埋めて置くと、毎晩寝がけにウトウトしかけた時にその耳の底にコビ付いている友人の心臓の鼓動音がハッキリと聞えて来るので、毎日毎夜睡ることが出来ない。とうとう発狂して床板をめくり初めた……と云う話なぞトテモたまらない。何か其処いらのものをタタキ付け度い気持になる。

ルベルはポオの直系の神経を持っている。タッタ今大金を呉れた人が投身自殺した騒ぎを「オヤ。又誰か死んだそうな」とトボケて聞いている盲目の乞食。自分が殺した妻君を火葬場へ送る前に、名残を惜しんだ体に見せかけるべく撮影した写真の乾板を、同情した友人と一所に泣きの涙で現像してみると、その死顔の瞼が動いてボヤケていたと云うストオリイなぞ、思わずゾッとして地団太を踏み度くなる。

私はポオとルベルの恐怖、戦慄の美を心の底から讃嘆し度い。日本では江戸川乱歩さん、城昌幸さんのに、その直系の流れを見る。水谷準、角田喜久雄、葛山二郎さんにも、そうした恐怖美、戦慄詩が歌われている。それが理屈なしに私を感激させ驚嘆させる。こうした感激と驚嘆の為めに私は生甲斐を感じているのではあるまいか。

中世以前は到る処戦争ばかりで恐怖と戦慄の時代であった。だからその時代の芸術作品には平和と幸福の讃美に類するものが多かった。

之に反して現代は幸福と安定の時代である。だからその芸術作品に恐怖と戦慄が求められるのは当然である——と云ったような理屈を並べてみても、こうした私の恐怖美、戦慄詩の愛好癖は決して説明されない気がする。

誰か説明してくれませんか。

（〈月刊探偵〉昭和十一年一月号）

陰鬱な愉しみ、非道徳な悦び——ルヴェル復活によせて

牧　眞司

昭和三年の初夏、当時の大手出版社のひとつである春陽堂より、函入りの瀟洒な翻訳書が上梓された。モーリス・ルヴェルの『夜鳥』である。収められた三十篇は、訳者の田中早苗が選りすぐったもので、うち何篇かは大正十一年ごろより『新青年』に訳出されてきた。

『新青年』といえば、第二次大戦前の探偵小説勃興の本拠となった雑誌としてあまりにも有名だが、日本作家に活躍の舞台を与えたばかりでなく、本格ミステリから怪奇・恐怖小説、ナンセンスやユーモアなど、バラエティに富んだ翻訳作品も呼びものだった。中島河太郎は、『新青年傑作選　第四巻／翻訳編』（立風書房・昭和四十五年刊）の解説で、「これらの作家と作品を発掘したのは、決して編集者だけの努力ではなかった。翻訳探偵小説に力を入れていることを知った読者が、われがちに読み漁ったものの中から、佳作と思われるものを持ち込んできたのである」と指摘したうえで、同誌初代編集長を務めた森下雨村の言葉を引いている。森下は、延原謙や妹尾アキ夫など『新青年』の協力者として感謝すべき翻訳者を八名ほど並べているの

だが、その筆頭にあげられたのがルヴェルを発見した田中早苗だ。

本書は、春陽堂版『夜鳥』を底本とし、同書刊行後に訳出された「ラ・ベル・フィユ号の奇妙な航海」（『新青年』昭和三年十月号）を加えた。田中早苗の手によるルヴェル翻訳は、現時点で判明しているかぎり、これですべてである。

なによりも先に、ひとりの読者としてルヴェル作品集の刊行を喜びたい。まとまったかたちで紹介されるのは、実に三十余年ぶりである。

わたくしごとになるが、以前、古書エッセイのなかでルヴェルを「忘れられた作家」と紹介したことがある。すぐに知人から電話があり、「忘れられたなんてとんでもない。オレはずっとルヴェルを覚えているぞ」と叱られた。もちろん、「忘れられた」などというのは、書評家や解説家が便利に使う常套句にすぎない。電話をくれた知人のみならず、ルヴェル作品に深い愛着を抱きつづけているファンは確実に存在する（ぼく自身がそうだ！）。だいいち、この作家が放つ特異な風合いは、ひとたび読めばそうやすやすと忘れられるものではない。

「狂気」「猜疑」「邪悪」「執拗」——これらは、創土社版『ルヴェル傑作集』（中島河太郎編、昭和四十五年）のコシマキからの拝借だが、まさにルヴェル作品のキーワードといえよう。文学史的な位置づけとしては、ヴィリエ・ド・リラダンの衣鉢を継ぐ残酷物語（コント・クリュエル）の書き手というのが、一番わかりやすい。この潮流の代表作家としてほかに、『責苦の庭』のオクターヴ・ミルボーがいる。また、おなじフランスの作家では、モーパッサンも何篇かの残酷物語を残している。もっとも、ルヴェルの作品には、ヴィリエやミルボーのような耽美色はないし、モーパッサンのような人間存在への深い洞察もない。しかし、〝文学性〟にとらわれぬ直截さ、あからさまな煽情性こそが、この作家ならではの力強さといえよう。

田中早苗が本書の「序」（これも春陽堂版からの再録である）で紹介しているとおり、イギリスの怪奇小説愛好家H・B・アーヴィングは、ルヴェルの作風をポオになぞらえたうえで、より現実的で簡潔だと評している。ちなみにこのアーヴィングの言葉は、一九二〇年に発行されたイギリス版のルヴェル短篇集 *Crises* の序文で述べられたものだ。蛇足ついでにいえば、この短篇集はアリス・エア・マクリンがフランス語から翻訳したもので、二十六篇を収める。おなじ年にアメリカでも *Tales of Mystery and Horror* の題名で出版され、またのちには *Grand Guignol Stories* のイギリス再刊版があるが、内容はすべて同様だ。英米で刊行されたルヴェルの短篇集は、どうやらこれだけらしい（長篇は少なくとも二冊が翻訳されている）。

残念なことにぼくはフランス語がからきしなので、ルヴェルについて調べるにも、（日本人が書いたものを別にすれば）英文の情報に頼らざるをえない。もっとも、たとえフランス語に堪能であっても、ルヴェルの調査には苦労しそうだ。『フランス怪談集』（日影丈吉編、河出文庫・平成元年刊、このアンソロジーにはルヴェルの「或る精神異常者」が収録されている）で作者紹介を担当した高遠弘美によれば、「現在では大部の文学辞典にも載らぬほど、フランスでは忘れ去られた作家になっている」とのことである。

さて、英米でのルヴェルに対する評価だが、おおよそが英訳短篇集 *Crises* を起点としているようだ。たとえば、マイク・アシュレーは、やはりヴィリエ・ド・リラダンを引きあいに出したうえで、ルヴェルの外科医としてのキャリアにふれている。病院勤務、あるいはその後、第一次世界大戦で従軍したことにより、人間が肉体的に苦しむようすを多く目にしてきた経験が、作品に影を落としているという含みだ（*Who's Who in Horror & Fantasy Fiction*）。ブライアン・M・ステイブルフォードは、ルヴェルを残酷物語の巨匠と位置づけたのち、「ひねりが効いた酷薄さは無類であり、くらべうるのはロバート・ブロックくらいなものだろう」と結ぶ（ニール・バロン編 *Horror Literature: A Reader's Guide*）。ジャック・サリヴァンは、ルヴェルの作風を、エドワード王時代の怪奇小説家や、チャールズ・バーキンになぞらえて紹介している（マーシャル・ティム編 *Horror Literature: A Core Collection and Reference Guide*）。ロバート・ブロックは日本のミステリ・ファンにもお馴染みだろう。古典的な怪奇小説からサイエンス・フィクションまで幅広い作品を残しているが、その本領は戦慄・衝撃にある。映画化された『サイコ』が好例だ。いっぽうのチャールズ・バーキンは、日本ではほとんど紹介されていない。残虐な結末の短篇を得意とする通俗作家である。

むやみに作家の名前が並んでしまったが、ここにさらに日本作家をつらねることも可能だろう。前述したように、ルヴェルは大正末から昭和初期にかけて『新青年』誌上に田中早苗がさかんに紹介したほか、同時期にほかの訳者による翻訳もある。中島河太郎は、前掲『新青年傑作選』の解説において、「ビーストン、マッカレーのように歓迎された作家は、日本人の創作にも濃い影を落としているはずである。恐怖のコント作者ルヴェルもその例外ではなかった」

と指摘する。また、日影丈吉も、「彼（ルヴェル）の短篇は日本の推理作家の短篇に、どこか似通ったところがある」という（前掲『フランス怪談集』あとがき）。江戸川乱歩、小酒井不木、夢野久作、瀬下耽、城昌幸、三橋一夫、星新一……といったあたりが、すぐに思い浮かぶところである。自身が探偵小説研究家でもある乱歩は言うまでもないが、夢野や星はルヴェルを愛読していたらしい。

しかし、ルヴェルがポオやヴィリエと根本的なところで異なるように、ここにあげた日本作家とも隔たりがある。雰囲気づくりや技巧の面をみるなら、ルヴェルには乱歩や夢野のような巧緻はない。繰りかえしになるが、彼の作品はきわめて簡潔で直截だ。

ルヴェルの作風について、その奥底にあるペーソスやヒューマンタッチがしばしば指摘されるし、じっさい本書に収められた何篇かでは愛情や人情の機微が描かれている。しかし、こと残酷物語と呼びうる作品についていうならば、ルヴェルの詩情や風韻は、あくまで残酷や凄惨や狂気などに踏みこんだすえに、余得のように立ちあらわれるものだ。「残酷であるにもかかわらず詩情がある」のではなく、「残酷であるがゆえの詩情」である。

なぜルヴェルの作品には、読む者の心に食いこむ力があるのだろう。

たとえば、つまらない用事をすませた帰り、人影もまばらな寂れた駅のホームにたたずみ、ぼんやりと電車を待っているとき。あるいは、しがらみで渋々つきあった酒宴をなんとか抜けだし、タクシーの通らぬ夜道をトボトボと歩いているとき。そんな日常の無意味な隙間で、ふとルヴェルの残酷物語を想いだすことがある。すると、情けない気分や投げやりな感情が、スッと透明になっていく。それは、諦観なんてカッコいいものではなく、ニヒリズムというのともちょっと違う。

人生は、憂鬱と倦怠である。ひととき喜びや栄誉に輝く時期もあるが、その光は長くはつづかない。やがては記憶のなかに埋もれて、あやふやな日常がかえってくる。平凡で冴えない時間が人生の大半を占めている。まあ、それはそれでしかたがない。

「いやそんなはずはない。もっと素晴らしい生き方があるはずだ」などという考えは危険で、カラオケで「最後に愛は勝つ」とか「明日があるさ」とか歌って発散しているうちはいいが、あまり思いつめると、自己開発セミナーや怪しげな宗教にハマりかねない。サクセスのためのハウツー本なども要注意だ。だいたい「人生の処方箋」という発想が胡散臭い。病気や怪我はクスリで治せばいいが、人生にクスリを効かせようなんてすると、おかしな依存症になるのがおちだ。

人生には、クスリより毒のほうがいい。前向きに生きようなんてガンバるよりも、残酷・陰惨・意地悪な小説を読むほうが健全だ。いや、健全というのはヘンだな。不健全かもしれないが、そのほうが人間らしい。

ルヴェルの作品に出てくる人物は、まさに憂鬱と倦怠を生きている。娼婦や孤児、私生児といった社会的弱者、貧困の底にある者、病人や身体的なハンディキャップを抱えている者、あるいは妻に不貞をはたらかれている夫や、過去のあやまちに苛まれている老人もいる。金銭や健康面ではなに不自由なく生きていても、退屈や孤独にとらわれている場合もある。

　念のために言っておくが、社会的弱者やハンディキャップがあることが即不幸というのはあまりに短絡的であり、そう考えること自体が偏見である。ただルヴェルの小説では、描かれたときの時代背景もあり、またコントという枠組みが要請するところもあり、極端に類型化されているのだ。憂鬱と倦怠を生きる人物たちが、ときに無情な加害者になり、ときに無惨な被害者となる。それがルヴェルの残酷物語だ。そこにモラルや教訓はない。ただの毒だ。

　毒のある小説がもたらす興趣について、想像力への刺激とか、カタルシスとか言うこともできるが、そうやって効用に結びつけたりするのは「人生前向き派」にまかせておけばいい。ひたすら陰鬱な愉しみ、非道徳な悦び――それでかまわないではないか。

　本書の収録作品について、簡単にコメントしておこう。解題というような大仰なものではない。ルヴェルの作品はきわめて明快なので、あまり解釈を加えるのはヤボだ。また、いずれも短い作品なので、詳しいストーリー紹介はオチを割りかねない。なので、以下の文章は、あくまで設定や雰囲気を中心とした覚書である。もちろん、ネタバレということを気にするむきは、本篇を先にお読みいただいたほうがよかろう。（初出情報は田中早苗訳についてのもの。創土社『ルヴェル傑作集』巻末の「収録作品発表年月および発表誌一覧」、立風書房『新青年傑作選　第五巻／読物・資料編』の「新青年所載作品総目録」を参考にさせていただいた。ともに中島河太郎氏の手によるものである）

「或る精神異常者」

芝居や見世物の道楽を尽くした男は、突発的な事故にしか興味を持てなくなってしまった。どこかに出かけるのも、猛獣使いが猛獣に噛みつかれるというような珍事を期待してである。いま彼が通いつめているのは、危険な離れ業を売りものにする自転車曲芸団の興行だ。毎日おなじ席に陣どり、事故が起こるのを息を詰めて見すえている。

ハプニングを求める強い気持ちがうらはらに作用するという皮肉と、信頼を表明することが裏切りの引き金となる逆説が、なんとも秀逸。この趣向を、ルヴェルは狙って書いたのだろうか。『新青年』大正十二年八月号に掲載。


「麻酔剤」

手術で麻酔にかかるときは、恋人に見つめられながら眠りにつきたい。そんなロマンチックな想いに浸るマダムに対し、老ドクトルが「それは考え違いです」と反論する。それを裏づけるために、彼は自分の若いころのあやまちを告白しはじめた。

ドクトルにとっては苦く後悔に満ちた回想なのだが、他人からすれば滑稽であり、ある意味ロマンチックでもある。結びの一行が印象的。『新青年』大正十二年八月増刊号に掲載。


「幻想」

粉雪が吹きつける夕べ。寒さに凍える乞食が、「たった一時間でいいから金持ちになりたい」と妄想にふけりながら歩いていた。ふと見ると、別な乞食が軒下で「哀れな盲でございます」とお恵みを乞うている。歩いていた乞食は、銅貨をくれてやった。相手は目が不自由なので、金持ちの旦那の慈悲だと思いこむ。

盲人のつれている犬の仕草が、物語のアクセントとして効いている。『新青年』大正十四年一月増刊号に「雪降る夜」として掲載。

「犬舎」

雨まじりの風が吹き荒れる晩。犬舎につながれた猟犬たちの唸る声に、周囲の野良犬や狂犬も昂奮している。その騒ぎに刺激されたアルトヴェル氏は妻に迫るが、いつものようにすげなくされてしまう。夜半、犬どもを滅多打ちにして憂さを晴らそうと廊下に出ると、妻の寝室から灯りが漏れているではないか。不審に思ってドア越しに声をかけると……。

妻に不貞をはたらかれていた男の陰惨な復讐劇。アルトヴェル氏が最後に漏らす、こともなげな一言が、酷薄さを強調している。『新青年』大正十二年三月号に「暴風雨（あらし）の夜」として掲載。

「孤独」

単調な仕事を終えて家路につく、年老いた事務員。帰りを待つ者などいない。レストランでもひとりの席。ずっとそんな人生だった。歩きながら将来について考える。結婚して子どもを持とう、家族ができる、愉快な家庭になる。しかし、宿に戻ると灯りもなく変な臭気が漂うばかり、ひたすら孤独で心細い。

ありえぬ将来や、遠くすぎさった子どものころに想いをはせる老人の姿が、惨めで哀しい。現実の世界で彼の心を静めるものは……。救いようのない結末に、一抹のペーソスが漂う。春陽堂版『夜鳥』に初出。

「誰？」

黄昏が迫る書斎。医師である私は、書架のうえにおかれた頭蓋骨になぜか惹きつけられ、それが肉をまとっていたときの様子を思いうかべる。それから四、五日して、「私」は街でひとりの青年とすれちがう。その青年の顔は、私が頭のなかで再現した男にそっくりだった。青年は私に対し、自分はちょっとしたことでもすぐカッとなってしまうたちで、しかも年歳を重ねるごとにその気質が強くなっている、どうにかなりませんかと相談を持ちかける。

ルヴェルにはスッパリと無惨な結末がついてしまう作品のほうが多いが、この物語は謎を残したまま、奇妙な余韻を引いて幕を閉じる。骨相学や犯罪性向の遺伝などの含みも感じるが、はっきり記されているわけではない。『新青年』大正十二年一月増刊号に掲載。

「闇と寂寞」

老いさらばえた三人の姉弟。仲がよくどこへ行くにも一緒だったが、姉が亡くなったことで、弟たちにも悲惨な運命が降りかかる。残されたうちの、ひとりは目が見えず、もうひとりは口がきけない。二人で力を合わせれば物事に対処できるが、別々だと判断を誤ってしまいがちだ。通夜の晩、兄弟を震えあがらせる事件が起こる。

基本になっているのは、ポオの有名作と共通する戦慄的モチーフ。兄弟がハンディキャップを負っているがゆえ、恐怖が何重にも増幅していく。『新青年』昭和二年六月号に「闇と沈黙」として掲載。


「生さぬ児」

不味そうに食事をしている夫。女房が村の狂犬騒ぎについて話しても、まるで耳を貸そうとしない。夫は彼女の不貞を疑っているのだ。ひとたび疑いだすと、いままで溺愛していた息子すら、自分の子ではないように思えてくる。夫婦が激しく言いあらそうなか、なにも知らない息子が帰ってくる。

激情に駆られた行為が偶然の事件にからみ、あと味の悪い悲劇をうみだす。ルヴェルが得意とする「寝取られ夫」もの。「生さぬ」という表現は、いまではほとんど耳にしなくなったが、かつては柳川春葉『生さぬなか』など一般的に使われていた。血縁関係のない親子を示す。『新青年』大正十五年四月号に掲載。

「碧眼」

肺病を患い、療養のすえやっと起きあがれるようになった売春婦。一年前に死刑になった恋人の墓詣りのために病院を抜けだすが、供える花を買う金がない。もう身を売るのはやめようと誓っていたものの、こればかりは特別、一回こっきりと決めて、街角に立つ。

恋人の死を機に改心し、しかし彼にたむける花のためにそれを翻す。悲痛な想いで客を探すが、気軽に身を売っていたときのようにはいかない。そして、やっと見つけた客は……。皮肉な運命がくるくるとめぐる物語。春陽堂版『夜鳥』に初出。


「麦畑」

さくさくと麦穂を刈っていく作男のジャン。そのうしろで落ち穂拾いをしている母親が、嫁のセリーヌの悪口を言う。ジャンはセリーヌを信じているが、母はあれは身持ちの悪い女だと譲らない。そこにセリーヌが、地主の旦那と連れだってやってくる。

これも「寝取られ夫」もの。なんともアッケラカンとした結末がついている。この作品だけ読むと、詩情もペーソスもあったものではない。ただし、画像的インパクトは鮮烈だ。春陽堂版『夜鳥』に初出。


「乞食」

星空のもと野宿をしているひとりの乞食。天涯孤独の身ながら、彼はこれまで他人に悪意を抱いたことがない。ただ困るのは、世間のみんなが自分を怖がっていることだ。うとうととしかけたとき、一台の荷馬車が通りかかる。馬子に頼まれて後押しをするが馬が言うことをきかず、あげくのはて、馬子が馬車の下敷きになってしまう。あわてた乞食は、村に助けを呼びにいくのだが……。

ルヴェルが好んで取りあげる乞食の話。ちょっとしたきっかけで、善意と悪意がたやすく入れ替わるさまを描いている。『新青年』大正十二年八月号に「夜の荷馬車」として掲載。

「青蠅」

大理石のうえに女の屍体が横たわっている。胸にはナイフによる赤い傷口、蒼白い手の皮膚、紫色に変色した爪、黒ずんだ唇。そのかたわらで、ひとりの男が判事に審問されている。殺人の嫌疑をかけられているのだ。しかし、男は犯行を認めない。蒸し暑い室内は、判事と被疑者が激昂して言いあうせいで、いっそう息苦しくなっていく。

現代のホラー映画を思わせる即物的な気味悪さに、恐怖心理を巧みに絡めている。『新青年』大正十二年一月増刊号に掲載。また、博文館文庫にルヴェル作品集が収められたさい（昭和十四年）には、この「青蠅」が表題作となっている。

「フェリシテ」

貧しく、若くもなく、美貌でもない売春婦のフェリシテ。ある晩、ひとりの紳士が「僕を覚えているでしょう」と声をかけてくる。愛嬌のつもりでうなずくと、まるで堅気の婦人に対するように鄭重に遇してくれた。それから土曜日ごとに、彼は菓子の包みを手にフェリシテを訪ねるようになる。そうやって幸福な二年間がすぎる。ところがある日、紳士はいつもより早い時間に訪ねてきた。

導入から中盤にかけてはO・ヘンリーを思わせるが、そこはルヴェルのこと、意地悪な破局が用意されている。春陽堂版『夜鳥』に初出。

「ふみたば」

小説家のランジェとマダム・ヴァンクールの恋は終わりをつげた。傷心のランジェに追いうちをかけるように、彼女はこれまで送った手紙を返すよう要求する。別れぎわ、「今に貴方の御作を読んで、第一番に泣かされるのはわたしよ」と言うマダムに、「その涙がたった今欲しい」と未練たらたらのランジェ。

元恋人からつれなくされて意趣返しをするという、たわいない話だが、そのやり方がシャレている。マダムの俗物ぶりがおかしい。『新青年』大正十五年八月増刊号に「文束」として掲載。

「暗中の接吻」

痴情のもつれから、女は男の顔に硫酸をかけて失明させてしまった。しかし、法廷では男が女を放免してくれるよう願いでる。彼の優しさに心打たれ、ひたすら後悔する彼女。しかし、灼けただれた彼の顔はもとに戻らない。女は自分が悪いのだと思いながらも、物凄い形相を見ると嫌な気持ちがこみあげてくる。

凄惨な愛憎劇。男の優しい言葉が、女の許しを乞う哀願が、じわじわとサスペンスを盛りあげていく。『新青年』大正十五年九月号に「闇」として掲載。


「ペルゴレーズ街の殺人事件」

夜をひた走る列車のなかで、乗客たちは新聞に報じられた殺人事件についてお喋りをしている。興味本位で、勝手な臆測などを交えながら。どうせ自分たちには無関係だと思っているのだ。しかし、じつは……。

猛スピードで走りつづける車輛。その物理的な閉塞が、緊張感を盛りあげていく。春陽堂版『夜鳥』に初出。


「老嬢と猫」

独りぼっちの偏屈な老婆。純潔に固執するあまり、恋人たちが手をつなぐことも、鳩のつがいが嘴を触れあうことも汚らわしく感じるのだった。彼女にはプセットという飼い猫がいるが、当然、この牝猫にも禁欲を強いる。猫もこれに馴れて、だんだん醜く隠者めいた風体になっていく。しかし、ある夏の晩のこと、プセットが姿を消してしまった。

自らの狂信性によって身を滅ぼす女の物語。スティーヴン・キングの『キャリー』に通じるものがある。『新青年』昭和二年六月号に掲載。

「小さきもの」

とっぷりと暮れた、うら寂しい往来を、乳飲み子を抱えた女が歩いている。貧困で食べるものもなく、乳も涸れた。仕事を得ようにも、赤ん坊がいてはどうにもならない。切羽詰まった女は、子どもを保育院に捨てようと考える。しかし、わが子のあどけない顔を見ると、それくらいなら心中したほうがましと思う。決心のつかぬまま、ひと晩を泣きすごす。逡巡する母の心が哀しい。また意を決したあとの、気持ちの変化は鬼気迫るものがある。結末はなんともやるせない。春陽堂版『夜鳥』に初出。

「情状酌量」

兵隊に行っている息子が窃盗を犯した。事件を報じた新聞記事は、フランソアズにとって青天の霹靂だった。内気で律儀者の息子が、まさかそんなことをするはずがない。しかし、罪状はゆるぎなく、余罪まで追及されている。弁護士に相談したところ、「情状酌量」ということを聞かされた。フランソアズはこの言葉が耳について離れない。そして公判の日がやってくる。

O・ヘンリーを彷彿させる作品。ルヴェルには珍しく（？）人情味のある結末となっている。息子のセリフがひとこともないのが、大きな効果をあげている。『新青年』大正十二年八月号に掲載。

「集金掛」

係累も友人もなく、慎ましやかに暮らしている銀行員のラヴノオ。勤務や生活態度はきわめて模範的で、周囲の信頼も厚かったが、じつはある計画を練っていた。そして、ある集金日、二十万フラン以上の金をもったまま、行方をくらましてしまう。

残酷物語というよりも、スマートなショートショート。星新一の初期作品にありそうだ。春陽堂版『夜鳥』に初出。(→【追記】参照)

「父」

母が亡くなり、あとに残された父子。父は、亡き妻への愛を抱きつづけ、息子に対しても慈しみを注ぐ。息子はそんな父を誇らしく思う。しかし、母が息子にあてた遺言状には、理想的な家族像をぶちこわしにする告白が綴られていた。

ルヴェルお得意のテーマの変奏。作者自身が女性不信だったのか、それとも通俗性ゆえに取りあげやすいのか。春陽堂版『夜鳥』に初出。

「十時五十分の急行」

私がリオンの停車場から汽車に乗ろうと思っていると、足の不自由な男に「十時五十分の急行だけはやめなさい」と声をかけられる。男はかつてこの路線で働いており、一八九四年の大惨事のときに当の急行を運転していたのだ。彼は回想を語りだす。「狂人のように突っ走っている鋼鉄の怪物に乗って、大あらしの真只中に投げこまれたとき……」

制禦不能となり疾走しつづける乗りものという設定は、いまではパニック映画の常套。ルヴェルには珍しく（？）ストレートな筋立てである。春陽堂版『夜鳥』に初出。

「ピストルの蠱惑」

逮捕・留置されたものの無罪放免となって、自分の部屋に戻ってきた男。だが、本当のところ、彼は殺人を犯していたのだ。裁判官をうまく騙してやったと思ういっぽう、釈然としない気分が胸を満たしている。だいたい、なぜあの女を殺したのか、自分でも合点がいかないのだ。「魔が差す」瞬間を描いた作品。そして、犯行時とおなじように、いま彼の手に一挺のピストルが……。春陽堂版『夜鳥』に初出。

「二人の母親」

その男の子には苗字がなかった。ふたりの母親が同時刻に出産したのだが、片方の赤ん坊は死に、生き残った赤ん坊はどちらの子かわからなくなってしまったからだ。母たちはそれぞれ、自分の子である証拠を必死に見つけだそうとするが、いっこうに埒があかない。やがて、奇妙な親子関係が形づくられていく。

この物語の背景には戦争がある。産院でのアクシデントの原因も敵の砲撃だし、夫の戦死がなければ、母ふたり子ひとりの〝安定した〟関係はありえない。春陽堂版『夜鳥』に初出。

「蕩児ミロン」

新進の画家ミロンは天分に恵まれていたにもかかわらず、女にのぼせあがって堕落し、あげくのはてに夜逃げ。身分を明かせない生活を送るようになる。出奔してから十五年してパリに帰り、変名で絵を描いてみると、画商が高く評価してくれる。「画趣はミロンに似ているが、先生のほうがずっと巧い」

芸術家の微妙な心情がテーマ。彼を苛むのは、過去への執着か、捨てたはずの矜持か。『新青年』大正十五年九月号に「徒労」として掲載。

「自責」

老検事が臨終の床で告白をする。かつて自分が告発し斬首台に送った男は、最後まで潔白を主張していた。その様子が頭について離れない。もしかすると、自分は功名心に駆られて無実の者を死刑にしてしまったのではないか。

短い作品ながら、真実の行方が二転三転する。『新青年』大正十三年八月増刊号に「或る検事の告白」として掲載。

「誤診」

その日、訪ねてきた男はまったくの健康体だった。ドクトルがそう告げると、男は震える声で彼を責めはじめる。ドクトルが一年前に犯した誤診が、ひとつの家庭にとんでもない不幸をもたらしたことを……。

ストレートな復讐譚。本短篇集のなかで、おなじく医療ミスを扱った「麻酔剤」と好対照をなす。『新青年』大正十五年九月号に掲載。

「見開いた眼」

謎の死を遂げた男。現場に駆けつけた警部は、その死に顔にたじろぐ。仕事柄たくさんの死体を見てきているが、このような物凄い形相には、これまでお目にかかったことがない。他殺か？　自然死か？　召使いの話では、叫び声がして駆けつけたとき、ふたつの人影を見かけたという。

死体が睨むという猟奇趣味の物語。謎解きとして読むと肩すかしかもしれないが、皮肉な結末は残酷物語と呼ぶにふさわしい。春陽堂版『夜鳥』に初出。

「無駄骨」

殺人を犯した青年が、判事に動機を問われ、自らの生いたちから説きはじめる。私生児として辛いことばかりだった少年時代。虐げられるだけの奉公生活。母はとうになく、孤独の寂しさに堪えかねて、ある日、父親を訪ねたこと。しかし、その父は……。ルヴェルには親子の情愛をテーマにしたものが多い。この作品では、ねじまがった展開によって、あと味の悪い結末にたどりつく。『新青年』大正十二年八月号に「親を殺した話」として掲載。

「空家」

前々から目をつけていた空家に忍びこんだ盗賊。物色してみると、抽斗のなかに金貨と札束が。しめしめとばかりに運びだそうとするが、名状しがたい恐怖がこみあげてくる。室内にたちこめる静寂。先ほどまで時を刻んでいた置時計も止まっている。危険を感じて、懐中電灯を向けてみると……。

この作品などを読むと、たしかにルヴェルにはロバート・ブロックに通じるものがあるなと思う。春陽堂版『夜鳥』に初出。

「ラ・ベル・フィユ号の奇妙な航海」

港のごろつきガルールは、ひとりの男に酒をおごられる。モッフと名乗るその男は、ラ・ベル・フィユ号の運転士で、ひそかに船の乗っとりを計画していた。手勢を集めるためにガルールに声をかけたのだ。金と航海の誘惑にかられたガルールは、さっそく荒くれ男をかき集め、ラ・ベル・フィユ号の船艙に忍びこむ。あとはモッフからの合図を待つばかりだ。しかし、ど

う も船内の様子がおかしい。パンチラインの切れ味がみごと。ルヴェルにしては、キレイに落としている。『新青年』昭和三年十月号に掲載。

ところで、創元推理文庫初登場作家の解説という役割上、本来ならルヴェルの経歴を紹介するところだが、前述したように資料に乏しく、訳者の田中早苗が本書の「序」で述べている以上のことはほとんどわからない。ジャック・サリヴァン編の浩瀚な『幻想文学大事典』(邦訳は国書刊行会・平成十一年)にも、ルヴェルについてはわずかな記述があるのみである。一八七五年生まれ、一九二六年歿。外科医、スポーツマン、レジヨンドヌール勲章勲爵士として満ち足りた人生を送った。パリのグラン・ギニョール劇場が、ルヴェルの短篇を脚色して舞台にかけたことがあったそうだ。

ルヴェルの邦訳は、おおよそが戦前になされたもので、戦後の出版はその再録である。本書に収められた田中早苗の訳業以外に、阿部誠太郎、西田政治、別府太郎、水谷準が手がけた翻訳があり、これらは創土社版『ルヴェル傑作集』で読める。品切れになって久しいが、大きな図書館ならば置いてあるやもしれない。

長篇では、『無名島』という作品が、井上勇の翻訳で『新青年』昭和二年一月増刊号に掲載されている。「航海中に殺人が行われ、船は犯人の手によってその進路を変えられ、乗船している犯人追跡の警部は、つぎつぎに起る奇怪な事件に対処しなければならぬという、戦い抜く二つの魂を乗せて大洋を彷徨する船の惨劇を描いた」作品だという（中島河太郎『ルヴェル傑作集』解説による）。

さて、そろそろ紙幅が尽きた。本書出版が契機となり、具眼の士によるフランス原著からのルヴェル発掘・紹介がはじまることを願ってやまない。

平成十四年十二月

【追記】

校正中に、本書担当編集者であるI氏の調査により、新事実が判明した。『新青年』大正十一年十一月号に田中早苗名義で掲載された「名を忘れた男」が、「集金掛」とまったくの同内容。ラヴノオ、ジユヴエルジエという人名もそのままである。しかし、掲載誌には本文、目次ともにルヴェルの名はなく、あたかも田中早苗の創作のように見える。編集上の手ちがいか確信犯（？）か、いまとなっては知るよしもないが、ともかくこの「名を忘れた男」が現在わかっているかぎりのルヴェル日本初紹介ということになる。

【編集部後記】本書『夜鳥』の読み方は、前掲「『夜鳥』礼讃」「田中早苗君とモーリス・ルヴェル」「少年ルヴェル」が誌上掲載された際、文中に附されているルビに倣い、〝よどり〟とした。昭和三年に刊行された『夜鳥』（春陽堂）には読み方が明記されていないため、如上の次第となった。

収録作品のうち、「ラ・ベル・フィユ号の奇妙な航海」を除く三十篇については春陽堂版『夜鳥』を底本とし、初出誌〈新青年〉に当たって校訂した。「ラ・ベル・フィユ号の奇妙な航海」は初出誌に依った。

本文は一部の例外を除いて常用漢字・現代仮名遣いによる表記に改めた。

なお、現在からすれば表現に穏当を欠く部分もあるが、翻訳者が他界している現在、みだりに手を加えることは慎むべきであり、かつ古典として評価すべき作品であるとの観点から、原文のままとした。

訳者紹介　1884年秋田県生まれ。早稲田大学英文科卒業。英米仏文学翻訳家。訳書に，スティーヴンスン「漂泊の青年」，コリンズ「白衣の女」，ガボリオ「ルコック探偵」「ルルージュ事件」などがある。1945年逝去。

検印
廃止

夜鳥（よどり）

2003年2月14日　初版

著者　モーリス・ルヴェル

訳者　田中早苗（たなかさなえ）

発行所　(株)東京創元社
代表者　長谷川晋一

162-0814/東京都新宿区新小川町1-5
電話　03・3268・8231-営業部
03・3268・8204-編集部
URL http://www.tsogen.co.jp
振替　00160—9—1565
精興社・本間製本

乱丁・落丁本は，ご面倒ですが小社までご送付ください。送料小社負担にてお取替えいたします。

Printed in Japan

ISBN4-488-25102-1　C0197